KB253594

ALL
MASTER

올마스터 6

박건 퓨전 판타지 소설

초판 1쇄 찍은 날 § 2006년 7월 1일
초판 1쇄 펴낸 날 § 2006년 7월 10일

지은이 § 박건
펴낸이 § 서경석

편집장 § 문혜영
편집책임 § 최하나
편집 § 이재권 · 서지현

펴낸곳 § 도서출판 청어람
등록번호 § 제1081-1-89호
등록일자 § 1999. 5. 31
어람번호 § 제1-0720호

주소 § 경기도 부천시 원미구 심곡1동 350-1 남성B/D 3F (우) 420-011
전화 § 032-656-4452 팩스 § 032-656-4453
http://www.chungeoram.com
E-mail § eoram99@chollian.net

ⓒ 박건, 2005

ISBN 89-251-0196-3 04810
ISBN 89-5831-823-6 (세트)

6

탄식의 성

CHUNGEORAM FUSION FANTASTIC STORY

도서출판 청어람

Contents

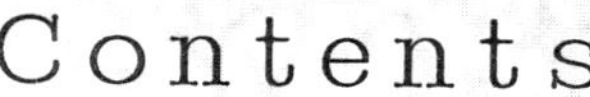

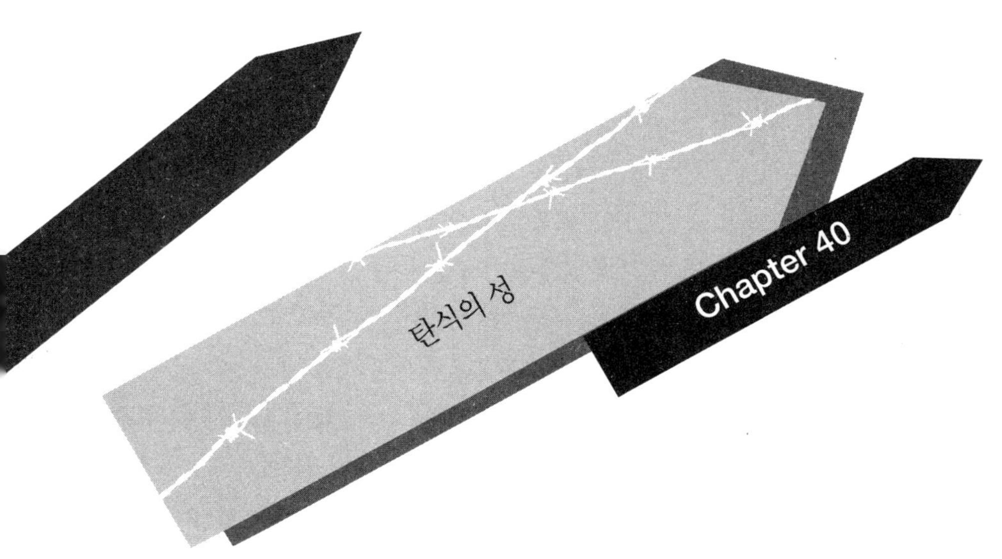

탄식의 성
Chapter 40

탄식의 성

2021년 11월 1일, 오후 6시.

공간을 넘어 도착한 곳은 어둑어둑한 분위기의 숲이었다.

"여기가 탄식의 산맥인가?"

고개를 들어 하늘을 보니 구름에 다 가려져 있는 달이 보인다. 물론 겨울이면 일찍 어두워지고는 하지만 이제 겨우 6시일 뿐인데 달이라니? 그렇다는 건 탄식의 산맥이 일반적인 장소가 아닌 특수 지형이라는 말일 것이다.

"어둡네. 라이트(Light)!"

"자애로우신 가이아의 의지여, 지금 그대의 종에게 안도의 빛을."

"니트라스 소환. 빛을 밝혀!"

어두웠던 주변이 단숨에 밝아진다. 물론 30레벨 이상의 유저들은 마나를 느낌으로써 주변을 감지할 수 있지만 그래도 이렇게 깜깜한 건 기분 상 안 좋으니 밝히는 게 오히려 당연한 것이다.

몇 개의 광구가 허공에 떠오르고 빛의 정령이 하늘을 수놓는다. 꽤나 아름다운 광경이지만 사람들은 그런 것보다는 단상 위에 있는 사람에게 더 관심을 가졌다.

"안드레이님이다!"

"까아악! 오빠!"

단상 위에 올라서 있는 상대방의 모습을 파악한 여성 유저들이 비명을 지른다. 인기 절정이군. 단상 위에 올라서 있던 그는 그런 그녀들의 반응에 난감한 표정을 지었다.

잡티 하나 없이 환한 황금 머리칼과 어둠 속에서도 은빛으로 빛나는 풀 플레이트 메일. 그는 기사들의 성지 하이니리트의 기사단장 안드레이였다.

기본적으로 열두 성지의 단장들은 유저들에게 인기가 있다. 그도 그럴 것이 대부분 미남미녀니까. 물론 그중에는 중년이라 할 수 있는 드루발도 있지만 성지의 마스터라면 몇 만이 넘는 팬클럽을 거느린 경우가 많았다. 물론 본인들은 별로 좋아하는 것 같지 않았지만 말이다.

안드레이는 잠시 헛기침을 하더니 가볍게 손가락을 튕겼다. 가벼운 손짓이었지만 그 효과는 지대하다.

"어어어?"

"맙소사."

빛을 밝히는 수준이 아니다. 마치 시간을 빨리 돌리기라도 한 것처럼 순식간에 달이 지고 태양이 떠오른다.

그렇다. 세상은 '한낮' 이 되었다.

"아무리 프로그램이라지만 대박인데?"

"우와아. 왠지 이상한 기분."

나는 신기해하는 사람들 사이에서 씁쓸한 표정으로 주변을 둘러보았다. 10초 전만 해도 깜깜했던 숲은 어느새 살아나 푸름을 뽐내고 있다.

그리고 그런 사람들 앞에 있는 것은 단상 위에 올라와 있는 안드레이 폰 메르세우스. 그는 언제나 그렇듯 안정된 자세로 말했다.

"이렇게 뵙게 되어 반갑습니다. 탄식의 성 이벤트 마지막 팀이로군요."

탄식의 성 이벤트 팀은 오전 9시, 12시, 오후 3시, 6시 순으로 나뉘어 있었다. 나는 아슬아슬 6시에 들어올 수 있었지만 늦은 녀석들은 지금쯤 피눈물을 흘리고 있겠지.

"자, 그럼 지금부터 탄식의 산맥에 대해 설명해 드리겠습니다. 탄식의 산맥의 크기는 정사각형이며, 가로세로 50킬로미터니 넓이는 2500제곱킬로미터라고 할 수 있겠군요."

"2500제곱킬로미터?"

그건 상당한 크기다. 아니, 상당 정도가 아니라 엄청나잖아? 어지간한 특별시도 그 넓이는 900제곱킬로미터에 못 미치는데 2500제곱킬로미터라니? 겨우 3만밖에 안 되는 유저들이 돌아다니기에는 욕 나올 정도로 넓은 크기인 것이다. 그 어마어마한 넓이에 어이없어 하는 와중에도 안드레이는 설명을 계속했다.

"탄식의 산맥은 총 다섯 구간으로 이루어져 있습니다. 먼저 동쪽은 독과 나무의 대지 포이제론, 서쪽은 흙과 죽음의 대지 데이레논, 남쪽은 화염과 폭풍의 대지 플레이론, 북쪽은 물과 빙산의 대지 아이스론. 그리고 중앙은 탄식의 성입니다."

그의 말에 유저 중 한 명이 손을 들었다.

"4대금지와 비슷한 겁니까?"

"그렇습니다만 다른 점도 많습니다. 일단 가장 큰 차이라면 스페셜 보스의 유무겠지요. 탄식의 산맥에는 40%에 육박하는 비율로 최상급 몬스터가 존재하지만 스페셜 보스는 없습니다. 스페셜 보스는 오직 탄식의 성에만 있죠."

그건 좀 아깝군. 물론 스페셜 보스는 강한 존재지만 신기 소지 유저가 열 명 이상 모이면 충분히 해치울 수 있는 수준이다. 당장 나만 해도 드래곤 하트로 강화된 신기를 얻지 않았던가? 탄식의 성 이벤트는 기본적으로 경험치 세 배나 주니 스페셜 보스를 잡으면 경험치가 장난 아닐 텐데 말이다.

"아, 그리고 탄식의 산맥에서는 신기를 사용할 수 없습니다."

"어헉? 왜요!?"

경악성이 터져 나오자 안드레이는 말했다.

"그야 유저 간의 불공평을 야기하니까요. 마스터는 그 자체로 충분히 강하니 신기까지는 주어지지 않습니다."

그의 말에 여기저기서 탄식이 새어 나온다. 역시 이 중에는 상당수의 마스터가 끼어 있었군. 당연하다면 당연할 것이 탄식의 성은 마스터들에게도 반색할 만한 이벤트니 놓치고 싶지 않겠지. 나처럼 부가 직업을 키우는 녀석들도 있을 테고 말이다.

"전혀 짐작 못한 건 아니지만 신기 사용 불가는 타격이 큰데……."

사실은 에일렌을 좀 타보고 싶었는데 곤란하군. 흠. 그런데 에일렌을 타다니, 왠지 좀 야해 보인다.

어이없는 생각에 헛웃음 짓는데 안드레이는 계속 설명했다.

"너무 아쉬워하지는 마십시오. 탄식의 산맥에도 신기를 사용할 수 있는 장소는 있으니까."

"어디죠?"

"탄식의 성입니다."

"잠깐만요."

고개를 돌려 입을 연 녀석을 바라본다. 유저 중에서는 드물게 흑인이었는데 나는 그의 몸에서 뿜어지는 기운으로 그가 마스터라는 것을 알았다.

"전 방출형 신기를 가지고 있습니다만, 탄식의 성에서 밖으로 쏴대도 되는 겁니까?"

"물론 됩니다, 탄식의 성에 존재하는 스페셜 보스를 제압할 수 있다면."

그의 말에 유저들이 웅성거리기 시작했다. 즉, 스페셜 보스만 잡을 수 있다면 성을 방패로 외부의 몬스터들을 잡을 수 있다는 말인가? 스페셜 보스가 만만치 않을 테지만 탄식의 성안에서는 신기를 사용할 수 있다니 생각해 봐야겠군.

이런저런 생각을 하는데 안드레이는 다시 설명을 시작했다.

"여러분들은 탄식의 성을 제외한 네 지역 중 가고 싶은 곳을 선택하여 이동하게 됩니다. 각 지역에는 한 개씩 캠프가 존재하며 그곳으로는 몬스터가 쳐들어가지 않습니다."

"플레이 시간은 어떻게 되나요?"

“공지에 올라왔던 대로입니다. 탄식의 성 이벤트는 한 달간 진행되는데, 중간에 단 한 번이라도 로그아웃하거나 사망하게 되면 탈락이죠. 대신 수면 시간이라는 게 존재하는데 그건 하루에 여덟 시간씩 자신이 정해서 활용할 수 있습니다. 수면 시간이라고는 하지만 그 안에 식사라든지 기타 일이라든지 모두 해결해야 하죠.”

굉장히. 농담하는 게 아니라 정말 심각할 정도로 빡센 규칙이다. 만약 일반적인 게임에서 이딴 규칙을 걸었다면 그 퀘스트에 참여할 인간은 아무도 없겠지.

하지만 일루전은 다르다. 당장 이 근처에 있는 인간만 해도 1만에 가까운 걸 봐서 신청했던 3만 명 중 대부분이 무사히 탄식의 산맥에 들어왔으리라.

일루전에는 그만한 가치가 있다. 이미 일루전은 단순한 게임이 아니라 자신의 표현 수단 중 하나가 되어 있으니까. 1년 전만 해도 회사 면접 같은 데에서 ‘저는 XX게임의 지존고수입니다’ 라고 하면 미친놈 취급을 당했지만 지금은 각종 기업이나 단체들이 솔선수범 뛰어다니며 마스터를 찾고 있을 지경인 것이다.

물론 그런 배경에는 현실적인 능력을 중시하는 일루전의 시스템 자체도 한몫한다. 현실보다 더 현실 같은 가상 세계. 아니, 지금의 내가 이 이야기는 하는 것도 웃기는 일인가? 사실 일루전은…

“진짜 현실이니까.”

“네?”

“아무것도 아닙니다.”

내 옆에 있던 유저 하나가 의문을 표하기에 살짝 웃으며 넘긴다. 이런이런, 혼잣말이라니, 자폐아도 아니고 뭐 하자는 거냐.

살짝 한숨 쉬는데 이런저런 설명을 하고 있던 안드레이가 말했다.

"흠, 설명은 이 정도면 거의 다한 것 같군요. 자, 그럼."

안드레이는 그렇게 말하더니 가볍게 손짓했다. 그리고 그 손짓에 따라 허공에 네 개의 마법진이 생겨나 동서남북으로 흩어지더니 바닥에 새겨졌다.

"저리로 가시면 됩니다. 한번 들어가면 여기로 돌아올 수 없으니 신중하게 이동하시길 바랍니다."

고개를 돌려보니 마법진 위로 글자가 떠올라 있는 것이 보인다. 녹색의 마법진 위에는 포이제론이라고 써 있고, 검은색의 마법진에는 데이레논, 붉은색이 마법진에는 플레이론, 푸른색이 마법진에는 아이스론이라고 써 있다.

유저들은 앞 다투어 마법진 위로 올라섰다. 워프 마법진인 듯 마법진 위로 올라선 유저들은 이내 사라져 버렸고 몇 천에 달할 정도로 바글바글 하던 유저들의 숫자가 급격하게 줄기 시작했다.

나는 안드레이에게로 가 몇 마디 더 물어보고 싶었지만 이미 그의 근처에는 수백에 달하는 유저들이 모여 있어 말을 걸기는 힘들어 보였다.

[안드레이 인기 좋은데?]

"깨어났어?"

[응, 동조도 무사히 마쳤어. 한번 시험 삼아서 불러봐.]

"흠. 아쉽게도 여기서는 신기 사용 금지라더라."

[우에, 그게 뭐야. 나름대로 마음의 준비까지 하고 왔는데.]

에일렌은 마음에 들지 않는다는 듯 뾰루퉁한 표정을 지었다. 흠, 확실히 미녀는 어떤 표정을 짓든 미녀로군. 이놈의 일루젼을 하다 쓸데없이 눈만 높아지는 거 아닐까나.

"아, 그런데 신기로 화하지 않으면 정석을 흡수하지 않아?"

[아니, 그냥 내가 나와 있기만 해도 계속 배가 고파져. 그리고 그때마다 먹어야 하지.]

"지금 정석 잔뜩 있는데 단번에 먹어서 파워 업 할 수는 없어?"

환원령이 정석을 흡수하는 것은 신기의 유지비 외에도 신기의 등급을 올리는 역할을 한다. 환원령의 레벨이 올라가면 신기의 자체적인 힘이 증폭하거나 여러 가지 능력이 추가되기 때문에 환원령이 정석을 흡수하는 것 자체가 유저가 경험치를 획득하는 것과 같다고 할 수 있다.

지금 내가 지닌 정석은 산더미만큼 많아서 다 흡수시킨다면 상당 수준까지 에일렌을 끌어올릴 수 있을 거라고 생각하고 기대했지만 아쉽게도 그녀는 고개를 흔들었다.

[배고플 때가 아니면 정석은 먹을 수 없어. 꼬마에게 밥을 잔뜩 먹인다고 단숨에 자라 어른이 되는 건 아니잖아?]

"일리있군. 대신 지금부터는 계속 나와 있어."

[흐응. 배고프기 위해 나와 있어야 하는 거야?]

"아니, 나도 네가 나와 있는 게 좋아. 이제 나에겐 정말로 너밖에 없으니까."

[…….]

내 말에 에일렌은 말을 잇지 못했다. 그래, 이제 나는 안다, 내가 다른 유저들과 분명히 다르다는 것을. 지금 신나서 돌아다니는 유저들은 나와 다른 존재다. 농담이나 아부 같은 게 아니라 현실적으로 나에게 남은 이가 그녀밖에 없는 것이다.

"현실이라."

나는 헛웃음 지으며 몇 시간 전에 있었던 대화를 떠올렸다.

"난 신이야."

별로 대단한 것도 아니라는 목소리로 그는 말했다.

"네?"

"신이라고. 신 몰라? 신(神). 갓(God). 초월자든 뭐든 하여튼 상위의 존재."

아니, 그게 시시껄렁한 표정으로 땅콩 까먹으며 할 말이냐? 난 어이가 없어 헛웃음을 지었지만 인정할 수밖에 없었다. 일루전이 그의 말대로 실존하는 세계를 투영한 것이라면 이런 걸 만든 건 신이 아니라 해도 신에 가까운 존재일 테니까.

하지만 아무리 생각해도 그가 세상에 유일하게 존재하는 초월신 같은 걸로는 보이지 않는다. 실제로 나는 예전에 그 말고도 다른 운영자를 만난 적이 있지 않던가? 나는 그를 향해 물었다.

"그래서 당신은 무슨 신입니까?"

"호신(虎神)."

"호신?"

"왜 있잖아. 똘기, 떵이, 호치, 새초미 자축인묘~ 드라고, 요롱이, 마초, 미미 진사오미~ 뭐 거기에 나오는 호치가 나라고 할 수 있지."

"……."

땅콩을 까먹으며 유아만화의 오프닝을 읊조리는 신이라? 신학자들이 보면 좌절해 쓰러질 만한 광경이었지만 그는 아무렇지 않은 표정으로 물었다.

"그런데 어쩔 생각이냐?"

"뭐가 말입니까?"

"네놈 이제 뭐 할 거냐고. 현실의 육체가 죽었으니 사실상 너는 구천을 떠도는 원귀랑 다를 게 없어. 물론 원한을 가지고 죽은 건 아니지만 결과적으로 명계에 갈 수 없다는 점에서는 마찬가지지."

나는 이를 악물었다. 즉, 나는 이미 죽어 유령과 마찬가지라는 말인가? 하지만 그래도 이해가 가지 않는 게 있어 물었다.

"그런데 명계에 갈 수 없다는 건 무슨 말입니까?"

"죽어도 저승에 가지 않는다는 말이다, 환생도 할 수 없고. 영원히 유령일 뿐인 거지."

"어, 어째서?"

"도베라인에 베였으니까. 원래는 영혼 채로 파괴되는 건데 반쯤이나마 남아 있던 시스템에 보호된 게 다행인 줄 알아."

그는 그렇게 말하더니 문득 품속에서 핸드폰을 꺼내 들었다. 하지만 난데없이 핸드폰이라니? 잠시 당황하는데 그는 그대로 그걸로 통화했다. 분명 버튼조차 누르지 않았는데 연결된 모양이다.

"흠… 카인, 알았어."

그는 그렇게 딱 세 마디 말하고 핸드폰을 품속에 집어넣었다. 하? 무슨 통화가 저래? 나는 어이가 없어 물었다.

"통화가 굉장히 짧군요."

"뭐 나도 카인도 전송 정도는 문제없이 할 수 있으니까. 별로 잡담이나 할 상황이 아닌 것 같아서 빨리 끝낸 것뿐이야."

"전송?"

“지금 그런 게 궁금할 상황이 아닐 텐데?”

그는 어깨를 으쓱이며 웃었다. 처음부터 느낀 거지만 이 녀석도 상당히 미남이군. 전체적으로 느껴지는 시원시원한 분위기와 몸 전체에 흐르고 있는 맑은 기운. 그냥 길가다 마주쳤더라면 친해지고 싶다고 느꼈을 텐데.

나는 살짝 고개를 흔들어 잡념을 떨치고 물었다.

“뭔가 문제가 있습니까?”

“물론 있지. 너라면 알고 있겠지? 우리들이 네 플레이에 여러 가지 편의를 봐주고 있었다는 걸 말이야.”

“역시…….”

예전부터 이상하다고 생각했었다. 분명 클로즈 베타 테스트가 끝날 때 타이틀을 제외한 모든 시스템적 요소를 리셋 한다고 해놓고 운영자들은 드래곤을 잡아서 얻은 재화 전부를 나에게 넘겼다. 어디 그뿐인가. 낮은 레벨임에도 불구하고 얻게 된 최상급 환수 글레이드론. 알타그라로 만들어진 중갑.

분명히 운영자, 아니, 신들은 내 편의를 봐주고 있었다. 물론 편의를 봐준다고는 해도 전혀 뜬금없는 것들은 아니었지만 편의를 봐주는 것만은 분명했지.

내가 고개를 끄덕이자 다크는 말했다.

“우리가 네 녀석을 도왔던 건 네 녀석을 강하게 만들기 위해서였어. 우리는 어설픈 애송이 몇보다 제대로 강한 놈 하나가 더 필요하거든.”

이해할 수 없는 말에 의문을 표한다.

“강한 유저가 필요하단 말입니까?”

"그렇지. 뭐, 일단은 일루전을 만든 이유부터 설명해야겠군. 앉아라."

"의자가 없습니다만."

"쯧, 의자."

그가 말하자 당연하다는 듯 땅에서부터 의자가 솟아 나온다. 거참 편리하기도 하지. 나는 거기에 앉았고 다크는 설명을 시작했다.

"내가 호신이라는 건 아까 말했었지? 호신은 12지신에 속한 신이고."

"네."

별로 전설이나 그런 거에 관심없는 사람이라도 그 정도는 상식으로 알고 있다. 하지만 12지신이라. 쉽게 말해, 이런 녀석이 열한 명이나 더 있단 말인가?

"뭐 하여튼 우리들은 평상시 다른 차원에서 물질계를 혼란시키는 걸 막아. 요새 들어 공간의 흐름이 불안해져서 다른 차원의 존재들이 툭 하면 물질계로 진입해 들어오니까."

"다른 차원이라면?"

"천계(天界)나 마계(魔界). 혹은 환계(幻界)나 영계(靈界) 같은 곳들을 말하는 거다. 명계(冥界)나 신계(神界)의 녀석들이 소란을 피울 때도 있지만 대체로 위에 네 차원이 말썽이지."

그는 말하면서도 계속 땅콩을 까먹었다. 설명하고 있으면서도 쉴 새 없이 땅콩을 먹을 수 있다니 신기하군. 나는 고개를 끄덕이고 물었다.

"그럼 천족과 마족들의 힘을 감당할 수 없어서 유저들의 힘을 빌리는 겁니까?"

"마족들을 감당하지 못해? 미안하지만 난 에이션트 드래곤 백 마리랑 싸워도 이겨. 마왕도 내 적은 아니라고."

"드, 드래곤 백 마리?"

어이없는 수치에 입을 벌리고 만다. 말도 안 돼. 뻥치는 거 아냐? 나는 황당해했지만 그는 아무렇지 않다는 표정으로 수북이 쌓아놓은 땅콩을 입 안에 털어 넣었다.

"뭐, 그렇다고는 해도 당장 발휘할 수 있는 힘이 그 정도라는 건 아냐. 어쨌든 이건 내 본체가 아닌데다 일루전을 만드느라 상당량의 능력을 운용하고 있으니까."

그의 말에 문득 궁금한 점이 있어서 묻는다.

"본체라… 그렇다면 지금 그 몸은 가짜라는 말입니까?"

"아직도 헛소리냐? 나는 호신. 본체는 호랑이인 게 당연하잖아."

맞는 말이다. 호랑이의 신이 호랑이인 게 당연하지. 하지만 이렇게 인간의 모습을 마주하고 있는 상황에서 본체가 호랑이라고 해봐야 쉽게 납득이 가지 않는 것도 사실이다.

"그럼 무슨 이유로 일루전을 만든 겁니까? 그냥 직접 막으면 될 텐데."

"그게 안 돼. 나 같은 초월자들은 기본적으로 물질계에서 힘을 행사하는 걸 금지당하니까. 신이 되면 운명을 '초월' 하는 게 아니거든. 단지 '벗어' 나는 것뿐."

그는 투덜거렸고 나는 물었다.

"하지만 마족들은 물질계로 침공하고 있잖습니까?"

"마족들은 그냥 마족일 뿐, 초월자는 아니잖아? 물론 마족공쯤 되면 신성을 획득한 상태지만 그 정도는 어느 정도의 금제만 받을 뿐, 그 존재 자체를 억류당하지는 않으니까."

"즉 신성에도 수준이 있다?"

내 말에 다크는 고개를 끄덕였다.

"맞아. 마족공이 가지는 신성은 기껏해야 에이션트 드래곤 정도밖에 안 되지. 물질계에 드래곤은 꽤 있잖아? 아주 가끔이기는 하지만 인간 중에서도 그랜드 마스터도 나오고. 겨우 그 정도로 초월자라고 판정되지는 않는 거야. 그 증거로 에이션트 드래곤들도 자기 영역 밖으로는 쉽게 나갈 수 없기는 하지만 물질계에서 머무는 것이 허락되지."

쉽게 말해 마족공이 초월적인 능력을 가진다고는 하지만 그것이 신의 힘이라고 볼 수는 없다는 것이다. 아니, 내가 볼 때는 드래곤만 해도 거의 신이나 다름없던데 말이야.

"하지만 그런 초월적 존재들은 있는 것만으로 인간을 위협할 텐데."

"위협? 웃기는군. 이곳 파니티리스만 해도 천 년 전에는 드래곤들과 정면으로 대적할 수 있을 정도로 황금기를 맞고 있었다. 물론 피의 해와 대항쟁을 거치면서 쇠퇴할 만큼 쇠퇴했지만 드래곤이라고 해서 무조건적인 절대는 아니라는 말이지. 테이란 같은 차원도 있고."

"테이란?"

처음 듣는 단어에 의문을 표하자 다크는 시큰둥한 표정으로 말했다.

"가장 최초로 만들어진 차원이다. 쉽게 말하면 미래 세계인데 그곳의 드래곤들은 자신만의 행성을 잡고 은신한 채 살아가고 있어. 아광속 탄이나 양자 폭탄 같은 것들을 맞으면 드래곤이라도 위험하니까."

즉, 인간이야말로 가장 위협적인 존재라는 말이다. 생각해 보면 인간들이 마법과 과학 모두를 손에 넣고 발전을 이룬다면 그 결과란 실로 무시무시하다. 드래곤이나 마족공이 행성을 날릴 수 있다는 점에서 위험하다고 보았지만 인간들 역시 마법과 과학이 조금만 발전한다면 행성 파괴 정도는 문제없이 행할 수 있는 존재들이 아닌가?

"그런데 가장 먼저 만들어진 차원이라는 건 무슨 말입니까?"

"…그러고 보니 넌 차원에 대한 지식도 없겠군. 아아, 젠장. 나는 육체파지, 지식파가 아닌데 왜 이런 설명을 하고 있어야 하지?"

그는 잠시 짜증난다는 표정으로 한숨 쉬었지만 이내 설명을 시작했다.

"과거, 그러니까 태초라고 부를 수 있는 시간에 창조신은 아무것도 없던 세계에 두 명의 신을 만들었어. 그중 하나가 광신(光神) 라이오스, 또 하나는 암흑신(暗黑神) 다크니스다."

"상당히 흔해 보이는 이름이군요."

"동감이야."

너무나 자연스레 동의해서 내 쪽에서 되레 놀랐다. 이보세요, '다크' 씨. 지금 당신이 다크니스가 흔해 보인다는 말에 동의할 입장입니까?

어이없어 하는 나를 무시하며 그는 설명을 계속했다.

"뭐 어쨌든 광신과 암흑신을 만든 창조신은 이어서 차원을 만들었지. 그중 첫 번째가 방금 말한 테이란. 가장 최초로 만들어져서 '재생(再生)'이 두 번이나 있었는데도 여전히 앞서 있는 차원이야. 우주 개발이 거의 끝나 있어서 우주 전함 같은 게 날아다니고 우주라는 장소에 대한 이해도 거의 끝난 상태지."

우주 전함이라… 그런 게 날아다닐 지경이면 무기도 엄청나게 발달했겠군. 드래곤들이 숨어사는 게 이해되는 상황이다.

"그리고?"

“다음 차원이 파니티리스. 대륙 이름이라고 알고 있겠지만 차원 이름이기도 해. 애초에 이 대륙 명 자체가 차원 명에서 따온 거니까. 과학은 별로 발전하지 않았지만 시대만 놓고 보면 너희보다도 오래되었어.”

확실히 파니티리스는 몇만 년에 달하는 역사를 자랑한다. 과학이 발달하지 않은 건 이종족의 존재라던가 마법의 유무라던가 여러 가지를 뽑을 수 있겠지. 마법이라는 수단이 있기에 아직 저수준의 과학이 발달하지 못하는 것이다. 쉽게 말해 산업혁명이 일어나려면 증기기관이 발명되어야 하는데 마법이 존재하는 파니티리스에서 출력이 떨어지는 증기기관이 환영받을 리 없으니까. 그나마 연금술사들이 마학(魔學)이라는 이름으로 일부의 과학을 발전시켰지만 다들 자신만이 지닐 뿐, 도대체 전승이라는 게 없다.

대충 이해 가는 일이기에 고개를 끄덕인다.

“다음 차원은요?”

“네놈이 살고 있던 차원. 차원명은 프레이드라고 하는데 딱히 설명할 필요는 없겠지?”

“그렇죠,. 그럼 마지막은?”

“진(珍). 가장 최근에 만들어진 차원이야. 당연하지만 문명 수준은 가장 떨어지는 편이지. 뭐 떨어진다고 해도 몇백 년밖에 안 되지만.”

국가와 국가 간의 문명이 몇백 년 차이 난다면 문제가 심각하지만 차원과 차원 간의 문명이 몇백 년이라면 별 표시도 안 날 것이다. 게다가 파니티리스의 인간들은 역사로만 치면 우리 지구인들보다 1,500년이나 오래 살아왔지만 딱히 더 우월하다거나 하지는 않지 않은가? 물론 그것은 이차원의 침략을 받아서 쇠퇴한 거라지만 현실이 그런 것은 부정할 수 없었다.

하지만 문명 하니까 문득 궁금한 점이 생겼다. 문명의 차이라니? 그럼 지구가 우리 쪽 우주에서는 제일의 문명을 가진 행성이라는 말일까?

"저기, 그런데 프레이드의 문명은 진보다 앞선다고 하셨지요?"

"응? 그렇지."

"그렇다면 거기서 말한 문명은 우리 지구의 기술을 말하는 겁니까?"

내 질문에 다크는 같잖다는 표정을 지었다.

"뭔 개소리야? 과학 기술로만 치면 데트로 성인이나 캔딜러 성인들이 네놈들보다 몇백 년 이상 앞서 있어. 진(珍)에도 네놈들보다 발달한 문명은 널렸고. 단지 아까 말했던 캔딜러 성인 녀석들보다 조금 뒤처질 뿐이야."

"호… 외계인이 정말로 있습니까?"

"그럼 이 넓은 우주에 너희밖에 없을 줄 알았나?"

외계인의 존재를 너무나도 당연하다는 듯 긍정해 버려서 뭐라 반박할 말이 없다. 아니, 뭐 신도 나오고 하는 판에 외계인쯤이야. 나는 고개를 끄덕이고 다시 물었다.

"그럼 혹시 지구로 날아오고 있는 검 모양의 우주선에는 어떤 외계인이 있는지 아십니까?"

"검 모양의 우주선? 아… 너희들은 그렇게 알고 있나?"

다크의 얼굴이 살짝 굳었다. 뭔가 이상한 기분이 들어서 다시 묻는다.

"그렇게 알고 있다… 니? 그럼 다른 거란 말입니까?"

"맞긴 하지만 못 말해줘. 인간들한테 넘길 수 있는 정보 수위를 넘어가니까."

"외계인이고 신들이고 다 말해줘 놓고?"

내 불평에 다크는 한숨을 쉬었다.

"그건 문자 그대로 별로 비밀도 아닌 하급 정보니까."

그럼 그 검에 관한 건 고급 정보라는 것인가? 나는 좀 더 캐묻고 싶었지만 다크는 말을 돌렸다.

"뭐, 하여튼 네놈의 처분에 대해 결정해야겠다."

"처분?"

"그래. 아까 말했다시피 네놈은 유령이나 다를 바 없는 존재야. 지금 네가 그 몸에 붙어 있을 수 있는 것도 실로 기적적인 일로 원래대로라면 네 몸이 죽고 하루 정도 지나서 몸에 담겨 있는 항마력이 네 영혼을 떨쳐 냈어야 옳다."

내가 지금 이렇게 존재하는 것 자체가 문제라는 그의 표정에 문득 궁금해져서 물었다.

"그럼 전 어떻게 이 몸에 머무는 겁니까?"

"……."

다크는 답하지 않고 한숨을 쉬었다. 아까와 마찬가지로 내가 알아서는 안 되는 정보인 건가? 의아해하는데 그가 문득 말했다.

"너무 무리하지 마라. 멍청한 녀석. 뭐, 그게 네 결정이라면 막지 않겠다만."

"네?"

"별로 네 녀석한테 한 말은 아냐."

다크는 씁쓸한 표정으로 고개를 흔들더니 다시 말했다.

"그럼 대충 대안을 내지. 너는 살고 싶냐?"

“그야 물론이죠.”

죽는다면 어쩔 수 없겠지만 아무리 나라고 해서 죽고 싶을 리가 없다. 내가 고개를 끄덕이자 다크는 말했다.

“그럼 하나 답을 내주지. 네 녀석 탄식의 성 이벤트 신청했겠지?”

“네.”

“좋아. 그럼 일단은 강해져. 마족공 핸드린느 녀석이 뭔가 심상치 않은 일을 꾸미려는 느낌이니까. 녀석을 해치우면 지금 네가 입고 있는 몸을 아예 주지.”

뜻밖의 제안에 아무리 나라고 해도 깜짝 놀랄 수밖에 없었다.

“이 몸을 말입니까? 그럼 저는 살아날 수 있나요?”

“지금도 살아 있기는 하잖아?”

나는 고개를 흔들었다.

“그게 아니라 현실에서 말입니다. 그러니까, 한국으로 돌아갈 수 있을까요?”

“좀 어렵기는 하겠지만… 할 수 있겠군. 너, 핸드린느한테 여명의 검 받았었지?”

“네.”

깜빡 있고 있었지만 분명히 받았었지. 아무리 살펴봐도 사용법을 모르겠어서 인벤토리에 던져 놨지만 말이다.

내가 고개를 끄덕이자 다크는 말했다.

“그거 잘 가지고 있어. 그러면 현실로 보내줄 수도 있으니까.”

“그거 고마운 말이군요.”

나도 모르게 살짝 떨었다. 맙소사, 이미 죽어버린 나를 살려주겠다니. 아무리 헐렁하게 생겨도 신은 신이라는 건가? 나는 고개를 숙여 내 몸을 살펴보았다. 신체(神體: 신의 몸)라고 했지. 이걸 가지고 현실로 가면 소란스럽지 않으려나.

이런저런 생각을 하고 있는데 다크가 말했다.

"어쨌든 마족공쯤 되는 적을 상대하려면 능력의 강화가 우선이군. 하루가 24시간이니까 그중 열두 시간은 탄생의 산맥에서 보내고 나머지 열두 시간은 내가 직접 훈련시켜 주지. 잡아야 할 게 마족공이라면 네가 쌓아야 하는 경험은 강자를 상대로 한 전투법이니까."

"24시간 훈련이면 잠은 언제 잡니까?"

"알아서 자야지 뭘. 한데 슬슬 시간이군. 이벤트 하러 가라."

그가 그렇게 말함과 동시에 배경이 변했고. 나는 그 후 열심히 달려서 이벤트에 참석했다. 하지만 앞으로 어떻게 되는 걸까? 오락으로서의 가상현실이 아니라 전사를 양성하기 위해 만들었다는 일루전. 그리고 그것을 모르는 유저들. 죽어버린 몸과 지구를 향해 날아오는 검.

나는…….

[레온? 레온? 어이~ 괜찮아?]

"아… 괜찮으니 그만 가자."

딴생각이 너무 길었군. 나는 살짝 고개를 흔들어 정신을 차리고 주변을 살펴보았다. 드넓은 공터에는 거대한 크기의 마법진 네 개가 자리하고 있었고 유저들은 삼삼오오 무리를 지어 마법진 안으로 들어갔다.

[어디로 갈 거야?]

"일단은 플레이론이라는 곳부터 가보려고. 역시 그쪽 관련 장비가 많으니 그 편이 유리하겠지."

화염과 폭풍의 대지 플레이론. 아마 적염의 산과 마찬가지로 항상 폭염에 휩싸여 있는 곳일 것이다. 메크로네스가 레드 드래곤이기 때문일까? 녀석을 잡았을 때 얻은 화염 내성의 아티펙트가 꽤 있는 상태였고 스페셜 보스가 없다면 그 아티펙트만으로도 어지간한 화염은 버틸 만하다. 굳이 헬 하운드 슬레이어를 장착할 필요도 없겠지.

결정했으면 행동. 그대로 걸어 마법진으로 향한다.

우웅.

짧은 공명음과 함께 변하는 배경과 피부로 와 닿는 후끈한 공기. 슬슬 겨울인데다 시간상 밤인데도 공기가 상당히 뜨겁다. 용암 지대인 걸까?

[이벤트치고는 사람이 많네.]

"그렇군."

나는 주변을 가득 채우고 있는 유저들을 보고 한숨 쉬었다. 이거야 7천 명은 되는 것 같은데? 말이 좋아 7천 명이지 이건 정말 까마득한 숫자다. 어지간한 학교 전교생 운동장에 세워봐야 천 명도 안 된다는 걸 생각하면 이 숫자가 얼마나 어이없는 것인지 알 수 있으리라.

이 많은 유저가 모여 있을 뿐만 아니라 모조리 40레벨 이상이라니 어이가 없다 못해 황당할 지경이군. 게다가 마스터만 해도 오십 명에 가깝게 감지되는 것이 나보다 약한 것들! 하고 무시할 수 있는 수준이 아니다.

"대단해군. 여기에 떨어졌다가는 드래곤이라도 죽겠어."

[드래곤은 9클래스 마법을 쓰는데, 그 정도야?]

"드래곤이 강력한 존재인 건 사실이지만 하늘에서 브래스만 갈긴다면 모를까, 이만한 숫자 앞에서는 어쩔 수 없어. 공자 가라사대 다구리 앞에 장사 없느니라.”

공자가 들었다면 ‘나는 그런 말 따위 하지 않았어!’ 라고 항의할 만한 헛소리를 지껄이며 주변을 살핀다. 사람이 많기는 했지만 캠프의 규모 역시 어마어마하게 커서 발 디딜 장소가 없거나 하는 일은 벌어지지 않았다. 맙소사. 이게 무슨 캠프야? 어지간한 마을만 하군.

주변을 둘러보니 발빠른 유저들이 벌써 장사를 시작한 상태다. 무기를 파는 녀석도 있고 옷을 파는 녀석도 있다.

“괜히 인벤 꽉꽉 채워왔나?”

저렇게 파는 녀석들이 있으면 그냥 사도 되는데 말이야. 뭐, 어차피 벌써 준비한 걸 어쩔 수 없겠지. 나는 더 이상 캠프에 볼일이 없다고 판단하고 출구로 향했다.

[그런데 환원령이 좀 자주 보이는 것 같은데?]

“환원령을 꺼내놔야 정석을 흡수시킬 수 있으니 다들 꺼내고 다니는 거야. 아, 그런 의미에서 배 안 고프냐?”

[안 고파.]

“그냥 좀 먹지.”

투덜거리며 걷다 보니 캠프의 출구에 도착했다. 사방에 떠 있는 파티창들과 웅성거리는 유저들. 나는 유저들이 각자 파티를 맺기 시작했다는 것을 알았다. 하긴, 기본적으로 난이도가 높다고 알려진 탄식의 성이니 파티에 들어가는 게 오히려 당연할지도. 사람들의 모습을 보고 있는데 유저들 중 한 명이 나에게 다가왔다.

“저기요.”

“네?”

누구야 이 녀석? 의아하게 바라보자 무투가로 보이는 녀석이 머리를 긁적였다.

"마스터시죠? 혹시 우리 파티에 들어올 생각 없으세요?"

이런, 에일렌을 보고 온 녀석인가. 나는 정중히 거절의 뜻을 보였다.

"죄송합니다. 저는 혼자 플레이하는 방식이 편해서……."

"에고고. 우리 파티도 마스터 한 분 들어오시면 편할 텐데. 알았습니다."

다행이랄까? 녀석은 한숨을 쉬면서도 순순히 물러났다. 뭐, 어쨌든 어디 파티에 속할 생각은 없다. 난 항상 솔로 플레이로만 사냥을 해왔기 때문에 파티 플레이에 익숙하지 못하니까. 더구나 좀 미안한 말이기는 하지만 어쨌든 파티 플레이라는 건 어느 정도 수준이 맞는 편이 수월하다. 굳이 나만큼 강할 필요는 없지만 나에 준하게 강한 이들과 파티를 맺을 필요가 있다는 것이다.

[굳이 예를 들자면 너희 길드 사람들?]

"그렇지."

내 마음을 살짝 읽은 듯한 에일렌에게 고개를 끄덕였다. 그래, 그들 정도라면 괜찮겠지. 모두가 마스터라서 충분한 강함을 지닌 데다 어느 정도 친분도 있어 충분히 등을 맡길 수 있을 테니까.

뭐, 그들하고 파티를 한다고 해도 나중 일이니 일단은 혼자서 사냥해 볼까? 어떤 방식의 필드일지 알아놓을 필요가 있을 테니까.

나는 그대로 걸어 캠프의 출구로 향했다. 주변에는 여전히 수많은 사람들이 돌아다닌다.

"화염방지주문 가능하신 법사 분 찾습니다!"

"화염방지 아티펙트 사요!"

"불꽃 정령술사 분 모십니다!"

소란스러운 유저들의 모습에 에일렌이 말한다.

[헤에, 지형의 특징 때문인지 마법사나 정령술사가 인기네. 이러다가 마법사 희귀 상태가 벌어지면 어쩌지?]

"그럴 리는 없을걸. 40레벨 이상 유저 중에 20%가 마법사니까."

[20%? 별로 많은 것 같지 않은데 말이야.]

"쯧. 일루전 직업은 열두 개야. 정상적인 수치는 10% 이하라고."

일루전의 전체 직업 중 가장 많은 숫자를 차지하는 건 기사와 무투가다. 그들의 숫자는 전체 숫자의 40%에 가까울 정도로 많지만 어느 정도 레벨이 올라서 보면 상당히 줄어든다. 그도 그럴 것이 검술이나 무술은 그냥 막 한다고 실력이 늘어나는 게 아니니까. 사냥을 닥치는 대로 하는 건 좋은데 어느 순간 한계가 오는 것이다.

하지만 마법사는 다르다. 굳이 이 게임이 있기 전에도 수식 연산에 익숙한 사람은 많았으니까. 일반적인 고등학교 수업만 확실히 마쳐도 그 수준은 30레벨을 가볍게 넘어선다. 후반부에 들어서 가장 많은 직업이 마법사인 것도 당연한 일일 것이다.

흠. 그런데 어쩌다가 생각이 이렇게 잡스러운 데까지 온 걸까나? 나는 고개를 흔들고 발걸음을 옮겼다.

"나가자."

[응? 화염방지주문은 안 걸어?]

"아티펙트 많아서 괜찮아. 기본적인 항력도 높은 편이고."

항마력이 높으면 굳이 화염 방어 능력이 없어도 마법적 불꽃을 막아 낼 수 있다. 뭐, 문제는 그 불꽃이 과연 마법의 불꽃이냐~ 하는 거지만 적어도 몬스터가 토해내는 불꽃은 대부분 마법적 불꽃이니 기본적으로 필드에 깔린 불꽃만 버틸 수 있다면 맨몸으로도 괜찮다는 말이다.

[그래서 맨몸으로 버틸 거야?]

"아티펙트 많다는데 뭔 소리냐."

투덜거리며 걸어가 출구로 향했다. 출구에는 투명한 막 같은 것이 있었는데 대충 보니 내부와 외부를 차단하는 결계 같았다. 외부에서부터 시작되는 공격을 막기 위함도 있지만 내부에서 외부를 공격하는 걸 막기 위해서인지 안에서 밖으로 통과하는 행위도 할 수 없게 되어 있었다.

팟.

막 앞에 서서 3초 정도 기다리자 몸이 막 밖으로 워프 된다. 흐음, 투과할 수 없는 막이라 워프로 이동하게 만든 것 같군. 나는 다음 사람들이 워프에 나오는 것을 느끼고 슬쩍 자리를 피했다.

"그런데 덥군."

[구름도 없네.]

뜨겁거나 한 것은 아니지만 공기 자체가 후텁지근하다. 뭔가 용암지대 같은 게 있어서 공기를 달군 건가. 나는 인벤토리에서 아티펙트를 꺼내 걸고, 차고, 썼다. 좀 거추장스럽기는 하지만 열기에 익어버리는 것보다는 낫겠지. 나는 아티펙트들이 장착됨에 따라 열기가 빠르게 사라지는 것을 느끼며 주변을 둘러보았다.

드넓은 적색의 공터와 그곳을 가로지르는 수백 명의 유저들. 나는 그 근처에 어떤 전투도 벌어지지 않고 있다는 것을 깨달았다.

"어라? 왜 몬스터가 없지?"

[캠프로부터 1킬로미터 내에는 몬스터가 다가오지 않아.]

“하지만 8백 미터 지점에서 유저가 원거리 공격을 가하거나 할 수도 있는데? 그러면 몬스터는 다가오지 못하니 일방적인 공격이 될 테고 말이야.”

내 말에 에일렌은 고개를 흔들었다.

[몬스터들은 캠프에 못 접근하는 게 아냐. 공격당하면 얼마든지 들어와서 추격하지. 하지만 전투가 끝나면 다시 그 밖으로 나가. 유저들이 몬스터를 공격한 다음 다시 캠프에 숨었다 하는 상황을 막기 위해서지.]

“그렇군.”

고개를 끄덕이며 천천히 걷는다. 물론 1킬로미터라는 거리는 상당하지만 유저들에게 있어서는 그리 먼 거리도 아니다. 당장 나만 해도 1킬로쯤은 1분 내에 돌파할 수 있으니까.

잠시 걷다 보니 멀찍이에서 몬스터들과 전투를 벌이고 있는 유저들이 보인다. 거의 다 왔군. 나는 주문을 외웠다.

“시리우스의 겸손한 힘이여, 지금 내 의지에 따라 그 존재를 제한한다.”

기사(Knight) 봉인. 기사를 봉인함에 따라 능력치 다운은 물론 검기와 불사의 격노도 사용할 수 없게 되지만 봉인해야 한다. 지금 기사를 봉인하지 않으면 앞으로 뭘 잡아도 가장 고 레벨이라 할 수 있는 기사가 경험치를 몰아 받게 되니까.

기사를 봉인했을 때 경험치를 받게 되는 건 기사 다음으로 높은 레벨의 직업이다. 즉, 내 경우는 38레벨인 무투가.

나는 작게 한숨 쉬었다. 뭐, 두 번째로 높은 레벨이 아직까지도 30대라는 건 좀 처참하지만 어쨌든 이제 무투가 마스터. 즉, 라운드 파이터(Round Fighter)를 노릴 차례인가?

몸 안의 기운을 살짝 조절하고 있는데 유저들과 몬스터 간의 전투를 보고 있던 에일렌이 탄성을 내지른다.

[몬스터가 몇백은 넘어 보이는데?]

"대신 유저도 몇백 명이지."

말하는 순간 잠시 떨어졌던 유저들이 일시에 몰려들어 간다. 워낙 전투에 익숙한 이들이라 순식간에 자신들의 자리를 잡는다.

"근접 직업은 진로 막아주시고 원거리 직업 분들께서는 지원 사격 해주세요!"

"정면은 청팀, 왼쪽 측면은 적팀, 오른쪽 측면은 흑팀입니다! 이득 보는 것도 없는데 스틸하지 마세요!"

살짝 맵을 불러 주변 유저들의 숫자를 확인한다. 총 인원 298명. 딱 한 팀만 풀 파티가 아니고 나머지들은 꽉꽉 채워서 온 상태군. 나는 적 당히 거리를 유지하며 세 개의 파티. 즉, 3백 명의 유저가 몬스터들과 전투를 벌이는 모습을 바라보았다.

"여래신수(如來神手)!"

"여래신수도 좋지만 엎드리세요! 불타라, 염천부(炎天符)! 이어 작열 하는 대지. 파이어 필드(Fire Field)!"

거대한 덩치를 가지고 있는 메탈드론을 무투가로 보이는 사내가 쳐 내고 동시에 마법사로 보이는 여인이 부적을 날린다. 다섯 장의 부적 은 허공에서 지름 1미터의 고리로 변했는데 이어 발사된 화염구가 거 기를 통과하더니 수십 배로 증폭. 다시 떨어져 폭염의 대지를 만든다.

"와우."

엄청난데? 벌써 대부분의 유저가 비급의 내용을 실전에서 활용하고 있다. 그 효과는 실로 커서 40레벨대 유저들로는 상대하기 어려운 상급 몬스터들이 무시무시한 기세로 밀리고 있다.

대단한데? 아무리 그래도 그렇지 숫자도 비슷해 보이는 판에 이렇게나 압도적으로 밀고 나갈 수 있다니?

"앗! 그거 적팀 몬스터예요!"

"죄송합니다! 녀석이 먼저 덤벼서!"

"그럼 어쩔 수 없죠, 뭐!"

전투 중이기 때문일까? 그들은 고래고래 소리를 지르면서도 어퍼컷으로 미노타우르스의 턱을 쳐올리고 그사이 벌어진 입 안으로 화살을 박아 넣는다.

꽤나 두꺼운 가죽을 가지고 있기는 하지만 입 안에 화살이 박히면 죽는 수밖에 없기에 미노타우르스의 몸이 휘청거리더니 쓰러진다.

[호흡이 척척 맞는데?]

"평균적인 실력이지만."

자기들끼리 떠들면서도 턱을 올려치고 거기에 화살을 박아 넣는다. 그건 문자 그대로 예술적인 콤비네이션이었지만 거대 몬스터 상대할 때 '무투가는 턱을 치고 궁수는 화살을 박아 넣는다' 는 유저들 사이에서 너무나도 당연하게 퍼져 있는 상식이었다.

대단해 보이기는 하지만 저걸 못하는 유저는 사실상 거의 없다. 설사 무투가와 궁수가 오늘 처음 만난다 해도 저 정도 합격은 아무렇지 않게 펼칠 수 있을 정도니 말 다한 거지. 시간이 가면 갈수록 유저들의 평균 수준이 높아지고 있다.

[그런데 레온, 적팀 청팀 같은 건 뭐야?]

"응? 파티 개념을 몰라?"

파티라면 기본 시스템인데? 라는 시선을 담아 바라보자 에일렌은 뾰루퉁한 표정을 지었다.

[나라고 다 아는 건 아냐. 지원받는 정보가 워낙 불규칙하니까.]

"흠. 뭐, 청백팀 같은 건 말했다시피 파티야. 파티가 만들어지면 다른 파티끼리 파티원을 헷갈리지 않도록 색이 정해지는 거지."

그것이 컬러 컨셉(Color Concept). 컬러 컨셉은 적색, 청색, 흑색, 백색, 녹색, 황색, 금색, 은색, 자색, 남색 해서 열 가지 색으로 이루어져 있는데 파티에 들어가게 되면 평소 타인에게 보이지 않던 아이디가 머리 위로 떠오르게 된다. 당연하지만 같은 파티원이면 같은 색. 다른 파티원이면 다른 색이다. 그걸로 유저들은 그 색으로 파티를 구분하는 것이고 말이다.

[하지만 파티가 열 개를 넘으면?]

"열 개가 넘으면? 뭐, 별로 없는 일이기는 하지만 그렇게 되면 아이디 아래로 밑줄이 그어져서 구별할 수 있게 돼. 그리고 많으면 많을수록 밑줄의 숫자가 늘어나서……."

"크어!!"

뒤에서 휘둘러지는 배틀 엑스를 피해 한 발짝 물러선다. 상당한 덩치에 붉은색 털을 가지고 있는 미노타우르스. 난 그대로 녀석의 손목을 잡은 후 녀석이 달려들던 힘을 사용해 그대로 메쳐 버렸다.

쾅!

타격이 상당한 건지 그 터프하다는 미노타우르스가 꼼짝하지 못한다. 그리고 그 순간, 나는 장비 변경해 샤프니스 소드를 불러낸 후 그걸로 미노타우르스의 목을 찔렀다. 검이 순간적으로 움찔하고 저항하는 느낌이 있었지만 나는 강제로 녀석을 억누르며 샤프니스 소드를 쳐

들어 녀석의 목을 잘라 버렸다.

"크워어……."

단말마와 함께 미노타우루스의 몸이 검은 연기로 흩어진다.

"이거야 원. 힘이 많이 떨어졌군."

원래 몸 상태였다면 처음 메치기 때 끝장이 났을 테지만 힘이 달려 메치기를 할 때의 가속이 모자랐다. 상대방의 힘을 이용하는 유도라지만 내 힘이 더 강하다면 위력이 증가하는 건 당연한 일이니까.

[그런데 강화는 안 걸어?]

"물론 걸어야지. 기폭(氣暴)!"

시간이 지남에 따라 스태미나를 소모시키는 기폭. 하지만 기사를 봉인했다 해도 내 체력 수준은 상당한데다 내가 입고 있는 메크로네스 아머의 회복력도 뛰어나 상당히 긴 시간 동안 유지할 수 있었다.

뭐 어쨌든 이것으로 기폭과 버서크 가동. 능력치들이 빠르게 오르는 것을 확인하며 재차 주문을 외운다.

"눈부신 빠름을 선사하는 의지의 힘이여(Haste)! 지금 그 강함으로 나를 도와라(Strength)!"

가속 주문과 근력 강화주문. 나는 마력들이 온몸에 잘 스며드는지를 확인한 후 신성력을 움직였다.

"다리안의 영광된 빛이여, 지금 그 권능으로 그대의 종에게 불의를 넘어설 힘을."

축복(Blessing). 예전이라면 여기서 끝이었겠지만, 난 한 번 더 신력을 움직였다.

"성천(聖天)."

천령신서(天靈神書)에 실려 있던 육체 강화 기술. 전신에 보일 듯 말

듯 한 기운이 어리기 시작함과 동시에 힘이 차 오르는 것을 느낀다. 뭐, 가장 큰 강화 기술이라 할 수 있는 불사의 격노를 못 걸기는 하지만 이 정도만으로도 상당 수준의 능력치 상승이 일어난다.

[전투에 참가할 거야?]

"아니, 나는 다른 곳에서 혼자 사냥할 거야. 게다가 어차피 여기는 다 끝나가는 분위기."

"크억!?"

내 말이 끝나기도 전에 무투가 중 하나가 신음을 토하며 하늘로 날아올랐다. 맞은 건가? 물론 오거 다음으로 강한 근력을 가지고 있는 미노타우르스에게 맞으면 저 정도 날아오를 수도 있지만 40레벨이 넘는 무투가라면 타격을 흘려 버릴 수 있을 텐데?

의아해하던 나는 그 유저를 쳐낸 상대를 보고 깜짝 놀랐다.

"미노타우르스 용사?"

미노타우르스 용사라면 아마도 오거 용사와 같은 등급이겠지. 드디어 최상급 몬스터가 등장하기 시작한 건가?

[하, 하지만 너무 많은데? 100마리는 되어 보여.]

"당연하지. 일루전 시스템은 유저가 많이 모여 있는 곳은 몬스터도 많게 만드니까."

하지만 그래도 용사인데 좀 레어한 맛이 있어야지 100마리라니?

100마리의 미노타우르스 용사는 흥성을 지르며 유저들과 정면충돌했다. 지금까지는 수월하게 전투에 임하던 유저들이지만 미노타우르스 용사들이 실로 만만치 않은 듯 순식간에 피해자가 속출하기 시작했다.

[안 도와?]

"그럴 필요는 없을걸. 어디 보자… 하나, 둘, 셋, 넷, 다섯인가. 마스터만 다섯 명이 있으니까. 물론 그렇다고 해도 힘들겠지만 당하면 지들 팔자지 뭐."

내가 가볍게 그들을 무시하고 안쪽으로 향하자 에일렌이 야유한다.

[우에에. 인생이 솔플?]

"어차피 혼자 사는 세상……."

그대로 달린다. 그리고 몸을 약간 낮춰 한층 더 가속. 좀 전은 외곽이라 일반 미노타우르스들이 나왔던 모양이지만 들어가면 들어갈수록 화염 지대에 걸맞은 몬스터들이 등장하기 시작한다.

가장 먼저 모습을 드러낸 것은 새빨간 적염으로 이루어진 파이어 골렘(Fire Golem)이었다.

갸아아아…….

파이어 골렘은 문자 그대로 화염이 덧씌워진 골렘으로 흔해 보이는 이름과는 다르게 강력한 힘을 가진 최상급 몬스터다. 일반적인 골렘들이 마스터를 필요로 하는 것과 달리 녀석들은 주인없이 인간들에 대한 살의만으로 움직인다. 그 종류가 뭐든, 녀석은 몬스터라고 할 수 있었으니까.

화아악!!

파이어 골렘에게서 열풍이 불어닥친다. 열풍이 지나간 후에 몰아치는 불꽃. 주변이 삽시간에 불꽃으로 휩싸였지만 나는 화염 방어 아티펙트들의 힘과 항마력을 일으켜 그것들을 흩어냈다.

좋아, 약간은 불안했는데 충분히 막아낼 만하군. 나는 정신을 집중하고 마력을 움직였다.

"빙결을 선사하는 냉기의 힘이여, 지금 내 뜻에 따라 적을 꿰뚫어라!"

아이스 스피어(Ice Spear). 냉기를 휘감은 빙결의 창이 화염의 거인에게로 직격한다. 파이어 골렘은 순간적으로 움찔했지만 빙결의 창은 이내 녹아버리고 녀석은 다시 공격을 시작했다.

[안 통하는데?]

"아니, 뭐 3클래스였으니까. 하지만 아무리 그래도 전혀 타격이 없다는 건 속 쓰리군."

상대는 최상급 몬스터. 레벨로 보자면 50을 넘어가 마스터에 맞먹는 녀석이다. 물론 마스터급 유저는 여러 가지 장비와 마스터 스킬의 힘으로 가볍게 이겨내겠지만 그들이 마스터급의 전투력을 가졌다는 건 아무도 부정하지 못하리라.

화악!

다시금 불어오는 열풍. 하지만 그것들은 내 몸에 그을음 하나 만들지 못한다. 화염 방어 아티펙트를 전신에 장착하고 항마력을 일으킨 나는 어지간한 열기에는 침범당하지 않기 때문이다. 화염 방어라고는 하지만 열기 또한 방어하기에 뜨거운 프라이팬에 몇 시간 동안 손을 올려놓고 있어도 멀쩡하겠지.

"난감하군. 파이어 골렘은 물리 공격이 안 통할 텐데."

말하면서도 삽시간에 접근해 주먹을 휘두른다. 팡! 팡! 하는 소리와 함께 파이어 골렘의 머리와 팔이 박살난다. 하지만 단지 그뿐으로 녀석의 몸은 일렁이다 이내 처음의 모습으로 회복되었다.

[뭐야 이거?]

"염체(念體)라서 물리력에는 피해를 입지 않는 거야. 검기를 쓰면 되겠지만 기사는 봉인했으니 난감한걸."

물론 마법사, 신관 등의 직업에는 염체를 공격하는 무수한 수단이 있지만 내 레벨로 최상급 몬스터에게 타격을 주기란 요원한 일이었다.

"결국 합동 스킬 정도인가."

뭐, 나 같은 멀티 클래스(Multi Class:한 개 이상의 직업을 선택하는 것을 말함. 즉, 잡캐)로서는 당연한 일이겠지. 나는 땅을 박차 열풍보(熱風步)를 행했다. 뇌정신보(雷霆神步)를 배우기는 했지만 기본적인 효과나 효율성에서 직업마다 하나씩 주어지는 기본 보법을 넘어서기는 힘들었다. 뇌정신권을 사용할 때 준비 동작으로 활용할 때는 최상의 효과를 냈지만 말이다.

파팟!

순식간에 땅을 박차 파이어 골렘의 측면으로 크게 돌았다. 내 모습을 놓친 것인지 잠시 주의를 두리번거리는 파이어 골렘. 나는 진각을 밟으며 주먹을 당겼다.

"물줄기를 만들어, 운디네!"

내 목소리에 반응해 물줄기가 일어나 주먹을 감싼다. 소용돌이치는 물줄기. 이번에는 왼손으로 한 장의 부적을 꺼내 든다.

"냉기가 천지를 뒤덮나니. 빙천부(氷天符)!"

부적을 찢어 소용돌이치던 물줄기에 녹여 버린 후 전신 근육을 긴장시킨다. 다리, 무릎, 허리, 어깨, 팔꿈치, 손목으로 회전이 이어진다.

이제야 내 존재를 느낀 듯 다급하게 몸을 돌리는 파이어 골렘. 하지만 나는 지체하지 않고 주먹을 휘둘렀다.

쩌저적!!

주먹을 휘돌던 물줄기가 불꽃에 닿는 순간 냉기가 폭발한다. 새파랗게 타오르던 파이어 골렘이었지만, 폭발한 냉기는 녀석의 전신을 뒤흔들었다.

갸아아아―

이번만큼은 타격이 있던 듯 녀석이 비명을 지르며 주먹을 휘두른다. 내가 화염 방어가 높다고는 해도 저걸 맞으면 곤란하지. 나는 다시 땅을 박차 녀석과의 거리를 벌렸다. 타격을 준 직후 후퇴, 그리고 다시 타격. 유저들이 즐겨 쓰는 히트 앤 런(Hit And Run)이었다.

내 공격에 화가 난 것일까? 파이어 골렘은 나를 행해 압축된 화염구를 집어던졌다. 새파랗게 타오르는 폭염의 구슬. 내 화염 방어가 높다고는 하지만 저렇게나 응축된 폭염을 견딜 정도는 아니다. 뭐 그래도,

"안 맞으면 그만이지!"

상체를 젖혀 화염구를 피하며 그대로 슬라이딩하듯 녀석의 근처까지 파고든다. 그리고 양팔로 땅을 쳐 솟구치듯 일어난 후 다시 부적을 꺼내 찢었다.

"다시 한 번, 빙천부(氷天符)!"

이번에는 소용돌이가 오른 다리에 생겨난다. 심령이 연결된 만큼 확실하군. 나는 왼발로 단단히 땅을 디디며 녀석을 올려찼다.

아까와 마찬가지로 발이 녀석의 몸에 충돌하는 순간 냉기가 폭발한다.

쩌저적!!

파(破) 자결로 불길을 흩어내고 거기에 냉기를 불어넣는다. 냉기는 발을 휘돌던 물줄기에 반응해 빙결했고, 그것은 고스란히 녀석에게 타격으로 남는다.

갸아아!!

분노한 파이어 골렘이 양팔을 휘두른다. 꽤나 매서운 기세지만 난

몸을 좌우로 흔들어 모두 피한 후 다시 한 번 진각을 밟았다.

펑!

파(破) 자결을 방출해 녀석의 몸을 흩어버리고,

쩌저적!

빙천부(氷天符) 세 장. 그 공간을 빙결시킨다.

갸아아······.

바람 빠지는 소리와 함께 파이어 골렘의 몸이 무너져 내린다. 드랍 아이템은 정석과 루비로 장식된 반지다.

"크으, 머리야."

승리를 기뻐할 틈도 없이 머리를 부여잡고 신음한다. 역시 빙천부를 다섯 장이나 쓰는 건 무모한 짓이었나. 특히 마지막 세 장을 한꺼번에 쓴 게 치명적이다. 아무래도 내 빙천부들은 순식부적이니까.

일반적으로 부적은 순식부적(瞬式符籍)과 영식부적(永式符籍)으로 나누어진다. 뭐, 다른 분류 방식도 많지만 역시 가장 큰 건 이것들이다.

순식부적은 주문을 강화하고 발동을 빠르게 만드는 부적으로, 부적 그 자체에는 별다른 힘이 없어 제작자 의외의 인간이 가져 봐야 종이 쪼가리에 불과하다.

물론 그만큼 순식부적은 제작이 쉽다. 정해진 술식대로 그림과 문자를 그리고 거기에 약간의 마력만 주입하면 되니까. 만드는데 10분도 안 걸리는 것이다.

그리고 일반적인 사람들이 아는 것이 영식부적. 영식부적은 주문 그 자체의 힘이 담겨 있는 부적으로 일반인이 사용한다 해도 제 위력을 발휘할 뿐더러 사용자에게 아무런 부담도 지우지 않는다. 쉽게 말하자면 마법 스크롤 같은 거랄까.

둘 중 하나를 뽑으라면 역시 영식부적 쪽이 진짜에 가깝겠지만 세상에 공짜는 없는 법. 효능이 더 좋은 영식부적이 순식부적에 비해 만들기 힘들다. 하나 만드는데 한두 시간은 기본으로 들어가는 데다 힘의 소모도 만만치 않은 것이다. 어디 그뿐인가. 특수 처리한 종이가 들어가고 글자 역시 술사의 피가 아니면 효과를 발휘하지 않는다.

그래서 마법사들은 영식부적을 잘 만들지 않는다. 물론 아주 안 만드는 것이 아니라 최후의 최후를 준비해 네다섯 장만을 만들고 평상시에는 순식부적을 사용한다.

[괜찮아?]

"괜찮아. 그냥 좀 어지러운 정도지."

내가 사용한 주문은 헤비 프로즌(Heavy Frozen). 4클래스 주문인데 빙천부를 사용해 3클래스인 내가 사용한 것이다. 아무리 부적술을 썼다 해도 윗 클래스의 주문을, 그것도 다섯 방이나 썼으니 겨우 이 정도 반동인 것도 감지덕지 할 판이다.

나는 정석을 인벤토리에 집어넣고 드랍된 반지를 잡았다.

"감정(鑑定)."

예술가 특수 스킬. 가볍게 정신을 집중함에 따라 허공에 문자가 떠오른다.

어디 보자. 이름은 배틀 플레임(Battle Flame). S+급에 드랍 아이템(Drop Item)이라 그런지 제작자는 없군. 마법이 걸린 줄 알았는데 그냥 특수 능력이 있는 반지다. 그러니까 그 특수 능력이……

"화염 속성력 10포인트? 상당하군."

오호~ 지금 내 기본 화염 속성력은 2점. 거기에 아티펙트 다 장착하면 7점. 다시 헬 하운드 슬레이어를 장착하면 27점. 이 반지까지 끼게 되면 37점이다. 이 정도면 거의 40에 육박하는 수치가 아닌가? 이 정도면 3클래스에 육박하는 화염을 속성력만으로도 일으킬 수 있으리라.

"비슷한 걸로 전격도 없으려나?"

중얼거렸지만 그다지 쉽게 나올 것 같지는 않다. 아무리 최상급 몬스터라고 해도 이만한 아이템을 마구마구 흘릴 것 같지는 않으니까.

[하지만 그래도 아이템 너무 잘 나오는 거 아냐?]

"글쎄. 운영자, 아니, 신들께서 뭔가 조절해 주신 걸지도 모르겠……."

태연스럽게 말하다 감각을 확장시킨다. 에일렌 역시 뭔가를 느낀 듯 주변을 두리번거렸다.

[레온.]

"알아. 은(隱)."

다가오는 대여섯 마리의 몬스터를 느끼고 은신한다. 내 모습이 공기 중으로 흩어져 버리자 목표물을 잃어버리고 방황하는 몬스터들. 어쨌든 최상급 몬스터 녀석들인 만큼 근접 거리에서 은신했으면 내 방향을 예측해 공격했겠지만 어느 정도 거리를 두고 일찌감치 은신했기에 녀석들도 방법이 없는 듯했다.

'후우, 좀 쉬자.'

나는 그대로 근처 바위에 기대어 숨을 몰아쉬었다. 아아, 역시 좀 어지럽군. 기사를 봉인한 이상 최상급 몬스터는 1:1이 한계다.

[역시 장비빨을 빌려야겠지?]

'뭐 그렇군.'

난 세 개의 사기급 아이템을 가지고 있다. 강력한 뇌전과 항마력을 지닌 카이더스와 스페셜 보스에게도 치명적인 타격을 입히는 드래고닉 피어싱, 그리고 모든 공격을 막아낼 수 있는 알타그라 중갑.

이것들은 잘만 사용하면 내 전투 능력을 능히 열 배 이상 끌어올릴 수 있는 물건들이다. 남들이 보기에 조금 반칙적인 물건이라고도 할 수 있겠지만 뭐, 있는 물건들을 안 사용하는 것도 웃기는 일이겠지.

"좋아. 대충 쉬었다."

은신을 풀고 몸을 일으킨다. 필드가 워낙 넓기 때문일까? 날 인식하고 몰려왔던 몬스터들도 전부다 흩어져 주위에는 아무도 없다.

"뭐, 그래도 최상급 몬스터라 그런지 경험치가 높은 편이군. 하루에 서른 마리씩만 잡으면 3일 만에 라운드 파이터가 될 수 있겠어."

[서른 마리라… 좀 무리하는 게 아닐까?]

맞는 말이다. 실제로 조금 전의 난 전력을 다해 최상급 하나 상대했을 뿐이니까.

운이 좋아 1:1 상황이었지 그 이상이라면 아무리 나라도 목숨이 위험할 정도로 최상급 몬스터는 강하다. 하지만 그렇다고 몬스터들이 상대하기 좋게 한 마리씩 차례대로 나올 리는 없지 않은가? 물론 그냥 뛰어드는 방법도 있겠지만 여기가 게임이 아니란 것을 안 이상 조금은 목숨을 아낄 필요가 있는 것이다.

"하지만 더 큰 문제는 역시 다른 직업들이군."

그래, 내가 맨 처음 게임을 시작할 때도 그랬지만 열두 개의 직업은 아무래도 심각한 문제다. 만약 내가 라운드 파이터가 된다면 어떻게 해야 할까? 나는 그 다음 전투부터 무투가도 봉인해야 한다. 그 다음으로 마법사까지 마스터를 한다면? 마법사도 봉인해야 한다.

내 목표는 올 마스터(All Master). 보통 유저들은 성장함에 따라 강해지지만 내 능력치는 성장하면 성장할수록 무시무시한 기세로 떨어진다. 지금만 해도 기사 하나 봉인해서 상당히 약해지지 않았던가? 만약 이렇게 차례차례 봉인해야 한다면 후반으로 가면 갈수록 전투는 힘겨워지고 필요한 경험치는 많아지리라. 게다가 직업들이 봉인되면 내 최대의 장점이라고 할 수 있는 기본 능력치마저 떨어진다. 최후에는 아무런 특징도 없는 25레벨짜리 직업으로 최상급 몬스터와 싸워야 할지도 모르는 일인 것이다.

[레온?]

"아, 미안. 잠깐 딴생각 좀 하느라고."

걱정 말라는 듯 고개를 흔들며 몸을 푼다. 흐음, 하지만 여전히 난감하군. 내가 다재다능하다고는 해도 신관이나 정령술사 같은 직업들에까지 엄청난 능력을 가지고 있는 것은 아닌데 말이다.

크르르…….

"어이쿠. 벌써 등장이신가."

커다란 바위 뒤쪽에서부터 붉게 타오르고 있는 거대한 이구아나가 모습을 드러낸다. 기척에 민감하군. 은신을 풀었다고는 하지만 벌써 나타나다니.

[그레이트 샐러맨더(Great Salamander)네.]

"알긴 아는데… 이놈이고 저놈이고 죄다 물리력이 통하지 않는 녀석들이군. 장비 5번."

드래고닉 피어싱(Dragonic Piercing). 나는 슥— 하고 모습을 드러내는 거창을 꼬나 잡으며 그대로 땅을 박찼다.

쐐엑!

바람 가르는 소리와 함께 거대한 랜스가 그레이트 샐러맨더의 몸을 긁고 지나간다. 하지만 단지 그뿐. 랜스에 긁힌 부분이 잠시 흩어졌지만 그것은 이내 원래대로 돌아와 버렸다.

끄아아!!

"시끄러!"

바닥에 닿을 듯 바짝 몸을 낮춰 불꽃 기둥을 피하고 몸을 좌우로 흔들어 가속. 삽시간에 녀석과의 거리를 벌린다. 흥. 최상급 몬스터라고는 하지만 민첩성에서는 내 쪽이 압도적으로 우위다. 이만한 이점에 사기급 무기를 들고 지면 그건 바보겠지.

나는 근처의 바위를 박차고 다시금 적에게로 돌진한다. 그레이트 샐러맨더는 깜짝 놀라 불꽃의 벽을 만들었고 나는 방향을 틀어 그것을 피했다.

쳇, 정면으로 틀어넣으려고 했는데 생각보다 반응이 빠르군. 나는 녀석을 스쳐 지나가며 드래고닉 피어싱을 녀석에게로 겨눴다. 몸 전체를 돌린 게 아니라 손목의 힘을 이용해 시선은 정면으로 두며 랜스만 오른쪽으로 뻗은 것이다.

그리고 점화.

망설이지 않고 방아쇠를 당긴다.

쾅!

강렬한 폭음과 함께 고온 고압의 플라즈마 제트기류가 은색의 창끝으로 분사된다. 그 위력은 실로 무시무시할 정도라 몸을 틀어 불꽃을 토하려 하던 그레이트 샐러맨더의 몸이 단숨에 터져 나간다.

좋아. 오랜만이기는 하지만 역시나 엄청나군. 나는 만족스러운 미소를 지으며 드래고닉 피어싱을 회수했다.

아니, 회수하려고 했다.

"어라?"

맑은 울림과 함께 드래고닉 피어싱이 바닥으로 떨어진다. 놓쳤다? 내가? 잠시 허망해하는데 에일렌이 날 보고 어처구니없다는 표정을 지었다.

[팔이 부러진 것 같은데?]

"……."

아아. 잊고 있었다. 이 살인적인 반동. 글레이드론의 등에 누워서 발사해도 반동이 엄청날 판에 그걸 멀쩡히 서서 한 손으로 발사하다니. 너무 오랜만에 사용해서 내가 잠시 미쳤었나?

나는 덜렁거리는 팔을 붙잡고 난감한 표정을 지었다. 잠시 당황하는 사이에 근처로 대여섯 마리의 그레이트 샐러맨더가 모여 있는 상태였기 때문이다.

[어쩌지?]

"요, 용서를 빌어볼까?"

[…….]

나는 마음 속 깊은 곳에 잠들어 있던 평화 주의 자로서의 본능이 각성하는 것을 느꼈다. 아아, 이 마음을 모두가 공유한다면 좀 더 아름다운 세계를 만들 수 있을 테지만 아쉽게도 적들은 그런 의사가 눈곱만치도 없어 보인다.

"쳇, 장비 1번. 그리고 은(隱)."

그레이트 샐러맨더들은 드래고닉 피어싱과 내 모습이 사라져 버리자 눈에 띄게 당황하기 시작했다. 하지만 명색에 최상급이라는 걸까? 녀석들은 이내 정신을 차린 듯 신속히 포위망을 짜 압박해 들어오기 시작했다.

쯧. 걸어서 빠져나가 볼까 생각했더니 고생시키는군. 나는 멀쩡한 왼팔로 부러진 오른팔을 잡아들었다.

"나 그대의 계약자이자 창공을 꿰뚫는 의지의 발현. 그대의 존재는 계약에 따라 증명될지니 지금 그 명에 따라 나를 수호하는 권능이 되어라."

소환.

"글레이드론."

허공에 소환진이 새겨지는 것을 확인한 후 지체없이 땅을 박찬다. 격한 움직임을 취하자 은신이 풀렸고 내 모습을 발견한 자이언트 샐러맨더들이 화염을 뿜었지만 화염 내성과 더불어 항마력을 일으킨 나에게 아무런 해도 끼치지 못한다.

하지만 그건 내 경우일 뿐, 글레이드론은 화염을 정면으로 맞아야 했다.

[앗뜨뜨! 뭐, 뭐야 이건?]

"아차! 네가 있었군. 미안~ 그래도 쌀쌀한 날씨에 따듯하지?"

[…….]

글레이드론은 가끔 다 때려치우고 싶다는 듯한 표정으로 날갯짓하기 시작했다. 그레이트 샐러맨더들이 불꽃을 뿜었지만 이미 비행에 들어간 글레이드론을 맞추지는 못했다.

글레이드론은 커다란 날개를 활짝 펴더니 일시에 날갯짓해 팅기듯 불꽃 위로 솟아올랐다. 그리고 몸을 돌려 바람을 타더니 순식간에 날아오른다.

"좋아. 지금부터 나 치료 좀 할 테니까 흔들리지 않―"

않게 조심해. 라고 말하려는 순간 밑이 허전하다는 것을 깨달았다. 글레이드론이 몸을 틀어 직각으로 방향을 꺾어버렸기 때문이다.

떨어진다. 허망하게. 너무 어이가 없어 헛! 하고 신음을 토하는데 글레이드론이 다시 방향을 틀어 내 몸을 받아낸다.

[어이쿠. 등짝이 미끄러졌네.]

"……."

와~ 성격 나빠. 아니, 뭐 내가 할 말은 아니지만 요새 들어 많이 꼬였구만?

나는 투덜거리다 다시 녀석의 등 위에 몸을 눕혔다.

"좋아. 그럼 시술—"

막 치료하려는 순간 등 밑이 다시 허전하다. 이미 한 번 있던 일이지만 전혀 상상을 못해 오히려 두 배는 당황스럽다.

[어이쿠. 등짝이 또 미끄러졌네.]

"…이봐, 너."

[실수야. 더 이상 이런 일 없을 테니 날 믿어라, 주인.]

"……."

뭔가 화내려다 김새서 그만두었다. 아아, 진짜 어쩌다 이렇게 된 거야? 나는 한숨을 쉬며 부러진 어깨에 손을 올렸다.

"시술(施術)."

부러진 뼈를 연결하고 근육과 신경을 재정립한다. 그것은 인간의 육체를 이해해야만 발동하는 섬세한 작업. 나는 팔이 대충 움직이는 것을 확인한 후 신성력을 일으켰다.

"다리안의 영광된 가호여, 지금 상처 입은 그대의 종에게 한 조각의 안식을."

연결되었다고는 하나 그 연결 부분이 약했던 뼈가 단단히 붙고 근육과 신경이 활성화된다. 전치 4주는 가볍게 나올 상태였지만 완치되는데 5분도 걸리지 않는다.

"그러고 보니 이게 현실이라면…… 이 몸은 뭐지?"

시술에 이은 신성력은 물론 뛰어난 치료 능력이지만 만능은 아니다. 인간의 몸이라는 게 한계란 게 있어서 아무리 치료를 한다 해도 계속 다치면 상하게 되니까. 뼈와 근육에 데미지가 계속해서 누적되는 것이다.

하지만 이 몸은 그런 거 없다. 치료하면 그걸로 끝이다, 부작용이나 후유증 같은 것도 없고. 마치 부상당한 사실 자체를 부정이라도 하는 것처럼 원상태로 돌아오는 것이다.

그나마 나는 부상을 덜 입는 편이지만 유저 중에는 하루에 열 번도 넘게 팔다리를 부러뜨리는 녀석도 있다고 하니 말 다한 셈이지.

"그러고 보니 다크라는 녀석이 이걸 신체(神體)라고 불렀었지."

신체(身體). 신체(神體). 발음은 같지만 전혀 다르다. 알아보기 쉽게 말한다면 인체와 신체의 차이겠지. 인간의 몸이 아닌, 신의 몸이라는 뜻이다.

내 힘이 세고 마력이 높은 거야 능력치가 그런 것뿐이지, 딱히 더 좋거나 한 건 아니다. 그리고 그렇다면 나뿐 아니라 모든 유저들이 신의 몸을 가지고 있다는 말일 텐데. 신의 몸이 무슨 신발이나 칫솔 같은 것도 아니고 어찌 대량 생산될 수 있단 말인가?

[그런데 레온.]

"왜?"

이제 와서는 계속 레온이라고 줄여 부르는군. 뭐라 하기도 귀찮아 그냥 몸을 일으켜 글레이드론의 목 위에 앉았다. 비행하고 있던 만큼 맞바람이 상당했지만 바람의 정령을 부릴 줄 아는 나로서는 그리 크지 않은 문제였다.

글레이드론의 목 뒤에 무사히 자리 잡자 에일렌이 다시 물었다.

[좀 늦은 것 같은 질문이기는 하지만…… 이제 어쩔 생각이야?]

"뭐가?"

[일루전이 게임이 아니라는 걸 알았으니 어떤 목적으로 행동할 건지가 궁금해서.]

뜬금없는 질문이었지만 지금껏 생각하던 문제이기에 무리없이 답한다.

"일단은 현실. 아니, 우리 쪽 세계로 돌아가는 게 목표겠지. 그러려면 마족공을 잡아야 하고 말이야."

물론 지금 내 힘으로 마족공을 이기는 건 불가능한 일이다. 그리고 그렇기에 능력을 키우려는 것이고. 내 대답에 에일렌은 다시금 말했다.

[그러면 레온. 나……]

[조심해라, 주인!]

급격하게 몸을 튼 글레이드론의 옆으로 불기둥이 스치고 지나간다.

"뭣?! 이 높이까지 공격 범위가 닿아?"

이렇게나 까마득히 올라왔는데? 나는 천리안(千里眼)을 사용해 지면을 살폈다.

땅 위에 있는 건 거대한 크기를 가지고 있는 대공포. 그건 상당한 높이의 탑 위에 자리 잡고 있었는데 분위기를 보아하니 어마어마한 사정거리로 원거리 유저를 저격하는 것 같았다.

"그런데 조종하는 놈은 어… 피해!"

글레이드론은 왼쪽 날개를 접더니 눈 깜짝할 사이에 방향을 직각으로 꺾었다. 이제는 스치지도 못하고 하늘로 올라가는 화염 기둥. 하지만 난 놀랐다.

"저게 몬스터야?"

천리안으로 본 대공포 위에는 'Farseer'라고 써 있었다.

"그런데 Farseer가 뭐지? 패서? 패이서?"

[파 시어(Far Seer)잖아. 멍청하긴.]

"……."

바, 바보 취급당했다. 하지만 띄어쓰기가 안 되어 있어서 헷갈린 것뿐인데 면박주기는. 난 투덜거리며 다시 한 번 대공포를 바라보았다. 파 시어(Far Seer)의 뜻은 멀리 보는 자. 즉, 녀석은 누가 조종하는 물건이 아니라 그 자체가 몬스터라는 말이다.

[그런데 무생물도 몬스터가 될 수 있어?]

"아니, 뭐 잘 생각해 보면 파이어 골렘도 무생물이기는 하지."

하지만 아무리 그래도 대공포 같은 게 몬스터라니. 나는 어이없어 하며 파 시어의 동향을 살폈다.

[공격이 멈췄는데?]

"다 피해 버리니 다른 수단을 찾는 거겠지. 최상급 몬스터라면 상당 수준의 지능을 가지고 있으니까."

아닌 게 아니라 최상급 몬스터 중에는 유저와 대화가 가능한 녀석도 꽤 있었다. 그중에서 서큐버스(Succubus)나 인큐버스(Incubus) 같은 녀석들은 말을 할 뿐만 아니라 혼이 나갈 정도로 아름다운 외모를 가지고 있어 필드에 떴다는 정보만 새나가도 수많은 유저가 떼로 몰려간다고 한다. 듣기에는 성지의 마스터들처럼 팬클럽까지 있다고 하던데.

[접근할까?]

"역시 그래야겠지. 초장거리 공격이 가능한 녀석이라면 근거리 전투에서 약할 테니까."

하지만 그렇게 말하는 순간 아래에서 다시금 대공포가 움직이더니 지름 1미터짜리 화염구를 발사했다. 거, 땅에서 1킬로미터는 떨어져 있는 것 같은데 잘도 정확히 발사하는군. 멀리 보는 자라는 이름대로 천리안이라도 가지고 있는 건가? 아니, 대공포에 눈 달린 건 영 이상할 테니 특수한 감각기관을 가지고 있을지도.

"글레이드론."

[알아.]

글레이드론은 살짝 고개를 끄덕이더니 매끄럽게 방향을 틀었다. 뭐, 당연하다면 당연할 것이 하늘을 날고 있는 글레이드론을 명중시키는 건 거의 불가능에 가깝다. 글레이드론의 비행은 말 그대로 신기(神技)라 할 수 있는 수준이니까.

가볍게 몸을 돌려 화염구를 피해내는 글레이드론. 하지만 그때 우리 옆을 스쳐 지나가던 화염구가 폭발했다.

[뭣!?]

피하고 말 것도 없이 바로 폭발에 휩쓸린다. 글레이드론은 단번에 날개를 접어버리고 고개까지 수그려 공처럼 자신의 몸을 웅크렸다. 타격을 막기 위해서인 것 같았다.

"이봐, 나는!?"

[알아서 막아!]

이런 몰인정한 환수 같으니! 나는 녀석의 몸에 바짝 붙은 채로 온몸의 마력을 활성화시켰다.

쾅!

후끈한 열기가 지나가고 이어 무시무시한 후폭풍이 몰아친다. 맙소사. 완전히 휩쓸렸다! 열기야 막지만 폭발로 발행한 충격파는 마나로 보호되고 있는 나에게조차 심대한 타격을 입힌다.

폭발이 지나가고 나는 살짝 눈을 떴다. 폭발로 인한 기압 차로 안구가 파열되기라도 곤란하기 때문에 눈에는 특별히 많은 마나를 운용해 보호한 상태였다.

하지만 그럼에도 몸에 온 타격이 상당하군. 나는 다시금 정신을 집중했다.

"시술(施術)."

내상. 이놈의 몸뚱어리 요새 들어 멀쩡할 날이 없단 말이야. 뭐 보통의 인간이 이런 폭발에 휩쓸렸다가는 찍소리도 못하고 사망했겠지만 어쨌든 아픈 건 아픈 거였다.

[괜찮나?]

"아아, 괜찮아. 하지만 이 정도 거리에서 잘도 이런 공격을 날리는군."

아무리 생각해도 이건 정상이 아니다. 조금 전에 그레이트 샐러맨더도 최상급 몬스터고 저 녀석도 최상급 몬스터인데 이 차이는 뭐란 말인가? 물론 성향 차이라는 게 있을 수는 있다. 저게 포격에만 특화된 것일 수도 있지. 하지만 아무리 그래도 이 거리에서 이 공격력은 이상하잖아? 애초에 맞출 수 있다는 것부터가 문제 아냐?

[접근한다.]

"좋아. 최대한 빨리!"

쐐액! 바람이 찢어지는 듯한 소리와 함께 글레이드론의 몸이 낙하하기 시작했다. 아래에서는 몇 번의 포격이 더 올라왔지만 글레이드론은 매끄럽게 피한 후 녀석에게로 돌진했다.

"장비 5번."

드래고닉 피어싱(Dragonic Piercing). 나는 몸을 글레이드론의 등에 바짝 붙인 후 드래고닉 피어싱의 손잡이를 끌어당겼다.

끼이익!!

"큭. 더 있었나?!"

글레이드론을 향해 날개만 해도 2미터는 넘어 보이는 적색의 박쥐가 날아든다. 파이어 배트(Fire Bat). 이름이야 머리 위에 떠 있으니 알지만 처음 보는 녀석이군. 일단 최상급인 것 같기는 하지만 약점이나 공격 방식 모두 생소한 녀석이라는 말이다.

하지만 상관없는 일. 난 드래고닉 피어싱을 꼬나 든 채 정신을 집중한다. 몸을 커다랗게 벌리더니 주변의 마나를 공명시키기 시작하는 파이어 배트. 음파 공격인가. 하지만 내 쪽이 더 빠르다!

섬광처럼 내질러지는 드래고닉 피어싱. 은빛의 랜스가 적색의 몸을 꿰뚫고,

쾅!

섬광이 터져 녀석의 몸을 날려 버린다.

"큭! 또?"

우득. 하는 소리에 나도 모르게 이를 악문다. 젠장, 이 무식한 무기 같으니! 이번엔 자세를 제대로 잡았는데도 오른 어깨가 나가 버렸잖아!

나는 재빨리 드래고닉 피어싱을 왼팔로 옮겨 들었다. 엄살 부리고 싶지 않았지만 이미 나가 버린 팔로 또 드래고닉 피어싱을 사용한다는 것은 불가능한 일이니까.

[파고들겠다!]

왼팔로 드래고닉 피어싱을 잡아드는 순간 글레이드론은 날아들던 자세 그대로 몸을 거꾸로 뒤집어 방향을 틀어버린 뒤 오른쪽 날개로 다시 반전해 대공포의 코앞까지 파고들었다.

마치 묘기와도 같은, 실제로는 불가능한 비행술이지만 글레이드론 녀석은 드래고닉 피어싱의 반동을 이용해 그걸 해낸 것이다. 대공포는 우리를 향해 포격을 가했지만 글레이드론의 이 비행으로 허사가 되었다.

[크으… 이런.]

난데없이 들려오는 영언에 놀란다. 지능을 가진 몬스터였나? 뭐 어차피 싸우는 상황에서 상관없는 일이지만!

쾅!

방아쇠를 당기자 폭음과 함께 강한 반동이 어깨를 때린다. 큭! 왼쪽 어깨도 나갔어! 하지만 이걸로 끝……!

"헛?"

나는 나에게 포구를 겨누는 대공포의 모습을 보고 숨을 들이켰다. 어떻게 된 거야? 드래고닉 피어싱의 타격이 위쪽으로 빗겨갔다?

[제법이었군. 죽어라.]

"거절하겠어!"

우웅─ 하는 소리와 함께 화염을 머금는 포구. 하지만 난 당황하지 않고 오른손을 뒤로 당겼다.

양기와 음기의 집중. 회전. 양기는 음기를 음기는 양기를 끌어들이고 집결점 없이 모여든 마나는 일순간 진공상태를 만든다. 그것이 마나 동결.

[뭣?]

대공포 녀석이 경악하거나 말거나 포구에 맺혔던 화염이 흩어진다. 그리고 그 순간 나는 드래고닉 피어싱을 녀석의 몸에 박아 넣었다.

"터져라."

쾅!!

무시무시한 폭음과 함께 플라즈마 제트기류가 창의 정면으로 분사된다. 그것은 모든 것을 찢어버리는 음속의 검! 무언가 투명한 보호막이 생성되었지만 이미 창끝은 녀석의 몸에 박혀 있는 만큼 쓸데없는 저항일 뿐이다.

[타격이… 크군.]

"오호~ 그게 본체였나?"

나는 대공포 안쪽에 있던 적색의 보석을 보며 휘파람을 불었다. 6각으로 이루어진 그 보석에서는 쉴 새 없이 화염이 일렁이고 있다.

드래고닉 피어싱이 대공포를 반 이상 부쉈지만 녀석은 대공포보다 훨씬 작은 덩치를 가지고 있어 타격을 덜 받은 것 같았다. 물론 타격을 덜 받았다고는 해도 완전 무사한 건 아니어서 지금의 나라면 문제없이 제압할 수 있는 수준이다.

"장비 2번. 잘 가라."

드래고닉 피어싱이 사라지고 거기에 클레이모어가 잡혀 든다. 아, 그러고 보니 새로 만든 클레이모어로 바꿔 들어야 하는데 깜빡했군. 뭐 지금은 그게 중요한 게 아니지.

나는 클레이모어를 들어 적색의 보석을 겨눴다. 드래고닉 피어싱을 쓰고 싶기는 하지만 지금 난 왼팔이고 오른팔이고 맛이 가버린 상태이기 때문에 드래고닉 피어싱을 다룰 만한 상태가 못 된다. 뭐 이 상태에서는 검이면 충분하니 상관없는 일이지만 말이다.

검을 끌어당기고 마나를 일으키는데 문득 적색의 보석이 은은한 빛을 뿌린다.

[잠깐 타임. 항복이야.]

"뭐?"

무슨 소리를 하는 거야 이 녀석? 잠시 황당해하는데 적색의 보석, 그러니까 파 시어가 당연하다는 듯 말했다.

[너 카드술사로서의 능력을 가지고 있지?]

"네 녀석한테 말해준 기억은 없는 걸로 아는데."

[긴장하지 마. 난 탐색 능력이 있어서 대충 보면 알 수 있는 거니까.]

사실이라면 재미있는 능력이기는 하지만 좀 당황스럽군. 좀 전만 해도 치열하게 싸웠던 주제에 항복이라니? 꽤나 많은 몬스터와 싸워온 나지만 항복하는 몬스터 따위는 본 적도, 들은 적도 없다. 물론 유저들에게 테이밍당해 부하로서 움직이는 몬스터의 수는 상당하지만 최상급 몬스터가 전투에서 졌다고 항복하는 건 아무래도 상식 밖의 일이라는 말이다.

"그런데 내가 카드술사로서의 능력을 가진 게 뭐 어떻다는 거지?"

[뻔한 거 아닌가? 날 부하로 삼아다오.]

"방금 싸운 주제에 같은 편으로 받아달라는 거냐?"

[바로 그렇지. 내 꿈은 무병장수거든. 이대로 몬스터의 삶을 살아봤자 언젠가 죽을 것 같은데 차라리 네 편이 되는 게 좋을 것 같다.]

"……."

너무 태연한 태도에 할 말을 잃는다. 무병장수? 좀 전까지만 해도 포격을 가하던 몬스터가 말하기에는 너무 생기발랄한 꿈이 아닌가?

[어쩔 텐가? 죽인다면 어쩔 수 없지만.]

그의 말에 잠시 고민한다. 으음… 정말 어쩌지? 엄청난 사정거리를 가지고 있는 포격 몬스터는 물론 탐난다. 지금의 나에게는 개별적으로 강한 녀석보다는 이렇게 특수 성향의 몬스터가 더 필요한 상황이니까.

"난 카드술사로서의 소양이 그리 높지 않은데 말이야."

[괜찮다. 내가 완전 동의하면 되니까.]

물론 봉인이 그렇다 뿐 내 레벨로는 최상급 몬스터인 녀석을 소환할 수 없을 것이다. 하지만 잘 생각해 보면 카드술사로서의 능력을 올리면 되는 일이 아닌가?

나는 고개를 끄덕였다.

"그렇다면 좋다. 내 이름은 밀레이온 더 윈드리스. 계약을 승인하겠나?"

[승인하지. 내 이름은 파 시어. 그냥 시어라고 불러도 좋다.]

나는 품속에서 황금빛 카드를 꺼냈다. 나도 여유분은 한 장뿐이지만 어쨌든 최상급이니 레어 카드(Rare Card)가 아니고는 제어할 수 없겠지. 나는 비어 있는 카드 앞면을 녀석에게로 향한 후 말했다.

"봉인(封印)."

슈우우. 하고 바람 새는 듯한 소리와 함께 1미터에 달하는 적색의 보석이 카드 안으로 빨려 들어간다. 비어 있던 카드에는 붉은색의 보석이 그려지고 아래에 파 시어(Far Seer)라는 글자가 새겨졌다.

[얼떨결에 몬스터 하나 겟? 해괴한 경우네.]

"동감이야."

[신용할 수는 있겠나?]

"나도 잘 모르지. 하지만 딱히 흑심을 가진 것 같지는 않더군."

말하는 사이 주위로 몬스터들이 몰려오기 시작한다. 이런, 드래고닉 피어싱의 폭음에 반응한 건가.

[싸울 거냐?]

"잠깐 치료 좀 하고. 지금 두 팔이 나가서 못 싸워."

[그럼 도망친다.]

글레이드론은 그렇게 말하더니 단숨에 땅을 박차고 하늘로 솟구쳐 올랐다. 조심스럽게 접근하던 몬스터들이 놀라 달려들었지만 글레이드론은 날개를 펼쳐 튕겨내고 날갯짓을 시작했다.

[계속 여기서 싸울 거야?]

"아니. 한곳에서 싸우다 집중 공격이라도 당하면 난감하지. 계속 이동하면서 한 녀석씩 상대할 거야."

하지만 더 이상 드래고닉 피어싱을 사용하는 것은 무리다. 아무리 좋아도 그렇지 쏠 때마다 팔이 나가 버리는 무기라니. 게다가 이놈의 반동 때문에 방향이 엇나가 타격이 제대로 들어가지도 않으니 이건 아무리 생각해도 탄환 낭비인 것이다.

"장비 1번."

맨손 상태. 클레이모어를 사라지게 한 후,

"카이더스."

왼 손바닥에 마법진이 새겨지고 거기로 청색의 손잡이가 모습을 드러낸다. 나는 그것을 잡아 뽑았고, 단검 형태로 빠져나온 카이더스는 이내 클레이모어로 변했다.

[레온, 팔.]

"아아, 치료할 거야. 마력을 상승시키려고 카이더스를 먼저 꺼내 든 거지."

신성력을 이용한 부상 회복은 이제 자제할 필요가 있다. 어쨌든 신관으로서의 내 레벨이 별로 높지 않은데다 신성력의 80% 이상이 보조 능력—그러니까 축복—쪽으로 특화되었으니까. 물론 치료 마법이라는 게 있기는 하지만 난 마법 역시 대부분 능력 부가 쪽으로 치우쳐 있어 많이 다치면 곤란한 몸인 것이다.

그럼 일단은 무투가 마스터. 즉, 라운드 파이터를 노려보도록 할까?

"좋아. 글레이드론, 비행 가능하지?"

[물론.]

"그럼, 그 다크라는 녀석이 부른다는 12시까지."

나는 카이더스를 잡아 들었다.

"사냥을 시작하자."

훈련 1
Chapter 41

훈련 1

2021년 11월 2일, 오전 12시 30분.

풀숲을 지나 천천히 걷는다. 새파란 하늘. 푸르른 숲. 깨끗한 공기와
충만해 있는 기운. 나는 숨을 크게 들이켰다.

"멋진 곳이군."

[경치 좋다.]

숲이 보통 장소에 비해 더욱 충만한 기운을 가진 건 사실이지만 여
긴 정말 대단하다. 하늘에서 땅에서, 풀과 꽃과 나무에서 샘솟듯 생명
력이 뿜어진다.

"좋은 곳이지? 만드느라 고생했어."

아무렇지 않게 말하며 다크가 옆에 선다. 큭, 이놈의 인간―신이지
만―은 기척도 없군. 아무리 그래도 그렇지 기감이 발달한 내가 바로

옆에 있는 녀석을 못 느끼다니.

"여기서 훈련하는 겁니까?"

"미쳤냐! 여길 어떻게 만들었는데. 그리고 조심해. 꽃 하나만 밟아도 넌 아작이다."

"……."

장난처럼 하는 말치고는 살기가 너무 진한걸. 나는 허탈하게 웃으며 그를 따라 걸었다.

"그럼 훈련은 어디서?"

"내 방에서."

"방? 방이라면 좁을 텐데."

내 말을 들은 건지 못 들은 건지 그는 성큼성큼 걸어갔다. 별로 빠르게 걷는 것도 아닌데 그 속도가 실로 엄청나 난 달리다 못해 경공술을 사용해야 할 지경이었다.

그리고 그렇게 잠시. 다크와의 거리가 점점 벌어져 슬슬 글레이드론을 불러야 하지 않을까 하고 고민할 때 즈음 한 채의 건물이 모습을 드러낸다.

"자, 도착이다."

"여기가 당신의 방?"

아니, 방이라기보다는 집이다. 그것도 통나무로 만들어진 오두막. 흐음… 하지만 사이즈가 작은데? 나라면 주먹질 한 방에 날려 버릴 수 있을 정도다.

흐음. 시험 삼아 한 번 쳐 볼까? 명색에 신이 거주하는 건물인데·실제로 주먹질 한 방에 부서지지는 않겠지.

"뭐 해?"

“아니, 별로…….”

나는 깜짝 놀라 주먹을 내렸다. 이상하다는 눈으로 나를 바라보는 다크. 흠, 생각해 보니 인간 레벨의 체르멘도 내 기억을 읽을 수 있었는데 저 녀석은 못 읽는 건가? 아니면 안 읽는 건가?

[괜히 소란 부리지 마, 레온.]

쯧. 적어도 에일렌은 내가 무슨 생각을 했는지 눈치 챘나 보군. 나는 고개를 흔들며 다크를 따라 건물 안으로 들어갔다.

“하?”

다크는 황당해하는 날 보고 말했다.

“왜 그래? 이런 방이라면 많이 봤을 텐데?”

“물론… 그렇습니다만.”

난 냉장고에서 콜라를 꺼내 들고 TV를 켜는 다크의 모습에 헛웃음을 지었다. 아, 아니, 하지만 아무리 그래도 이런 구조라니? 밖은 통나무집이고 어쨌든 이쪽은 중세인데! 일루젼이 판타지라고 막가자는 거냐?

잠시 분노하고 있는데 다크가 말한다.

“어쨌든 식사하자. 배고프지?”

“아, 그렇다면 요리는 제가…….”

“됐어. 요 앞이 중국집이니 배달시키자.”

“네?”

잠깐, 중국집? 배달? 내가 혼란스러워 하거나 말거나 다크는 품속에서 핸드폰을 꺼내 들었다.

“거기 만금성이죠? 배달시키려고요. 네. 자장 곱빼기로 네 그릇 주시고요. 탕수육 특대랑 만두 네 접시, 냉면 두 그릇, 육개장이랑 국밥이랑…….”

그는 뭔가 잔뜩 시켰다. 뭐, 뭘 저렇게 많이 시켜? 누군가 더 올 사람이라도 있는 건가?

그는 전화를 끊었고 나는 물었다.

"중국집이라니, 설마 신들 사이에도 중국집 같은 게 있는 겁니까?"

"하? 신들이 한가하게 중국집 같은 걸 열리가 없잖아. 헛소리 말고 배달 올 테니까 받을 준비나 해. 돈은 신발장 속에 있으니까 찾아서 내고."

나는 그의 말에 따라 현관으로 나갔다. 그러고 보니 이 집 현관이 네 개잖아? 나는 그중 동쪽 현관으로 향했고 거기에 있는 신발장을 발견했다.

"신발장에 돈을 보관하는 건가."

거 특이하기도 하지. 금고 같은 거 없나? 나는 투덜대며 신발장의 서랍 중 하나를 열었고 그 안에서 뿜어지는 빛에 에일렌이 탄성을 지른다.

[와~ 보석이다.]

"하지만 어째서 신발장 속에……."

다이아몬드, 사파이어, 오팔, 루비. 온갖 형형색색의 보석들이 신발장 속에서 오색의 빛을 뿜어낸다. 그 순도는 두말할 필요도 없이 최상급! 하지만 중국집 배달을 시켜놓고 보석을 내밀 수는 없는 일이었기에 다음 서랍을 연다.

[금괴다.]

"……."

문득 서랍 속에 손을 넣어보았다. 서랍장 자체가 별로 크지 않은 사이즈인데다 서랍이 열 개나 달려 있었기에 서랍 한 개에 금괴를 넣는다면 기껏해야 열네 개 정도 들어갈 수 있는 크기라는 말이다.

하지만 서랍장에는 바닥이 없었다.

[맙소사. 몇 개나 되는 거지?]

"천리안으로도 바닥이 안 보여."

말도 안 돼. 이런 게 어디 있어? 지금 이 서랍장에 있는 금괴가 몇 천억을 가뿐히 넘어간다는 말은 아니겠지? 마음을 진정시키며 다음 서랍을 열어본다.

"와아… 수표다."

[땅문서도 있는데?]

잔뜩 쌓여 있는 수표 중에서 한 장을 들어본다. 1옆에 0이 아홉 개나 붙어 있다.

"맙소사. 이 신발장 하나면 우리나라를 통째로 살 수 있을지도."

"어이! 돈은 네 번째 칸에 있으니까 얼른 챙겨. 중국집 바로 앞이라 금방 오니까."

그의 말이 끝나기가 무섭게 딩동— 하고 초인종이 울린다. 나는 다음 서랍을 열어 잔뜩 쌓여 있는 각국의 화폐 중 한국 돈을 찾아서 챙겼다.

아파트에서 흔히 볼 수 있는 자물쇠가 달려 있는 평범한 문. 나는 그것을 열었고 배달원이 안으로 들어온다.

"배달시키셨죠?"

"아… 네. 얼마입니까?"

"14만 5천원입니다. 아, 그런데 요번에는 자장이 하나 추가되었군요. 사람이 늘었나요?"

"아, 뭐… 그렇다면 그렇죠."

매일 이렇게 시키는 거야? 비교적 저렴해 보이는 중국집에서, 그것도 14만원이 넘을 정도로 엄청난 양을?

배달원은 상당한 양의 음식들을 다 내려놓고 밖으로 나갔다.

"그럼 맛있게 드십시오!"

그는 오토바이에 철가방을 올리더니 이내 가버렸다. 에일렌은 잠시 그 모습을 바라보다가 멍한 표정으로 말했다.

[여긴… 뭐야?]

난 현관에 서서 명청한 표정으로 문밖을 바라보았다. 때는 밤이지만 네온사인과 가로등들은 밤을 새하얗게 밝히고 있었다.

"맙소사."

그것은 너무나도 익숙한 광경이었다. 도로를 지나치는 자동차들과 밤늦게 열려 있는 식당, 비디오방, 술집과 오락실. 나는 명청한 표정으로 도시의 야경을 바라보았다.

"어? 저 사람 봐. 일루전 코스프레인가?"

"근데 왜 밤중에 나와 있지?"

평상복 차림의 사람들이 날 보고 수군거린다. 아, 일루전 속에서 입던 옷은 여기서 좀 튀는 건가? 머리카락도 반에 가깝게 연두색이니까.

나는 문을 다시 닫으려다가 나도 모르게 손을 내밀어 보았다. 하지만 배달원은 문제없이 들어선 현관에는 마치 투명한 유리로 만들어진 것 같은 무언가가 있어 출입을 방해하고 있었다.

흠. 외부에서 들어오는 것은 막지 않지만 내부에서 나가는 건 막는 결계인가? 그렇다면 이것만 부수면 지구로 돌아갈 수 있다는 뜻?

잠시 고민하고 있는데 다크가 말했다.

"치지 마."

"흠. 당신도 마음을 읽는 겁니까?"

"구태여 읽지는 않았어. 그냥 얼굴만 봐도 생각이 짐작된 것뿐이지."

그는 무덤덤한 얼굴로 말했다.

"그리고 미안한 말이지만 넌 무슨 짓을 해도 거기를 통과할 수 없어."

"어째서죠? 신이 쳐놓은 결계이기 때문입니까?"

"결계 같은 게 아냐. 그러니까 그건…… 쉽게 말하면 시스템상의 문제다."

이해할 수 없는 말에 의문을 표한다.

"시스템상의 문제?"

"그래. 지금 네 녀석이 입고 있는 그 몸은 그쪽 세계 호환되지 않거든. 어디까지나 파니티리스에서의 활동을 목표로 만든 거니까."

"그렇다는 건…….."

"그래. 그 몸은 그쪽 세계에서 ‘존재’ 할 수 없다."

어렴풋이 이해 가기는 했지만 그래도 이상한 점이 남아 있었다.

"그렇다면 아까 그 배달원은 어떻게 이 안으로 들어왔던 것입니까? 이쪽 몸이 저쪽으로 호환되지 않는다면 그건 반대편에서도 마찬가질 텐데."

"간단해. 이 건물 안은 저쪽보다 상위 차원이니까. 간단히 말하자면 뭐랄까… 그래. 윈도우에서는 도스 프로그램을 작동시킬 수 있지만 도스에서는 윈도우용 프로그램을 인식하지 못하는 차이?"

뭔가 좀 이상한 예였지만 대충은 알아들었다. 쉽게 말해 이 건물 안으로는 어떤 차원의 존재든 들어올 수 있다는 말이군. 하지만 건너편

으로 가려면 그쪽 차원에 호환되는 육체를 지니고 있어야 한다는 것이
다.

나는 고개를 돌렸다. 그러고 보니 이 집 현관이 네 개지? 그렇다는
건 다른 문은 또 다른 차원인 걸까?

“쯧. 쓸데없는 생각 말고 와서 앉아. 식사부터 하지.”

그는 가볍게 손을 내저었고 그에 따라 현관에 ‘쌓여’ 있던 음식물들
이 보이지 않는 손에 잡힌 것처럼 하늘을 날아 식탁 위에 자리 잡기 시
작했다.

자장면, 탕수육, 군만두, 냉면, 육개장, 국밥, 갈비탕, 제육덮밥…….
하여튼 셀 수 없을 정도로 많은 음식들이다. 개다가 한 그릇짜리는 하
나도 없고 다들 2~3그릇, 많으면 4~5그릇씩이나 있다.

“에에. 아무리 그래도 이건 좀 많지 않습니까?”

겨우 우리 두 명으로 이걸 다 먹자는 건가? 나는 황당해했지만 다크
는 신경 쓰지 않고 음식물을 늘어놓았다.

나는 얼떨결에 식탁 앞에 앉았다. 그런데 다크는 모든 음식물을 자
기 앞에다 놓고 내 앞에다가는 자장면 한 그릇만 자리하도록 음식물을
배치하는 게 아닌가?

잠시 이게 뭔가. 하고 생각하다가 멍청한 표정을 짓는다.

“설마…….”

잠시 할말을 잃은 가운데 다크는 당연하다는 듯 나에게 말했다.

“자, 먹어.”

“하? 이거 하나 말입니까?”

불평을 토하자 그는 고개를 끄덕였다.

“네가 무슨 말을 하려는지 알았어. 하지만 걱정하지 마라, 곱빼기

니까."

"……."

아니, 애초부터 그런 문제가 아니잖아!! 나는 뭐라 화낼 기운도 없어서 그냥 젓가락을 들었다. 뭐 그다지 배고프거나 한 것도 아니니 상관없겠지.

나는 자장면을 비비고 먹기 시작했다. 한두 입이나 먹었을까? 문득 다크가 묻는다.

"그런데 너 총은 사용할 줄 아냐?"

"뭐, 어느 정도라면."

"그거 잘 됐군. 잠깐 기다려."

다크는 품속을 뒤지더니 다시 핸드폰을 꺼내 들었다. 생각해 보면 저 핸드폰 버튼도 누르지 않고 잘도 통화한다. 저 전화기는 그냥 매개체 같은 거고 실상은 텔레파시 같은 건가? 하여튼 다크는 핸드폰에 대고 말했다.

"네스? 응. 난데, 히든 박스 좀 빌려주라. 싫어? 거참. 요새는 별로 쓰지도 않으면서 왜 이래? 허용 단계는 4급 정도로만 할 테니까…… 뭐? 그래도 싫다고?"

그는 상대방과 계속 티격태격거렸다. 뭘 받으려고 저러냐는 둘째 치고 상대는 누구지? 그와 마찬가지로 12지신인 건가?

다크는 전화 상대방과 5분 동안이나 설전을 벌이더니 드디어 성공한 듯 득의만만한 미소를 지었다.

"그럼 지금 게이트를 연결할 테니까 집어넣어. 땡큐."

그의 말과 함께 그의 정면의 공간이 일그러지더니 하나의 철상자가 모습을 드러낸다.

가로 세로 높이 모두 30센티미터 정도로 보이는 흑색의 상자. 나는
물었다.

"뭡니까, 그건?"

"히든 박스(Hidden Box). 아카식 시스템(Acasic System)과 연동된 전
능로(全能爐)야. 뭐, 개인적 무기는 네스도 따로 가지고 있을 테니 한동
안은 네 녀석이 지녀도 되겠지."

나는 그가 던져 준 철상자를 받았다. 상자 모습이기에 다른 인벤토
리가 열리는 게 아닐까 싶었는데 그건 단지 철상자일 뿐, 열리는 구조
가 아니었다.

"이걸 어쩌라는 겁니까?"

"인벤토리에 집어넣어. 애초에 그건 공간 융합용이니 인벤토리에 넣
으면 효과를 발휘할 거다."

나는 순순히 그의 말대로 히든 박스라고 하는 철상자를 품속 인벤토
리에 집어넣었다. 상당한 사이즈이기는 했지만 코트 안쪽에 속한 어둠
은 다 인벤토리로 들어가는 입구라 할 수 있었기에 별문제 없이 넣을
수 있었다.

웅—

작은 공명음과 함께 묘한 감각이 전신을 휘돌고 지나간다. 어라? 나
는 나도 모르게 품속에 손을 넣었다가 뺐다.

품속에서 나온 양손에는 한 자루씩 권총이 들려 있다.

"데져트 이글 45구경하고 글록18?"

데져트 이글. 그것도 45구경이면 일명 손대포라고 불리는 물건으로
인간이 아니라 코끼리나 사자 같은 거대 짐승을 잡기 위해 제조된 총
이다. 일반인들은 두 손으로도 반동을 제어하기 힘들 지경의 이 권총

은 그런 만큼 연발 사격이 힘든 대신 강력한 위력을 가지고 있어 인간이 팔에 맞기라도 하면 그 팔이 잘려 나갈 정도라고 한다.

그리고 글록18은 권총으로서는 드물게 자동 사격 기능을 가지고 있는 물건으로 분당 1,200발에 가까운 연사력을 가지기 때문에 그 위력이 실로 살인적이다. 물론 연사 속도가 빠른 만큼 탄환 소모 속도 역시 엄청나기 때문에 31발짜리 탄창이 있어도 소모되는 것 역시 엄청나지만 연사 속도가 빠른 만큼 한번 쏟아 부은 걸 모조리 맞아버리면 그 타격은 실로 괴멸적이겠지.

"보기만 해도 바로 아네. 사용할 줄도 알아?"

"대충은."

나는 왼손으로 데져트 이글을 들어올렸다. 예전에는 양손으로 쓰던 물건이지만 지금의 나라면 한 손으로도 가볍다.

쾅! 쾅! 쾅!

근처에 있던 바위에 총탄을 새긴 후 그 자리에 나머지 두 발을 다시 명중시킨다. 결과는 대만족. 반동이 상당한 물건이기는 하지만 손목에 힘 좀 주는 것만으로도 흔들림없이 쏠 수 있었다.

좋아. 글록18도 써볼까?

드르르르르륵!!

권총이 아니라 무슨 기관단총 같은 소리와 함께 금갔던 바위가 산산조각으로 부서진다. 이건 기본적인 명중률이 약간 떨어지는 편이라 모조리 한 자리에 맞추는 것에는 실패했지만 애초에 글록18은 명중이 아니라 쏟아 붓는 것이 중점이니까. 이 정도 범위에 몰아 뿌린 것만 해도 대단한 일이다.

"꽤 익숙한데?"

"훈련받은 적이 있어서요."

나는 총들을 다시 품속에 집어넣고 다시 인벤토리를 뒤졌다. 아이템 열람에는 속하지 않는 것 같지만 약간만 정신을 집중해도 그 안에서 총기를 찾아낼 수 있다.

다음으로 잡혀 나온 총은 전 것들에 비해 좀 사이즈가 길었다. 대충 봐도 1미터가 넘어 보이는 데다가 총 주제에 10킬로그램이 넘는 무게. 나는 신음을 토했다.

"바렛 M82A1. 23.4㎜로군. 이것도 꽤 괜찮……."

순간 뭔가 이상하다는 생각에 다시 들여다보고 할 말을 잃는다. 자, 잠깐, 23.4㎜라고? 12.7㎜가 아니라?

"맙소사. 이거 뭡니까?"

"특별 개조. 하지만 그걸 알아볼 정도면 평소부터 총기에 관심이 많았던 모양이야."

어깨를 으쓱이는 다크의 태도에 어이가 없어 헛웃음 짓는다. 맙소사, 이거 죽이는군. 잘 찾아보면 레일건(Railgun) 같은 것도 나오지 않을까? 아니, 그건 좀 현실적으로 힘들겠지만 아무리 그래도 23.4㎜는 너무 심하잖아! 판타지라고 해도 정도가 있지!

전차도 박살 내버릴 수 있는 Barrett M82A1는 12.7㎜탄을 사용하는 대물 저격총이다. 지금이야 대물 저격총이라고 불리지만 원래는 장갑차 & 전차 저격용으로 개발된 무기다. 나날이 증가되는 장갑의 두께를 이기지 못하고 한 단계 떨어져 대물 저격총이 된 물건인데 탄이 23.4㎜라면 정말 전차를 관통해 버릴 만한 위력이 아닌가?

바렛을 보며 감탄하고 있는데 다크가 문득 말한다.

"어이, 하나 줘봐."

"네? 뭐 그러죠. 뭘 드릴까요?"

"아무거나 줘."

"그럼."

뭐 애초에 인벤토리에서 무기를 꺼낼 수 있게 한 게 그인 만큼 뺏길까 봐 걱정할 필요는 없겠지. 나는 그에게 데져트 이글을 넘겼고 다크는 그것을 받아 그대로…

날 쐈다.

"뭣!?"

순간적으로 깜짝 놀라 방어 자세를 취했지만 내가 아무리 빨라도 총알보다 빠를 수는 없었기에 픽! 하는 소리와 함께 탄환이 심장에 틀어박히는 것이 느껴진다.

"큭! 젠장. 이게 무… 응?"

순간적으로 이를 악물었다가 별다른 타격이 없다는 사실에 놀란다. 어라라? 지근 거리에서 데져트 이글은 철판이라도 뚫을 텐데 어째서?

"어느 정도 타격이 오냐?"

"그냥 툭 치는 정도로군요. 하지만 어떻… 아!"

나는 아무런 형태 변화—그러니까 어디에 충돌해 찌그러진다거나—없이 바닥으로 떨어지는 탄환을 보며 탄성을 내질렀다. 그렇군. 메크로네스 아머가 있었어. 발바닥에서부터 턱까지 내 전신을 투명하게 뒤덮고 있는 메크로네스 아머는 모든 물리적 타격을 완벽에 가깝게 방어한다. 지금까지 대단하다, 대단하다 하면서도 별로 실감하지 못했는데 설마 총탄을 완벽하게 방어할 줄이야.

메크로네스 아머의 성능에 놀라고 있는데 다크는 다시 데져트 이글을 들어올렸다.

"과연 일반 총탄은 문제없이 막아내는군. 그럼 또 간다."

"아니, 뭘 또……."

쾌득. 항변하는 내 어깨 위로 난폭한 총탄이 틀어박힌다. 아까 와는 전혀 다른 결과. 총탄은 메크로네스 아머를 종잇장처럼 찢고 들어와 내 어깨를 박살 냈다.

일반적인 인간이 지근 거리에서 데져트 이글 같은 거에 맞아버리면 어깨가 터져 나가겠지만 내 뼈와 근육은 결코 인간의 것이라 할 수 없었던 만큼 총알은 어깨뼈와 근육을 박살 내었을 뿐, 어깨를 관통하지조차 못했다.

하지만 내 입장에서 보자면 그건 관통되는 것보다 더 악독한 상황이다. 그나마 관통되면 치료나 쉬울 텐데 총탄이 어깨 속에 들어가 있으면 그것도 힘들기 때문이다.

"크윽?! 어, 어째서?"

제길. 어깨가 박살났어! 나는 다크에게 따질 상황이 아니라는 것을 깨닫고 부서진 어깨에 왼손을 올렸다.

"시술(施術)."

육체 조율 능력. 부러진 뼈를 맞추고 뭉개진 근육을 재구축한다. 느리지만 착실하게 부서진 어깨가 복구되기 시작했고 그에 따라 몸은 몸 안의 이물질을 밖으로 뱉어냈다.

땡그랑.

바닥으로 떨어지는 총탄. 나는 숨을 몰아쉬었다. 설명이야 빨랐지만 치료하는데 20분이 넘는 시간이 흘러 버렸기 때문이다. 아무리 나라도 시술을 계속 유지하는 건 피곤한 일인데다 어쩐 일인지 상처가 잘 회복되지 않았다.

“이번 건 어때?”

“아주 정신이 확 드는군요. 하지만 이번에는 왜 메크로네스 아머가 뚫린 거죠?”

“아아. 총알에 염(念)을 담았거든.”

“염?”

“반마력(半魔力)이라고 하면 이해하기 쉬우려나? 뭐 유저들이라면 문제없이 행할 수 있는 거야.”

“반마력이라…….”

그거라면 나도 간단히 할 수 있다. 아니, 굳이 나뿐 아니라 20레벨 이상의 유저라면 누구라도 할 수 있지. 반마력이란 어떤 물체에 마력을 깃들였다 풀면 생성되는 상태를 말하니까. 그건 검에 마나를 담아 예기를 증가시키는 것보다 쉬운 일이다.

내가 내 몸을 뚫었던 총알을 들고 슬쩍 마력을 흘려 넣어 보는데 총을 들고 있던 다크가 말했다.

“총알에 염을 담으면 사용자의 능력보다 저급한 물리 내성을 뚫을 수 있지. 물론 총알 자체의 위력이 증가하지는 않지만 말이야.”

그는 다시 나에게 데져트 이글을 던져 주었고 나는 그걸 품속에 집어넣었다. 인벤토리에 물건이 들어가면 목록에 추가되기 마련인데 데져트 이글은 목록에 추가되지 않고 조용히 사라진다.

“그냥 생각하면 나오는 겁니까?”

“그렇지. 히든 박스는 네 생각, 즉 머릿속에 떠오른 이미지에 반응해. 이런 무기가 있으면 좋겠다. 저런 무기가 좋겠다. 하면 최대한 비슷한 무기가 나오는 거지. 당연하다면 당연하지만 무기에 대해 구체적으로 알면 더 쉽게 꺼내 들 수 있어.”

"흐음, 그럼 레일 건 같은 것도 됩니까?"

"미안하지만 문명 제한이라는 게 있어서… 말했다시피 과학이라는 건 그 자체만으로도 큰 힘이니까 잘못 다뤘다가는 운명의 흐름까지 뒤흔들거든."

하긴, 문명 수준에 상관없이 무기를 꺼낼 수 있으면 마족공이 문제겠는가. 지금 지구의 병기들도 장난이 아닌데 더욱더 발전한 미래의 병기이라면 실로 무시무시하리라.

"아, 그런데 이 무기들 밖에서 사용할 수 있는 겁니까?"

"당연히 무리지. 네놈한테 주어진 무기는 지금으로도 지나쳐. 세상이 회로 보이냐? 이게 순 날로 먹으려고 하네."

"……."

아니 뭐 틀린 말은 아니지만 그래도 아쉽군. 이 무기들이 있다면 기사나 기타 능력들을 봉인해도 다른 직업들을 레벨 업시킬 수 있을 텐데.

"이 무기들은 밖에서 아무리 불러도 나오지 않을 거다. 여기서 계속 연습하다가 마족공하고 싸울 때 딱 한 번만 활용하는 거니까."

"우우, 쪼잔해."

"시끄러. 가뜩이나 간섭력 달리는데 어거지 부리지 마."

그는 투덜거리며 몸을 일으켰다. 놀랍게도 그의 앞에 있는 음식들은 어느새 텅 비어 있는 상태였다. 나는 아직 자장면 한 그릇도 못 먹었는데! 스피드야 그렇다고 쳐도 이놈의 내장은 4차원이냐?!

"밥알 하나에는 농부의 땀 일곱 근이 들어 있다는 말도 모릅니까? 씹어나 먹지."

"헛소리 말고 빨리 처먹어."

나는 재빨리 자장면을 먹고 몸을 일으켰다. 잠시 고개를 숙였을 뿐인데 그사이 다크의 복장이 바뀌어 있다.

운동복을 입은 채 가볍게 몸을 푸는 다크. 나는 물었다.

"그런데 이제부터는 무슨 훈련을 하는 겁니까?"

"간단해. 지금부터 나는 너를 공격하고 너는 거기에 발버둥치는 거지. 레벨 업 같은 게 아니라 전투 방식을 익히게 해주려는 거니까 봉인은 전부 풀고 덤벼. 뭐, 그렇다고는 해도 불사의 격노는 사용하지 마. 그건 틀림없이 좋은 스킬이지만 너보다 강한 상대랑 싸울 때 썼다가는 단번에 죽을 위험 역시 가지고 있으니까."

말투는 평이한데 그의 몸에서 뿜어지는 기세가 실로 살벌하다. 명색이 신이라는 건가? 나는 짐짓 엄살을 부렸다.

"에구구. 사냥하느라 지쳤는데 말이죠."

"지치든 안 지치든 마찬가지라고 생각하지만… 완전 회복."

그의 말이 끝나기가 무섭게 늘어져 있던 몸이 확— 하고 가벼워진다. 마치 레벨 업 시 주어지는 완전 회복과도 같지만 한 단계 더 높다. 어이없게도 그의 말과 함께 소모된 집중력까지 회복되며 머리가 상쾌해지는 게 아닌가?

"대단하군요. 레벨 업 시 완전 회복은 당신의 능력입니까?"

"헛소리 말고 봉인이나 풀어."

별로 궁금한 사항도 아니었기에 순순히 고개를 끄덕이고 정신을 집중한다.

"시리우스의 무한한 힘이여, 지금 그 영광으로 내 존재를 억압하는 그 모든 봉인을 해제한다!"

짧은 공명음과 함께 전신에 힘이 들어가는 것을 느낀다.

이것이 나의 최대치. 오거보다 강한 근력과 동시에 수백 개의 마력 화살을 생성시킬 수 있는 마력. 100미터를 5초도 안 걸려 달릴 수 있는 순발력과 한 시간 동안 뛰어도 지치지 않는 체력.

지금 이 몸은 라비린토스에 돌아다니는 어지간한 괴물보다도 몬스터스럽다. 간단히 말해, 인간의 수준에서 한참이나 벗어났다고 할까? 뭐, 정도가 다를 뿐 마스터라면 대부분 그런 존재지만 말이다.

"그런데 무기들을 사용해도 됩니까?"

"어떤 방식이든 모조리 허용하지. 기습을 하든 함정을 파든 네 마음대로 해. 하지만 미리 말해두는데."

씨익. 하고 그는 천진하게 웃었다.

"지금부터는 목숨을 거는 게 좋아!"

그리고 폭풍처럼 몰아치는 살기! 나는 경악해 방어 자세를 취했지만 그의 주먹은 미끄러지듯 내 팔을 피해 복부를 후려쳤다.

펑!

허리가 끊어지는 듯한 고통과 함께 3~4미터쯤 날아 어느 방 안으로 떨어졌다.

소란스럽기는 했지만 공격용이 아니었던 듯 크지 않은 타격이다. 난 날아가던 상태로 몸을 뒤집어 중심을 잡은 후 뒤로 밀리는 몸을 세웠다.

"거 처음부터 너무 빡세… 응?"

어라? 배경이 또 변했군. 아까처럼 영기 넘치는 숲은 아니지만 꽤나 울창한 숲 속이다.

"그나저나 날씨 좋군요. 지금 새벽 1시인데 말입니다."

"어차피 내 방은 이공간인데 알게 뭐냐. 자, 그럼 공격 시작한다."

"잠깐. 보조 주문 좀……."

"그런 거 사용할 틈 정도는 알아서 만들어! 실전에서 상대방이 기다려 줄 것 같나!"

"기다려 주던데……."

투덜대는 내 목소리에 반응하듯 폭풍 같은 기세가 정면으로 쏟아진다. 나는 장비 변경해 클레이모어를 잡아 든 후 클로즈 더 가딩(Close The Guarding)을 취했다. 검극을 바닥으로 향하고 넓은 검면을 방패처럼 사용하는 방어 자세. 클레이모어를 발과 무릎. 그리고 어깨와 팔로 지탱하는 이 자세는 약간의 마나 운용만으로 신장 10미터짜리 스톤골렘의 공격조차 문제없이 막아내는…….

쩡!

"큭?!"

나는 숨 막히는 통증을 느끼며 10미터는 튕겨 나갔다. 미친! 검을 받치고 있던 부분—그러니까 발가락과 무릎, 어깨, 팔목—의 뼈가 모조리 박살났잖아!? 뭐 이런 말도 안 되는……!

"잘한다, 잘해. 너와 내 역량 차이가 하늘과 땅만큼이나 역력한데 그걸 정면으로 막아서 어쩌자는 거야?"

"그, 그럼 어쩌라는 겁니까?"

"간단하지. 회피, 도주, 그리고 기습이다. 네놈은 스스로의 장기를 강한 힘이라 생각하는 모양인데 사실은 안 그렇잖아?"

잠시 생각한다. 내 장기라… 체력과 근력, 마력과 마법력. 그것들은 내가 열두 직업을 고르면서 부가적으로 따라온 것들이다. 그렇다면 그가 말하는 내 장기란…….

"마나 감지 능력?"

"정답. 네놈의 최고 장기는 누가 뭐래도 그거야. 우리 쪽 신들과 심지어 마족공까지 네놈에게 관심을 가지게 된 이유이기도 하지."

에일렌이 죽는 날 깨달았던 마나의 흐름. 나는 그것으로 조금 더 쉽게 마나를 사용하고 생명체의 존재를 느끼며 적의 움직임을 파악할 수 있다. 내가 이렇게까지 강해질 수 있었던 상당수의 이유가 거기에 있다고 할 수 있겠지.

하지만 그렇다고 마나 감지가 무슨 기적 같은 사기 능력은 아니다. 적의 움직임을 감지할 수는 있지만 적의 능력이 어느 정도를 넘어서면 마력 자체가 부옇게 흐려져 대략적인 움직임 외에는 감지할 수 없으니까.

"이해할 수 없군요. 신들까지 관심을 가질 만큼 마나 감지가 대단한 능력입니까?"

"쯧. 잘 봐라."

그 순간 내 머릿속으로 어떤 궤적이 그려졌다, 단순한. 하지만 세상 그 무엇보다 현묘한 것. 처음에는 전혀 짐작치 못했지만 그것은 권로(拳路)였다, 그것도 내가 상상할 수 있는 가장 이상적인 권로.

솔직히 말해 정신을 빼놓고 바라보고 싶은 장면이었지만 그것이 향하는 방향은 바로 내 머리였다. 보통이라면 절대 피할 수 없는 상황이었지만 나는 그 권로를 보았고. 나도 모르게 상체를 움직였다.

화악!

주먹이 지나감과 동시에 얼굴을 누르고 지나가는 묵직한 권풍에 나도 모르게 식은땀을 흘렸다.

"아, 하하. 맞았으면 머리가 터져 나갔겠군요."

"하지만 존재력을 열 배 이상 강화했으니 못 피할 리가 없지. 뭐, 못 피한다면 마나 감지 능력이 거짓이었다는 뜻일 테고.”

즉, 마나 감지 능력이 없으면 죽어도 상관없다는 말이군? 하지만 난 그의 의도대로 마나 감지력을 다시 볼 수밖에 없었다. 방금 그 권격은 내 인식(認識)의 범위 밖의 것. 일반적인 수단으로 피하기는커녕 느끼지도 못하고 죽었을 상황이다. 그런데 그걸 느끼고, 또 피할 수가 있다니? 이건 감지라기보다 예지에 가까운 능력이 아닌가?

놀라고 있는데 다크가 다시 입을 열었다.

“지금부터 넌 마나 감지를 극대화해야 해. 아니, 뭐 죽지 않으려면 그럴 수밖에 없겠지.”

다시금 움직이기 시작하는 다크. 나는 검날이 완전히 나가 버린 클레이모어를 내던지고 카이더스를 소환했다. 왼손에 새겨지는 청색의 마법진과 거기에서 빠져나오는 손잡이. 나는 그것을 단숨에 잡아 뽑은 후 검기를 생성시켰다.

“하아!!”

“정면으로 덤비지 말랬지!”

쩡! 하는 소리와 함께 무시무시한 타격이 검 손잡이를 타고 넘어와 손바닥을 찢는다.

이런 괴물 녀석! 카이더스는 검에 가해지는 대부분의 타격을 흡수시키는 데도 이 지경이란 말이야? 게다가 난 맨손으로 망치질도 할 수 있을 정도인데! 나는 이를 갈며 땅을 박찼다.

쾅!

강렬한 폭음과 함께 멀어지는 다크의 모습. 나는 카이더스를 잡아당기며 마나를 끌어 모았다.

마나의 집중, 폐(閉). 마력의 집중, 반(反). 그리고 회전(回轉) 부여(附與)!

파지지직!!

"좋아! 그럼 가라! 라이트닝 스트라……."

"늦어."

전뇌의 창이 미쳐 뿜어지기도 전에 다크의 주먹이 내 턱을 후려친다. 이번에도 아까처럼 마나 감지력이 발동하기는 했지만 늘 그랬듯 동선 자체가 뿌옇게 느껴질 뿐, 아까처럼 정확하게 떠올릴 수가 없었다.

"적이 움직일 수 없는 상태거나 충분한 조력자가 없다면 발동 시간이 긴 기술은 사용하지 마! 미족공 정도라면 열 번도 넘게 네놈을 죽일 수 있는 틈이야!"

"젠장! 은(隱)!"

카이더스를 든 상태로 라이트닝 스트라이크를 발동시키는데 걸리는 시간은 겨우 5초밖에 안 되는데 그걸 길다고 태클이라니! 나는 투덜거리며 몸을 날렸다. 은신술을 사용하기는 했지만 상대가 상대이니만큼 제대로 먹힐지 모르는 일이다.

좋아. 그의 말대로 나와 그의 능력 차이는 실로 엄청나다. 맨몸으로 정정당당히 싸워서는 승산이 없다는 말이지.

나는 품속을 뒤지며 폭약을 떠올렸다. 내 생각이 제대로 먹힌 걸까? 내 손에 TNT와 스위치가 잡혀든다.

"좋아."

나는 재빠르게 바닥에 그것을 설치한 후 조용히 그 장소를 빠져나왔다. 다크는 바로 날 추격하고 있었는데 이내 TNT가 설치된 지역으로 들어왔다.

이거 너무 쉬운데? 일순간 의문이 들었지만 망설임없이 스위치를 누른다.

쾅!

폭음과 함께 주위의 모든 것이 찢겨 나간다. 하지만 어이없게도 다크는 멀쩡하게 흙먼지 밖으로 걸어나오는 게 아닌가? 표정을 보아하니 조금 화가 난 것 같았다.

"염을 담으랬지! 이런 무기들은 자체적으로 마법력이 실리는 드래고닉 피어싱과는 달라! 설명한 지 몇 분이나 지났다고 그새 삽질이야!"

삽질— 하는 부분에 이미 올려 차기가 들어오고 있다. 나는 반사적으로 막았지만 단지 턱을 보호했을 뿐, 우직. 하고 팔 부러지는 소리와 함께 허공으로 튕겨 나갔다.

"또 간다!"

"장비 4번!"

이러다가 죽겠다! 살살 봐주기를 바란 건 아니지만 이런 건 너무 심하잖아!

쩡!

묵직한 중갑 밖으로 약간의 울림이 느껴지지만 별다른 타격은 오지 않는다. 역시 알타그라는 마나 동결과 비슷한 성향을 가지고 있다. 현존하는 모든 마법을 거부하고 자체적으로 물리력을 흡수하기에 일단 입고 있으면 외부적 요인에 의한 타격은 받지 않는 것이다.

"방어 끝났으면 잽싸게 다시 벗어야지. 그건 만능갑옷이 아니라 약점이 있다고."

다크는 오른손을 들어올렸고 그에 따라 그의 손 위로 소규모 폭풍이 생성된다. 마법, 아니, 신성력인가? 하지만 알타그라 중갑은 마력이든 신성력이든 모조리 거부할 수 있…….

팍!

살을 후비고 지나가는 듯한 고통과 함께 팔이 잘려 나간다. 날카로운 바람이 중갑의 틈새로 파고들었기 때문이다.

"이게 약점 첫 번째야. 그리고—"

그는 내가 잘려 나간 팔을 잡아채는 사이 달려들어 한 손으로 투구를 잡아 쥐었다. 그리고 내가 뭔가를 하기도 전에 내 몸을 바닥에 메다꽂았다.

"커억!"

20톤을 넘어서는 중갑의 무게는 그 자체만으로도 무시무시한 흉기다. 어지간한 타격에는 꿈쩍도 하지 않는 나이지만 숨이 턱 하고 막혀 오는 것을 느낀다.

"이게 약점 두 번째. 특별한 상황이 아니면 중갑을 불러내는 건 5초 정도로 제한해. 안 그러면 빈틈만 생길 뿐이니까."

"젠장! 장비 5번!"

온몸을 덮고 있던 중갑이 사라짐과 동시에 은색의 랜스가 모습을 드러낸다. 좋아! 이거라면 어떻게든 타격을 주겠지. 나는 반쯤 누운 자세에서 땅을 박차 미끄러지듯 뒤로 몸을 날렸다.

몸이 뒤로 빠짐에 따라 정면으로 기울어지는 드래고닉 피어싱. 나는 그것을 다크에게로 향한 후 망설임없이 방아쇠를 당겼다.

쾅!

폭음. 그리고 몸이 몇 미터는 뒤로 밀릴 정도의 반동. 하지만 지금의 나는 모든 봉인을 푼 상태이기 때문에 팔이 부러진다거나 하는 일은 벌어지지 않았다.

"좋아! 먹혔다."

나는 장비 변경해 드래고닉 피어싱을 사라지게 만든 뒤 잘려 나간 팔을 잡아 잘린 팔의 단면에 붙인다.

"시술(施術)."

잘린 팔이 천천히 이어지기 시작한다. 물론 시술은 어디까지나 응급 처치에 불과할 뿐이니 무리하면 다시 뜯겨 나가겠지만 여기에 성력이나 마력으로 치유술을 펼치면 문제없이 완치시킬 수 있다.

하나 미처 성력을 일으키기도 전에 흙먼지 속에서 다크가 모습을 드러낸다. 어이없게도 그에게는 털끝만 한 상처도 없다.

"쯧. 드래고닉 피어싱의 화력은 물론 대단하지만 너무 맹신하지 않는 게 좋아. 그게 대포나 권총의 형태로 만들어지지 않은 건 상대방의 몸에 박은 상태로 터뜨리기 위해서잖아? 외부에서의 타격은 내부에서의 타격보다 몇십 배는 막기 쉬우니까."

"……."

맞다. 분명 맞는 말이다, 드워프들이 랜스에 폭약을 장착한 것도 그런 이유에서였을 것이고 나 역시 그것을 충분히 숙지하고 있었으니까.

하지만. 그건 어디까지나 스페셜 보스 같은 대상으로 한 가정이란 말이야!! 인간 사이즈의 상대가 드래고닉 피어싱의 포격을 정면으로 맞고 옷깃 하나 찢어지지 않다니!

"하아아!!"

나는 카이더스로 검기를 발현시킨 후 그대로 좌에서 우로 그어버렸다. 꽤나 신속한 일격이었지만 다크는 한 걸음 물러서는 것만으로 피해 버린다.

역시 빠르군. 그럼 템포를 올려볼까?

파바밧!

아래에서 위로 올려 긋고 달려들며 두 번 찌르고 검을 낮췄다가 Z 자로 그어 올린다. 이어 위에서 내리찍었다가 오른발을 축으로 좌에서 우로 풀 스윙. 다시 전진하며 우측 하단에서 좌측 상단으로 빗겨 벤다.

말이야 길었지만 한 호흡도 안 되는 시간에 벌어진 초고속 공격이었다. 내 전투 경험에 맹세코 이렇게 많은 공격을 이렇게 짧은 시간에 몰아친 적은 없었다. 게다가 클레이모어 형태의 카이더스는 내 키에 맞먹는 길이를 가지고 있기 때문에 공격 범위 또한 어마어마하다. 흔히 하는 말로 정말 폭풍처럼 몰아치는 연격인 것이다.

하지만 그럼에도 다크는 모조리 피해 버렸다.

"말도 안 돼."

"말이 안 될 것까지야. 애초부터 이건 동작이 너무 커. 물론 클레이모어는 넓은 범위에 위력적인 타격을 펼쳐 내는 것이 장기지만 네 손목 힘이면 조금 더 촘촘한 공격을 날릴 수 있을 거다."

그게 말이 쉽지 될 일이냐!! 나는 카이더스를 들어 그를 겨누며 이를 갈았다. 아무리 그래도 이걸 다 피해 버릴 수 있지? 아예 거리를 벌린 것도 아니고 근거리에서 최소한의 움직임으로 모조리 피해 버리다니. 바로 코앞에 있는 상대가 내 공격을 모조리 피하는 모습을 보고 있노라면 내가 미치지 않았나 하는 의심이 들 지경이다.

"하아!"

나는 검기를 계속 유지하며 재차 공격했다. 찌르기에 이은 X자 베기. 꽤나 날카로운 공격이었는데 다크는 가볍게 피하더니 이번엔 카이더스 위에 올라서는 게 아닌가?

한숨을 쉬는 다크. 그는 말했다.

"어이, 검격이 안 통하면 드래고닉 피어싱을 섞어 펼치든지 검을 휘두르면서 마법을 발현시킨다든지 뭔가 다른 방식을 찾아야지, 뭐 하자는 거야?"

"칫!"

나는 카이더스를 크게 휘둘러 다크를 떨쳐 내려 했다. 하지만 그는 카이더스에 완전히 붙어버린 듯 이리저리 흔들리기만 할 뿐 도저히 떨어지지 않았다.

"웃차."

그는 그대로 검 위를 타고 걸어와 내 몸을 찼다. 흔히 말하는 사커 킥(Soccer Kick)과 함께 들어오는 묵직한 타격. 나는 그대로 10미터쯤 날아 뒤쪽에 있던 나무와 충돌했다. 이번에는 중심을 잡지도 못해서 타격이 실로 심각할 지경이다.

"젠장! 쿨럭……!"

다시 일어나려 하다 그러지 못하고 피를 토한다. 고개를 숙여 토한 피를 보니 핏속에 섞인 내장 조각이 보인다.

미치겠군. 실력 차가 날 거라는 것쯤은 짐작하고 있었지만 이건 너무 심하지 않은가? 나름대로 강하다고 생각하고 있는데 이렇게나 압도적이라니!

울렁거리는 속을 진정시키고 있는데 다크가 사뿐거리는 걸음으로 내 앞에 섰다.

"역시 아직 고칠 점이 많네. 무엇보다도 직업 활용에 미숙해. 병기 사용도 익숙하지 않고."

"이래 봬도 스페셜 보스까지 잡았는데 말이죠."

"무기빨이었지. 게다가 그게 지금도 가능할까?"

"네?"

무슨 소리를 하는 거야? 의아한 표정으로 바라보자 다크가 말했다.

"필드에 존재하는 스페셜 보스는 이벤트 용 스페셜 보스에 비해 압도적으로 약하지. 하지만 그건 초창기 때뿐이야. 녀석들은 유저를 죽이면서 계속 성장하거든. 그리고 죽을 때마다 한 차원 높은 존재로 거듭나지."

"그렇다는 건……."

"그래. 지금의 녀석들은 거의 드래곤에 근접한 수준까지 성장했다. 지금의 너라면 순식간에 지게 될 거야."

확실히. 이상하다고 생각한 적은 있다. 메크로네스도 스페셜 보스고 금지의 보스들도 스페셜 보스인데 왜 이렇게 압도적인 차이가 있는가? 하고 말이다. 하지만 그게 레벨 업 하는 녀석들이었단 말인가.

"아, 그리고 묻고 싶은 게 더 있습니다."

"뭘?"

"최상급 몬스터들에 대해서. 최상급 몬스터들의 힘이 동등하지 않고 종류마다 심각하게 차이나는 것 같아서요."

내 말에 다크는 고개를 끄덕였다.

"당연하지."

"당연하다고요?"

"그래. 너도 알겠지만 20레벨 이하의 몬스터는 최하급 몬스터야. 그리고 20~30레벨 몬스터가 하급 몬스터. 30~40레벨 몬스터가 중급 몬스터. 40~50몬스터가 상급 몬스터지. 그리고 50레벨 이상은 최상급 몬스터."

듣다 보니 뭔가 이상하다는 것을 깨닫는다.

"응? 그렇다면 최상급 몬스터라는 건 설마……."

"그래. 50레벨 이상, 90레벨 이하는 모조리 최상급 몬스터라는 말이다. 한데 20레벨과 30레벨 몬스터의 차이는 별로 안 나도 60레벨과 70레벨 몬스터의 차이는 심하거든?"

"그렇군요. 아무래도 저 레벨에서 차이보다 고 레벨에서의 차이가 크니까."

당연한 말이지만 80레벨 이상은 스페셜 보스다. 분위기를 보아하니 금지의 녀석들은 죽을 때마다 성장해서 90레벨에도 진입할 수 있는 모양이고.

"그래서 같은 최상급 몬스터인데도 차이가 심한 거군요."

"맞아. 몬스터 등급이라는 건 지극히 주관적인 입장에서 나눠져 있거든. 평범한 유저들한테는 50레벨 몬스터만 해도 강력한 존재인데 녀석이 중급이라면 좀 자괴감이 느껴지지 않겠어? 그래서 분류한 등급이지."

그의 설명을 들으며 조용히 숨을 몰아쉰다. 흐음. 대충 회복된 것 같군. 토한 피에 내장 조각이 섞여 있을 정도의 내상을 입었는데도 조금 쉬어서 회복된다는 건 아무리 생각해도 비정상이지만 이렇게 비정상적인 몸으로도 나는 도저히 그의 상대가 되지 않는다.

"다시 시작할까요?"

"뭐 그러지. 하지만 네 녀석은 아직도 기사 중심의 전투 방식을 버리지 못하고 있어. 차라리 네 녀석이 기사라면 모르겠지만 열두 직업을 모두 골랐으면 모두 사용하는 게 최선이다."

"알기는 하지만……."

그게 어디 쉬운 일인가? 검을 휘두르면서 마법을 사용하는 건 더블 스펠 만큼이나 힘들다. 어디까지나 검술을 펼치고 있을 때는 거기에 정신을 집중해야 최고의 위력을 발휘할 수 있으니까. 하지만 그렇다고 저 말이 틀린 건 아니다. 확실히 열두 직업을 골랐으면 활용을 해야 하겠지. 안 그러면 단지 능력치만 높은 기사가 될 뿐이니까.

어떻게 하면 많은 직업을 활용할 수 있을까 고민하고 있는데 다크가 다시 말한다.

"그리고 무기. 내가 그걸 준 건 어디까지나 활용하라는 뜻이었는데 TNT 약간 설치하는 정도면 곤란하지. 지금부터는 기본적으로 총을 꺼내놓고 있어. 사격 연습도 겸해야 하니까."

그는 가볍게 몸을 풀며 일어났고 나 역시 품속을 뒤져 데져트 이글 45구경과 글록18을 꺼내 들며 일어났다.

"하지만 전 지금으로도 어지간한 건 다 맞출 수 있는데 사격 연습이 효과가 있을까요?"

"당연하지. 애초에 그냥 맞추는 걸로는 모자라. 돌아서서도, 뛰면서도, 누워서도, 넘어지면서도 백발백중으로 맞출 수 있어야 하니까."

확실히 전투 중에 정자세로 총을 쏘기는 힘들겠지. 게다가 총에 염을 빠르게 담는 것도 어느 정도 연습이 필요할 테고 말이다.

나는 데져트 이글을 들어. 시험 삼아 다크에게 쏴보았다. 말 그대로 느닷없는 기습이었지만 그는 당연하다는 듯 고개를 돌려 피해 버렸다.

"좋은 기습. 하지만 그렇게 빤히 보이는 데서 쏴봐야 총구를 보고 방향을 짐작할 수 있어. 게다가 염도 불안정하게 담겼군."

"글쎄요… 근거리니 혹시라도 맞지 않을까 생각한 거죠."

"쯧. 이렇게 뻔히 보이는 상황이면 네놈도 충분히 피할 수 있어. 총알의 속도는 엄청나니 보고 피하거나 하는 건 힘들겠지만 다른 수단은 많으니까. 네 녀석 같은 경우는 마나 감지력으로 피하는 방법도 있겠군."

"마나 감지력으로 총알을 피할 수 있단 말입니까?"

"시험해 볼까?"

그는 성큼 내게 다가오더니 내 품속에 손을 넣어 두 자루의 데져트 이글을 꺼내 들었다.

"이런 말 하기는 싫지만… 좀 봐주시죠."

"재미있는 농담이네."

"농담 아닌데."

내가 투덜대거나 말거나 그는 천진하게 웃으며 데져트 이글을 들어 나를 겨눴다. 그리고 삽시간에 폭풍처럼 몰아치는 살기(殺氣)! 저놈의 인간, 아니, 신은 방긋방긋 웃으면서 살기를 잘도 뿜어낸다.

"좋아, 그럼 훈련 다시 시작! 살아남으라고!"

"젠장!"

나는 이를 악물며 땅을 박찼다.

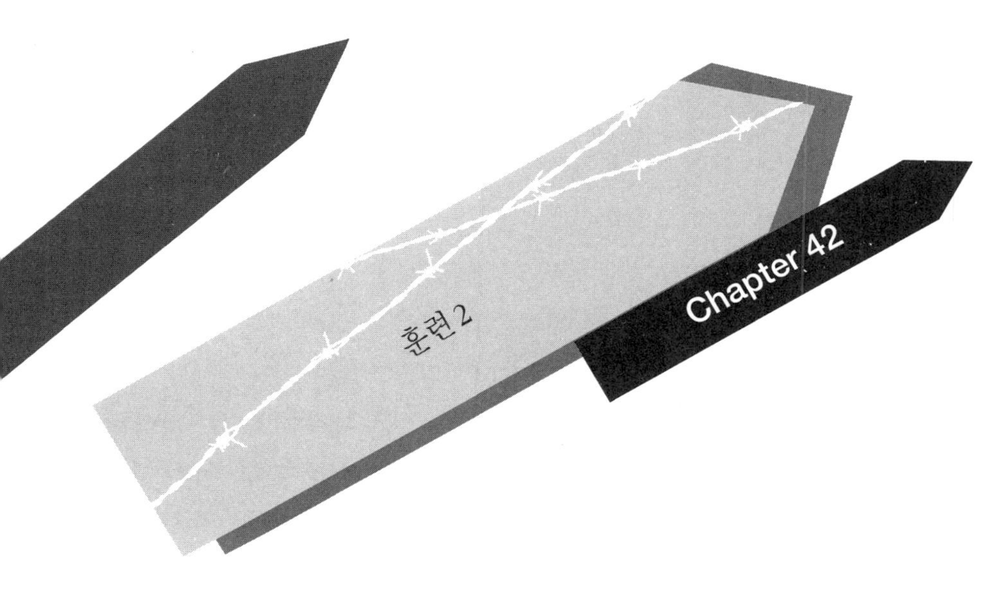

훈련 2
Chapter 42

사박.

드넓게 펼쳐진 설원을 20대 초반으로 보이는 여인이 걷고 있다. 한쪽 다리가 훤히 트인 차이나 드레스를 입은 동양풍 미인인 그녀는 눈보라가 몰아치는 설원에서 걱정스러울 정도로 추워 보이는 모습을 하고 있다. 심지어 차이나 드레스는 얇디얇은 비단으로 만들어져 있다.

그녀는 아무 말 없이 계속 걷다가 멈췄다. 그리고 투덜거린다.

"추워."

당연했다. 아니, 추운 정도가 아니라 당장 얼어 죽어도 이상하지 않을 상황이다. 무엇보다 주변의 기온은 영하 50도에 가까웠고 그녀가 입은 건 얇디얇은 비단 옷 하나. 그것도 한쪽 다리가 훤히 드러나 있었기 때문에 냉기를 막을 만한 구조가 아니었으니까.

하지만 그럼에도 그녀는 태연했다. 누군가 그녀를 자세히 본다면 불어 닥치는 눈보라가 그녀를 피해가고 있다는 것을 알 수 있으리라.

[옷을 조금 두텁게 입는 건 어떨까요? 직접적인 냉기를 막는다고 해도 이곳은 기본적으로 추운데.]

"괜찮아, 메티스. 이래 봬도 상당한 체력의 소유자니까."

애초부터 1레벨의 유저가 성인 남성에 해당하는 능력치를 지니기에 레벨을 올린다면 어떤 직업이든 간에 일반인보다 월등한 신체 조건을 지니게 된다. 마법사가 체력이 약하다는 건 상식이지만 일루전의 마법사들은 대부분 100미터를 10초 안으로 뛸 수 있을 정도니까.

"그리고 난 8.78까지 가능하지."

[네?]

"아니, 별로."

제니카는 어깨를 으쓱이며 오른팔을 들었다. 그리고 그와 동시에 눈보라를 뚫고 거대한 덩치의 설인이 그녀를 덮친다.

크와아앙!!

"쯧. 대체 개성이라는 게 없는 소리야."

그녀는 투덜거리며 오른팔을 휘둘렀다. 그리고 그와 동시에 몰아치는 돌풍! 설인은 상당한 항력을 지닌 최상급 몬스터였는데도 속절없이 튕겨 나갔다.

하지만 근처에 있던 건 한 마리가 아니었던 듯 그녀의 주위로 십수 마리의 몬스터가 몰려온다.

"외딴 곳까지 온 보람이 있네. 장비 4번!"

그녀의 목소리에 반응해 1.8미터쯤 되는 지팡이가 모습을 드러낸다. 그녀는 망설임없이 그것을 잡아챈 후 바닥에 내리꽂았다. 그리고 그와 동시에 거대 마법진이 바닥에 쌓인 눈을 날려 버리며 모습을 드러낸다!

“목표는?”

[북서쪽 거리 30.4에 여섯. 남쪽 거리 13.9에 다섯. 정남쪽 거리 18.6에 넷. 남서쪽 거리 3.1에 하나입니다!]

메티스의 외침에 따라 제니카의 몸이 푸르게 빛나기 시작한다. 난데 없는 기운에 놀라 그녀를 향해 달려드는 몬스터들. 하지만 그녀의 영창이 반 박자 정도 빠르다.

“나 세상 무엇보다 광대한 외침! 지금 그 이름으로 명하노니 찢어라! 울부짖는 시월(十月)의 야수!”

크오오오!!

영혼을 집어삼키는 듯한 괴성에 덤벼들던 모든 몬스터들이 공격을 멈춘다. 그리고 그 직후 마법진에서 뿜어진 백광이 세상 모든 것을 찢어버린다.

새하얀 설원 위로 뿌려지는 더운 피. 어느새 주변은 시체들이 쌓여 있다. 놀랍게도 그녀는 단 한 번의 주문으로 열여섯 마리의 최상급 몬스터를 쓸어버린 것이다!

그건 실로 대단한 일이었지만 그녀의 얼굴은 어둡기만 하다.

“역시 오르지 않는군.”

그녀의 마법사로서의 레벨은 무려 89에 달했다. 그녀 다음으로 높은 레벨의 유저가 단일 직업으로 78레벨에 불과하다는 것을 생각하면 그녀의 레벨은 실로 엄청난 수준이지만 그녀의 생각은 조금 달랐다.

89레벨에 도달한 지 어느덧 일주일. 하지만 그동안 계속 사냥을 했음에도 경험치는 1%도 오르지 않았다. 그동안 그녀가 잡은 몬스터 수를 생각하면 이해가지 않는 일이다.

“어디 보자… 레벨이 어떻게 되더라…….”

현재 그녀는 마법사 89레벨. 흑마법사 68레벨이었다. 더불어 연금술사로서의 능력은 28레벨. 신관으로서의 능력은 25레벨. 정령술사로서의 능력은 20레벨이다.

그녀는 마법사로서 천재적인 재능을 가지고 있었지만 그 외에는 별다른 능력이 없었다. 연금술사로서의 능력도 비교적 뛰어난 편이었지만 연금술사는 사냥보다 제작에서 경험치를 얻는 직업이기 때문에 뛰어나든 안 뛰어나든 많은 시간을 투자해야 성장시킬 수 있는 직업이다.

"그러고 보니 건영은 열두 직업을 모조리 골랐었지. 재능이 넘치는 걸까나?"

한 사람이 여러 개의 재능을 가지기는 힘들다. 현실에서야 계속되는 능력으로 충당할 수 있겠지만 일루전은 다르다. 태어날 때부터 도저히 안 되는 직업이 있는 것이다. 특히 소환사나 정령사 같은 경우에는 아무런 이유 없이 그 능력이 떨어지는 사람들까지 존재한다. 처음에는 이해하지 못했지만 제니카는 그것이 재능의 차이라는 것을 알았다.

[그래도 주인님이 더 강하시잖아요?]

"아직은 그렇지만 앞으로도 그럴지는 모르지. 아아— 흑마법사, 백마법사, 화염법사, 빙결술사 식으로 열두 직업이면 모조리 마스터를 찍어버릴 수 있을 텐데."

그녀만 해도 필요에 의해 정령사를 고르기는 했지만 정령술사로서의 그녀의 재능은 거의 없다시피 했다. 정령술사로서의 재능이란 친화력이라고 할 수 있는데 정령들은 그녀에게 그리 좋은 감정을 가지지 않았기 때문이다.

그리고 그렇기에 그녀는 일단 마법사로서 9클래스에 도달하고자 했다. 일단 마법사라도 9클래스에 도달한다면 여러 가지 초월적 수단으로 다른 직업들을 보조할 수 있으리라 생각했기 때문이다.

하지만 89레벨에서 막혔다. 아무리 몬스터를 잡아도 90레벨에 들어설 수 없는 현실에 제니카는 작게 한숨을 쉬었다.

"역시 특정 퀘스트라도 완료해야 하는 건가."

"달라. 일루전 자체에서 유저에게 줄 수 있는 레벨의 한계가 89인 것뿐이지."

"89레벨이 한계? 그게 무슨 소……."

무심코 묻던 제니카의 지팡이에서 폭염이 뿜어진다. 주문을 발현하는데 연산 과정이 필요한 마법사로서는 실로 기적이라 할 만큼 빠른 공격이었지만 상대방은 아무렇지도 않게 손을 내저어 그것을 파훼했다.

"무서운 아가씨군. 화끈해."

"누구냐!"

멸성의 대공 핸드린느 앞에서도 태연하던 제니카의 얼굴이 딱딱하게 굳어진다. 흑발, 흑의, 흑안. 전형적인 동양풍의 외모를 가지고 있는 청년은 씩~ 하고 장난스러운 미소를 지었다.

"지나가던 도우미."

"요새 들어 개소리가 수준급이로군, 리블. 그건 그렇고 녀석이 네가 말했던 그 여자인가?"

"그런 것 같은? 신기해라. 이런 게 진짜로 있었구나."

흑발의 사내 옆으로 두 명의 남녀가 내려선다. 사내는 등에 기다란 검을 멘 채 아무런 행동도 취하지 않았지만 검은 드레스의 여인은 성큼성큼 다가왔다. 보통 사람이라면 어어— 하고 허용할 정도로 자연스러운 동작이었으나 제니카는 지팡이를 들어 그녀를 겨눴다.

"거기서 정지. 더는 다가오지 마."

"어머. 딱 봐도 연상의 상대한테 처음부터 반말이라니 예의가 없는 꼬마구나."

"늙어가는 게 자랑은 아닐 텐데. 원하신다면 존댓말을 해드리지요, 아주머니."

"뭐?"

여인이 눈썹이 살짝 찡그려짐과 동시에 강맹한 어둠의 기운이 솟아오른다. 실로 엄청난 기세였지만 제니카 역시 한 발짝도 물러서지 않고 기운을 내뿜는다.

일촉즉발의 상황. 하지만 조용히 있던 청년이 웃으며 다가온다.

"자자, 모두 진정. 첫 대면부터 싸우면 어떻게 해?"

그는 둘 사이로 끼어들어 손을 내저었다. 그냥 보면 별거 아닌 동작이지만 놀랍게도 제니카와 흑의 여인의 기운이 모조리 흩어져 버린다.

그건 말도 안 되는 일이었다. 차라리 거대한 힘으로 둘을 밀쳐 버렸다면 그런가 보다 하겠지만 기운 자체를 흩어버리다니? 그 말은 그가 자신의 기운이 아닌 기운. 즉, 타인의 힘까지도 자유자재로 컨트롤할 수 있다는 말이었다.

"대답을 못 들었군. 정체가 뭐지?"

"글쎄… 맞춰봐."

그의 말에 제니카는 그를 포함한 세 명의 남녀를 보았다. 마치 맞춰 놓기라도 한 것처럼 똑같은 흑의, 흑발, 흑안. 온통 검은 그들의 모습을 본 제니카는 무심코 중얼거렸다.

"어둠의 삼남매……."

"아냐! 마왕이다!"

제니카는 발끈하는 그의 모습에 순간적으로 피식했다가 그의 말에 담겨 있던 내용에 멍한 표정을 지었다.

"…방금 뭐라고?"

"마왕이라고."

"……."

전혀 뜻밖의 말이었다. 강하다는 것쯤 이미 눈치 채고 있던 사항이지만 난데없이 마왕이라니? 제니카는 놀랍다기보다 황당해서 그의 얼굴을 바라보았다. 그런 말을 한 주제에 그는 아무렇지도 않다는 표정이다.

"일루전의 정보 중 상당 부분을 취득한 듯한데도 모르는 모양이군. 일루전의 레벨 업으로 도달할 수 있는 한계점은 89레벨이다. 90레벨부터는 깨달음의 경지지."

신성을 남이 줘서 받을 수는 없는 일이다. 그건 누구도 간섭할 수 없는 절대의 경지. 일루전의 시스템이라고 해봐야 결국 마법일 뿐인데 그걸로 신을 찍어낼 수 있을 리가 없었다.

"그럼 9클래스에 도달하는 게 불가능하다는 말?"

"꼭 그렇게 볼 수는 없지. 깨달음의 경지니 언젠가 깨달으면 돼. 그게 백 년 뒤일지, 천 년 뒤일지는 아무도 모르는 일이지만."

확신에 찬 그의 말에 제니카는 허탈하게 웃었다. 역시 남이 만들어낸 시스템 위에서 용써봐야 그 정도가 한계라는 말이었다. 게임 속에 어떤 보스급 몬스터가 있어 정말 강력하다 해도 운영자 입장에서 보면 그 한계가 명확한 법이니까.

"뭐, 어쨌든 소개가 늦었네. 내 이름은 제니카 오브 라우레시아. 너는?"

"리블 크레이트라고 하지만… 뭐, 본명을 말해도 상관없겠지. 권형준이다."

그의 말에 제니카의 눈에 이채가 깃든다.

"권형준이라… 그건 한국식 이름인데."

"그렇지. 난 한국계 신흥 마왕이니까. 전 차원에 열 명밖에 없는 마왕 중 하나가 한국인이라니 자랑스럽지?"

그는 장난스럽게 웃으며 어깨를 으쓱였다. 강력한 마왕이 짓는 표정 답지 않게 천진한 표정이지만 제니카는 긴장을 풀지 않았다.

"뭐 어쨌든 나를 찾아온 이유는?"

"간단해. 계약을 하기 위해서지."

"계약?"

의문 섞인 그녀의 목소리에 형준은 말했다.

"나는 꽤 강한 편이지만 물질계에서 발휘할 수 있는 힘은 극히 제한 적이거든. 그래서 대리자가 필요한 거지."

"내가 얻는 이득은?"

"9클래스에 돌입하게 해주지."

그게 사실이라면 실로 솔깃한 조건이었지만 제니카는 신중하게 고개를 저었다.

"하지만 이득만 있지는 않겠지?"

"물론. 하지만 그리 큰 부담은 아닐 거야. 몇 가지 부탁 정도니까."

"부탁이라……."

제니카는 잠시 생각했다. 형준과 같이 온 두 명의 남녀는 아무 말 없이 그녀의 뒤에서 그런 그녀의 모습을 보고 있었다. 분위기를 보아하니 뭔가 속이거나 하려는 것은 아닌 모양이다.

"좋아, 승낙하지. 물론 그 조건이라는 건 들어볼 생각이지만 말이야."

"탁월한 선택."

형준은 웃으며 그녀의 손을 잡았다.

*　　　　　*　　　　　*

2021년 11월 16일, 오후 11시 30분.

까가강!

카이더스를 휘둘러 날아오는 독침들을 쳐낸다. 하지만 그럼에도 일어나는 독기(毒氣). 나는 항독 전용 타이틀인 포레스트 슬레이어를 활용해 모든 독기를 떨쳐 냈다.

"키에에엑!!"

"끈질기군. 곱게 죽어!"

도망치는 듯한 자세로 적의 공격을 유도한 후 단숨에 반전하여 카이더스를 휘두른다. 간단한 페이크였지만 제대로 먹혀 카이더스의 검날이 네 개의 눈 중 두 개를 그어버린다.

[키이이익!]

아, 거 시끄럽군. 나는 귀를 울리는 굉음에 인상을 찡그렸다. 나를 향해 덤벼드는 것은 거대한 크기의 거미 바이탈 서커(Vital Sucker). 녀석은 미친 듯이 다리를 휘둘러댔지만 나는 최소한의 동작으로 모조리 피했다.

좋아, 동작이 보인다. 녀석은 여덟 개의 다리 중 네 개를 마구잡이로 휘둘러 대고 있었지만 그 동선이 눈으로, 피부로, 그리고 머릿속으로 분명하게 그려진다.

파바박!

공격이 느껴지는데 맞을 리가 없다. 나는 녀석의 다리를 재차 피한 후 품속에서 부적을 꺼내 들었다.

"염천부(炎天符)! 폭풍부(暴風符)!"

그리고,

"나 기원하나니! 듀얼 매직(Dual Magic) 발동! 에어 블래스트(Air Blast) & 버스트 플레임(Burst Flame)!"

바이탈 서커의 몸에 박힌 카이더스에서 확— 하고 불꽃이 일었다. 내부 항마는 외부 항마에 비해 압도적으로 약한 법이지! 카이더스에서 일어난 불꽃은 이내 거대한 폭염이 되어 바이탈 서커의 전신을 뒤덮었다.

끼이익!!

비명을 지르며 몸을 뒤트는 거대한 거미. 하지만 단지 발버둥이었을 뿐, 이내 검은 연기로 변해 흩어져 버린다.

조금 소란스러웠으나 다시금 고요를 되찾는 숲. 나는 다른 몬스터가 올 거라는 생각을 하기도 전에 그대로 고꾸라졌다.

[괜찮아, 레온?]

"안… 괜찮… 아. 이놈이고 저놈이고 하나같이 무리하지 않으면 이길 수 없는 상대라 돌아버릴 지경이다."

아주 증폭 부적을 공격할 때마다 쓰는군. 하지만 사용을 안 할 수도 없는 게, 사용하지 않으면 내 마법력으로는 타격이 들어가지 않는다. 근력도 체력도 상대적으로 떨어지는 지금 주문이라도 사용하지 않아서야 최상급 몬스터를 상대하기 어려운 것이다.

잠시 근처 나무에 기대 숨을 몰아쉬고 있는데 허공으로 문자가 떠오른다.

특수 스킬 정석변이를 획득하셨습니다!

정석변이. 마법사의 마스터 스킬. 원래대로라면 레벨 업과 동시에 완전 회복이 이뤄져야 하지만 어째서인지 현실의 몸이 죽은 후로는 로그아웃과 더불어 레벨 업 후 완전 회복이 사라지고 말았다.

뭐 그렇다고 해도 어쨌든,

"이걸로 아크 메이지군."

[축하~]

"감사."

별 성의 없이 고개를 끄덕이기는 했지만 확실히 대사건이다. 소드 마스터, 라운드 파이터에 이어 이제 아크 메이지인 것이다. 오오~ 트리플 마스터인 건가?

지금 내 레벨을 표로 정리하면 다음과 같다.

직업	레벨	직업	레벨
암살자	32	기사	50
마법사	50	무투가	50
연금술사	27	신관	25
정령술사	25	카드법사	25
사령술사	25	예술가	34
소환사	25	궁사	25

"세 개인가? 아직도 멀었군."

'무려 세 개' 라고 말할 수도 있겠지만 나에게는 '아직도 세 개' 다. 어쨌든 내 직업은 열두 개이고 목표는 올 마스터니까.

[하지만 탄식의 산맥이 좋기는 좋네, 겨우 보름 만에 마스터 숫자를 두 개나 더 늘리다니.]

"좀 위험하지만 경험치 보너스는 확실히 커."

탄식의 산맥에서 몬스터를 잡게 되면 기본적으로 경험치 세 배에 보너스와 몬스터 등급 상승 효과가 일어난다. 획득 경험치 최대화라고 할 수 있는 이 조건은 레벨 업에 더 말할 나위 없이 도움이 된다고 할 수 있다.

[응? 아 조심해. 근처에 몬스터들이…….]

"감지했으니까 걱정 마."

나는 몰려드는 몬스터들을 느끼며 눈을 감았다. 물론 지금 내 몸 상태는 완전히 최악. 최상급 몬스터와 싸우면 얄짤없이 죽게 되겠지만 상관없는 일이다.

1초, 2초, 3초, 그리고…

"아크 메이지."

가볍게 읊조리자 팟— 하는 느낌과 함께 배경이 단숨에 변한다.

공간의 이동. 나는 내가 어느새 시험 장소에 있다는 것을 알았다.

"새로운 손님… 응?"

복도의 입구 쪽. 그러니까 내 옆에서 졸고 있던 사내가 몸을 일으킨다. 약간 삐삐 마른 감이 없지 않아 있으나 꽤 준수한 외모. 그는 나를 자세히 보더니 어이없다는 표정을 지었다.

"전에 온 지 열흘 정도밖에 안 된 것 같은데 또 왔어? 대체 직업이 몇 개인 거야?"

"꽤 많습니다. 아마 몇 번 더 보시게 되겠죠."

신관과 정령사를 제외한 모든 직업의 마스터 시험은 동일하다. 당연하다면 당연할 것이 마스터라는 건 마나의 발현이 가능한 존재를 말하는 거니까. 물론 그 발현 방식이 각기 다르기는 하지만 거기에 필요한 자격은 같다.

시험 내용은 강한 반(反)마력으로 유저를 밀어내는 복도를 지나가 마력을 뿜어내는 구슬을 정지시키는 것. 물론 마력에 민감하게 반응할 수 있는 나는 처음부터 간단히 해냈고, 무투가 마스터인 라운드 파이터가 되면서 한 번 더 겪었다.

간단하군. 반마력을 어렵지 않게 지나쳐 구슬에 손을 얹었다. 복도를 휘몰아치던 마력의 흐름은 이내 사라져 버렸고, 나는 몸을 돌려 시험관을 바라보았다.

"합격?"

"오냐, 밀레이온 더 윈드리스."

그의 말이 끝나기가 무섭게 몸 안의 마나가 제멋대로 움직이기 시작한다. 이미 겪어본 일이기에 그것에 반항하지 않고 조용히 숨을 몰아쉰다.

난폭한 기세로 몰아치는 마나의 파도. 그것들은 이리저리 돌아다니더니 삽시간에 단전 부분에 도착해 전신으로 퍼졌다.

쾅. 쾅쾅. 쾅.

무언가가 뚫려 나가는 느낌과 뇌리를 짜릿하게 물들이는 청량감. 나는 그 기묘한 감각에 잠시 부들부들 떨다가 고개를 들었다.

늘었다. 내가 느끼고 제어할 수 있는 마나의 흐름이 한가닥 더 는 것이다.

[밀레이온?]

"왜?"

[아니… 지금 머리카락이 연두색으로 변했어.]

"원래 반 정도는 연두색인데 무슨 소리야?"

[그러니까. 지금 그 비율이 조금 늘었다고.]

"늘었다고? 운디네."

가볍게 손짓하자 운디네가 물방울과 함께 나타나 물의 거울을 만든다. 훗. 운디네로 수경은 만드는 건 예전에 못하던 거지만 다크와 훈련하면서 시야 확보용으로 익혀 놓았다.

아, 지금 그게 중요한 게 아니지. 나는 머리카락을 보았다. 눈에 확 띌 정도는 아니었지만. 분명 검은 머리 중 일부가 연두색으로 변해 있었다.

"레벨에 영향을 받는 건가? 아니, 아크메이지가 되면서 변한 거니까 능력치의 영향일지도."

[머리카락 색이 변하면서 뭔가 바뀐 건 없어?]

"그다지. 나중에 다크에게 물어봐야겠군."

생각해 보면 이 머리색은 그의 머리칼과 똑같다. 그렇다면 그에게 관계있다고 생각해도 틀림없겠지.

이런저런 생각을 하고 있는데 시험관이 손뼉을 쳤다.

"자자, 잡담은 그만 하고 설명하지. 아마 알고 있겠지만 마스터로서의 능력은 마나 발현이다. 물론 마법사는 기사나 무투가랑은 발현·방식이 달라. 검기와 권기도 엄연히 다른 종류라 할 수 있으니 말 다한 거지."

기사도 장갑. 혹은 맨손에서 권기를 일으킬 수 있고 무투가도 검기를 만들어낼 수 있다.

하지만 그뿐이다.

단지 '만들어낼' 뿐 그 성능비가 압도적으로 떨어지니까.

무투가가 검기를 1분 동안 유지하기 위해서는 권기를 40~50분 동안 유지할 만큼의 힘이 소모된다. 그뿐 아니라 위력까지 현저하게 떨어져서 실제로 검기를 사용하는 무투가 없고 권기를 사용하는 기사 역시 없다.

검기와 권기의 본질은 같지만 그 발현 방식이 다르다. 그리고 그것은 마법사 역시 마찬가지였다.

"해볼까나?"

나는 오른손을 들어올리며 정신을 집중했다. 마력의 운용, 순환, 그리고 이미지 메이킹(Image Making).

조용히 마력을 발하자 손바닥을 통해 푸른색의 광구가 떠오른다.

"역시 쉽게 성공하는군."

놀라는 시험관을 향해 씩~ 하고 웃어 보였다.

"애초에 너무 쉬운 난이도니까요. 이런 데에서 헤매는 것도 웃기는 일이고."

"……."

아아, 난 마음을 읽지 못하는데도 '사랑해, 못된 아이야. 즐거운 하루 되세요!' 라는 말이 들려오는 것 같다. 미안해요, 아저씨. 제가 요새 다크라는 놈한테 하도 무시당하고 밟혀서 잘난 척 좀 해보고 싶었던지라…….

[우우. 한심해.]

'시끄럽다.'

투덜거리는데 눈앞으로 글자가 떠오른다.

칭호 '아크 메이지'를 획득하셨습니다.

마스터 타이틀. 슬슬 나올 타이밍이라고 생각하고 있던 나는 놀라지 않고 타이틀을 확인해 보았다.

아크 메이지(Archimage). 마력, 마법력 +50
마법의 깨달음을 얻은 자에게 주어지는 타이틀.
마법을 사용했을 시 +10%의 마나 보너스를 받는다.

역시 좋군. 이렇게 좋은 타이틀이 드래곤 슬레이어 때문에 빛을 못 보다니 아쉬울 정도다. 이거야 타이틀 계속 모아도 성취감뿐이지, 실용성이 없군. 드래곤 슬레이어를 제치고 잠깐잠깐이라도 활용되려면 포레스트 슬레이어처럼 뭔가 특이한 효과가 있어야지 이런 일반적인 효과로는 얼굴도 못 내민다.
"뭐 어쨌든."
나는 손바닥 위에 있는 청색의 광구를 바라보았다. 이것의 이름은 매직 포트(Magic Phot). 모든 기사가 검기를 꿈꾸듯 모든 마법사들은 매직 포트를 목표로 하고 있다. 물론 매직 포트는 검기에 비해 덜 유명하다. 검기는 홀로 오롯이 존재하는 데 비해 매직 포트는 언제나 다른 주문과 연동되는 존재니까.
아니, 정확히 말하자면 5클래스 이상의 주문에는 반드시 매직 포트가 필요하다.

"시험 끝났어. 얼른 나가."

"네, 하지만 더 자주 보게 될 겁니다."

툴툴되는 시험관에게 고개 숙여 예를 표하고 공간의 틈을 빠져나온다. 뭐 어쨌든 이걸로 나는 트리플 마스터~ 물론 그렇다 해도 멀었다. 트리플 마스터라는 건 분명 대단한 일이지만 내 입장에서 보자면 열두 개의 직업 중 셋만을 마스터했을 뿐이니까.

"지금 몇 시지?"

[11시 45분.]

"사냥하기에는 빡센 시간대군. 잠시 쉬지. 은(隱)."

행여나 다른 최상급 몬스터에게 발각되기 전에 몸을 숨긴다. 최상급 몬스터쯤 되면 제법 머리도 좋아지고 민감해져서 은신술을 눈앞에서 쓰면 그냥 근처를 다 공격해 버린다. 물론 안 보이는 상태에서 피할 수도 있겠지만 무리한 움직임을 취하면 은신이 풀려 버리니까.

나는 근처에 있는 나무에 기댔다. 물론 기대기 전에 그 나무가 트리언트나 이모탈 트리 같은 몬스터가 아닌지 확인한 다음이다. 아무리 은신했다지만 옆에 기대는 인간까지 눈치 못 챌 정도로 최상급 몬스터가 만만할 리 없으니까.

나무에 기대 잠시 쉬다 보니 문득 한숨이 나온다.

"그러고 보니 이제 마법사도 봉인해야 하는 건가."

나는 틀림없이 강해지고 있다. 무투가 레벨을 50까지 올려 안 그래도 높던 능력치들이 더 상승했고, 마스터 스킬을 획득했으니까. 지금의 나라면 여기에 들어오기 전의 내가 두 명 있다 해도 이겨낼 수 있다.

하지만 그럼에도… 전투는 점점 힘들다.

기사가 마스터 레벨에 올라 봉인하니 검에 관련된 스킬 전체가 봉인된다. 무투가가 마스터 레벨에 올라 봉인하니 맨몸으로 펼칠 수 있는 스킬 전체가 봉인된다.

어떻게 된 게 마스터하는 숫자가 늘면 늘수록 약해진다. 물론 봉인을 풀면 최상급 몬스터들을 문제없이 잡을 수 있을지도 모르지만 그렇게 되면 그 직업들이 경험치를 받기 때문에 다른 직업들의 성장은 포기해야 한다. 하지만 그래서야 엄청난 패널티를 감수하면서까지 열두 개의 직업을 고른 의미가 없지 않은가?

[그런데 마법사를 봉인하면 최상급 몬스터 못 잡지 않아?]

"그러게 말이야."

나는 한숨을 쉬었다. 농담하는 게 아니라 정말 최상급 몬스터를 어떻게 잡지? 마법마저 없으면 진짜 애로 사항에 꽃 피게 될 것이다. 부적도 못 쓰고 검에도 육체에도 마법을 걸 수도 없으니까. 안 그래도 잔뜩 억눌린 능력치가 대폭 줄어드는 것이다.

[글레이드론을 소환하는 건 어때?]

"아아, 물론 소환사로서의 능력도 활용해야지. 조금이라도 카드술사 레벨도 높여서 파 시어라는 녀석도 소환해야 되고. 정말 나도 이놈의 직업들 때문…… 아, 시간이다."

내가 탄식의 산맥에서 사냥을 하는 시간은 오후 12시부터 오후 11시 59분까지. 그리고 오전 12시부터 오전 11시 59분까지는 다크의 차원에서 개별적인 수련을 받는다.

그리고 지금이 오전 12시. 순식간에 배경이 변한다.

"왔냐?"

"네. 그런데 또 중국집입니까?"

다크는 식탁에 앉아서 푸짐하게 늘어져 있는 음식을 먹고 있었다. 거 좀 기다려 주면 안 되나? 코트를 벗어 옷걸이에 걸고 자리에 앉는데 다크가 말한다.

"오늘은 아냐. 지금까지는 내 전용 요리사가 바빠서 시켜먹은 것뿐, 이제 요리사께서 귀환하셨으니 배달시킬 필요가 없지."

"요리사라… 누구 말입니까?"

"저요."

등 뒤에서 들려오는 소리에 경악해 반사적으로 수도를 내리그었다. 반사적이라고는 하지만 5일 전부터는 이쪽 차원으로 넘어오는 순간 봉인이 모조리 풀리도록 해놓았기 때문에 내 공격은 강철이라도 휘어버리릴 위력을 가지고 있었는데 상대는 장난처럼 막아버렸다.

전체적으로 선한 인상에 새하얀 백발이 인상적인 청년. 나는 깜짝 놀랐다. 한번 봤던 녀석이기 때문이다.

"2145?"

"네?"

무슨 소리냐는 듯 고개를 갸우뚱거리지만 난 녀석을 본 적 있다. 녀석은 예전 내가 최상급 마족에게서 목숨을 위협당할 때 나와서 최상급 마족을 튕겨냈던 그 녀석인 것이다. 분명 나한테 퀘스트를 주던 녀석이었을 텐데… 상황도 상황이었지만 온통 새하얀 백발이 특이해서 확실히 기억하고 있다.

"절 모릅니까? 최상급 마족한테 죽을 뻔했었는데."

"도베라인에 베였던 때를 말하는 건가요?"

"네."

내가 고개를 끄덕이자 그는 잠시 생각하는 표정을 지었다. 뭐지? 정말로 나를 처음 보는 태도잖아? 잠시 혼란스러워하는데 그가 말했다.

"대충 알겠군요. 전 당신을 본 기억이 없으니 당신이 절 볼 수 있는 상황은 하나뿐이겠죠."

"무슨 말입니까?"

내 물음에 그는 답했다.

"당신이 봤다는 그거 제 분신 중 하나일 겁니다. 팔천만 개 정도 뿌려놨는데 그것들 중 하나를 보신 모양이군요."

"……!"

파, 팔천만 개?! 어쨌거나 그 녀석은 어지간한 마스터에 필적할 정도로 강력했는데 그런 걸 팔천만 개나 찍어내다니. 아무리 신이라도 이건 좀 심하잖아?!

어쨌든 이것으로 알았다. 유저 개인마다 붙어서 퀘스트를 주던 녀석은 저 녀석의 분신이었군. 나를 기억하지 못하는 걸 보아 분신이라고는 해도 정보가 통합되어서 흡수되지는 않는 모양인 것 같다.

잠시 생각하는 내게 청년은 자신의 하얀 머리칼을 긁적이며 말했다.

"어쨌든 인사가 늦었군요. 저는 서신(鼠神). 그냥 도현이라고 부르시면 됩니다."

역시 신이군. 게다가 서신이라면 12지신 중에 맏이다. 물론 실제로도 맏이인지는 잘 모르겠지만 결코 우스운 상대는 아닐 것이다.

"그런데 당신이 요리사란 말입니까?"

"그렇죠. 뭐, 덕택에 십이지객잔의 요리는 전부다 떠맡아 버린 건 마음에 안 들지만요. 게다가 이 인간들이 처먹기는 또 얼마나 돼지같이 처먹……."

웃으면서 말하던 도현은 뒤통수에서 날아온 다크의 주먹을 맞더니 쐐엑—! 하는 소리와 함께 날아가 벽과 충돌했다.

"쐐엑— 이라……."

주먹도 아니고 주먹에 얻어맞은 몸에서 이 무시무시한 파공음이라니. 만약 맞은쪽이 나였다면 쪽도 못 쓰고 죽었을 상황이다. 그나마 저 녀석은 신이니 무사하겠지만 말이다.

[아니, 잠깐. 죽은 것 같은데?]

"뭐?"

나는 깜짝 놀라 벽과 충돌한 청년에게로 다가갔다. 완전히 함몰되어 버린 뒤통수와 낭자한 피. 이건 말 그대로 완전한 시체였다.

뭐야 이거. 무, 물론 방금 다크의 일격은 틀림없이 누구라도 죽일 수 있을 것 같은 공격이었다. 하지만 신이 주먹질 한 방에 죽을 수 있단 말인가?

"아아, 거 툭하면 주먹 휘두르지 좀 말아요."

"어?"

뒤에서 돌려오는 소리에 고개를 돌린다. 멀쩡한 모습으로 투덜거리는 백발의 청년. 다시 고개를 돌려보니 바닥에 쓰러져 있던 시체는 불어오는 바람에 스러지더니 완전히 사라져 버렸다.

경악스러운 상황. 하지만 놀랐던 건 우리뿐만이 아니었던 듯 다크 역시 깜짝 놀랐다는 표정으로 말했다.

"대단한데? 지금 건 나도 완벽하게 속았다."

"훗. 나날이 발전하는 모습."

우쭐한 표정의 청년을 보며 잠시 혼란스러워한다. 지금 뭐가 어떻게 된 거야? 백발의 청년은 내 모습에 웃으며 말했다.

“놀랄 것 없어요. 다크 형한테 얻어맞은 건 제가 아니라 제 모습을 딴 환상이니까요.”

“전 마나 감지력을 가지고 있습니다만…….”

마나 감지력은 상대의 생기나 마나의 흐름을 파악함으로서 실과 허를 완벽에 가깝게 파악할 수 있다. 내가 그의 모습이 환영인 것을 보고 당황한 것도 같은 이유에서였는데 그는 아무렇지도 않다는 표정으로 어깨를 으쓱했다.

“그러니까 조금 더 생생한 환영이죠. 방금 그건 마왕이라도 속을 난이도였으니까 못 알아보신 게 당연해요.”

“하지만.”

“자자, 그만 식사하세요.”

그는 더 대답하기도 귀찮다는 표정으로 몸을 돌려 부엌 쪽으로 향했다. 후우~ 대답을 듣기는 힘들겠군. 아니, 뭐 그의 말이 맞을지도 모르겠다. 마나 감지력을 가지고 있다고는 해도 아직 내 능력으로 파악할 수 없는 환영이라는 게 존재한다는 말이겠지.

[밥이나 먹어. 맛있을 것 같은데.]

“그래서 말인데… 넌 배 안고파?”

[지금은 별로. 아마 한 시간 정도 더 있으면 배고플 것 같은데.]

“그러니까 왜 그렇게 배가 안 고파? 많이 먹어야 건강진다고.”

내가 투덜거리자 에일렌은 웃었다.

[난 지금 액세서리 상태일 뿐이잖아? 아무래도 직접적인 활동을 하지 않으면 마력이 그다지 필요치 않은 모양이야.]

“즉, 배가 고프려면 뭔가 활동을 해야 한다?”

[그렇다기보다는 그냥 있을 때보다는 활동을 할 때 더 빨리 배고파

진다는 말이지.]

"흐음. 그렇다면 그 탄식의 성이라는 곳이나 찾아가 봐야 하나."

하지만 탄식의 성의 녀석은 이벤트 용 스페셜 보스인 만큼 기본적으로 어마어마한 전투력을 가지고 있을 것이다. 그렇다면 이번만큼은 솔로 플레이를 접고 길드원들이나 모아서 파티 플레이를 하는 건 어떨까?

"뭘 생각해?"

"아, 탄식의 성에 있는 스페셜 보스에 대한 생각을……."

내 말에 다크는 식사를 계속하면서 말했다.

"뭐 상관은 없지만 싸울 거면 조심해. 네 녀석의 신기는 물론, 막대한 전투력을 가지고 있지만 녀석들은 하이덴과 데일의 최고 걸작품이니까."

그의 말에 고개를 끄덕인다. 아아, 깜빡 잊고 있었는데 이 녀석들은 일루젼의 운영자라고 할 수 있는 존재다. 그리고 그렇다면 스페셜 보스에 대해 잘 아는 것도 당연하겠지. 스페셜 보스 역시 녀석들이 만든 몬스터일 테니까.

"그런데 하이덴과 데일이 누구죠?"

"다른 12지신. 뭐, 언제 한번 보게 될 테니까 신경 끄고 식사나 해. 훈련해야 하잖아?"

"훈련이 아니라 일방적으로 깨지는 거라고 생각합니다만."

투덜거리면서도 식사를 시작한다. 평상시 식사에는 다크 쪽과 내 쪽의 식단이 극단적으로 불공평했지만 도현이라는 요리사가 와서인지 꽤나 푸짐하게 준비되어 있다.

"잘 먹겠습니다."

예의상 인사한 후 젓가락을 들었다. 내 정면에는 김이 모락모락 피어오르는 공기밥이 놓여져 있고 그 앞으로는 각종 해산물이 늘어져 있다. 생 가리비에 빵가루와 모짜렐라 치즈를 섞어 넣은 후 각종 조미료와 함께 구워낸 가리비 오븐 구이에서부터 와인 소스를 마리네이드한 새우 구이, 노릇하게 구워진 호박전과 상큼하게 버무려진 감자 샐러드, 면과 각종 해산물 해산물을 버무린 봉골레 파스타, 샤브샤브, 참치 샐러드……

"마, 맛있군."

음식을 그리 즐겨 먹지 않는 나이지만 탄성을 금할 수가 없다. 대단한데? 요리 자체는 그리 특이할 것 없는 것들인데 기묘한 밸런스나 간의 조절이 실로 신기에 가깝다. 아무리 성격 더러운 녀석이 온다 해도 이 음식들을 앞에 놓고 불평을 터뜨리지는 못하리라.

"괜찮죠?"

"네. 대단하군요."

고개를 끄덕이자 도현은 사람 좋게 웃더니 부엌에서 접시 하나를 더 들고 왔다. 뭐지? 하고 바라보는데 접시가 내 앞으로 놓여진다. 접시 위에 있는 것들은 평범한 모양의 샌드위치였는데 다크가 약간 놀란 표정으로 말했다.

"그거 주려고?"

"이 정도는 상관없잖아? 어차피 10레벨 요리사는 유저 중에도 상당수 있고 말이야."

"하긴."

고개를 끄덕이는 다크를 보며 다시 한 번 그 음식을 본다. 흐음… 하지만 다시 봐도 그냥 샌드위치인 것 같은데. 뭔가 특별한 힘이 담겨 있나?

"뭡니까, 이건?"

"보시는 대로 샌드위치예요."

"아니, 제가 궁금한 건 그런 게 아니라……."

"궁금하면 먹어보면 되죠."

어깨를 으쓱이는 그의 말에 한숨을 쉬며 샌드위치 중 하나를 집어 들었다. 별다른 특징이 보이지 않는 평범한 샌드위치. 나는 그것을 집어 입 안에 넣었다.

"아……!"

순간 한 말을 잃었다. 따사로운 햇살과 부드러운 바람.

쏴아아아…….

밀 밭. 밀 밭을 달리고 있다. 황금의 물결은 드넓은 땅을 뒤덮고 있고 온몸을 스치는 바람은 시원하기만 하다.

그것이야말로 어디서도 느껴본 적 없는 황홀경. 나는 나도 모르게 숨을 멈췄지만 이내 정신을 차리고 고개를 흔들었다.

"헉… 헉… 뭐야?"

거의 반 강제적으로 현실에 돌아온다. 무슨 일이 일어난 거야? 잠시 황당해하는데 허공에 문자가 떠오른다.

몹시 환상적인 맛이다!

"……."

맙소사. 방금 그 임펙트는 요리의 맛을 표현하려는 거였냐?

더불어 샌드위치에 식빵이 첨가된 것을 알았다!

"……."

거 잊지 않고 나오시는구려. 난 잠시 황당해하다가 이내 고개를 돌려 도현을 바라보았다. 다음 음식들을 챙기고 있던 그는 싱글벙글한 표정으로 말했다.

"어때요?"

"맛있군요."

그래, 이건 맛있다. 그것도 너무 맛있어 어이가 없을 정도다. 아니, 그래도 이런 건 위험한 거 아냐? 음식에 마약이나 환각제 같은 걸 섞은 것도 아닐 텐데 어떻게 이럴 수가 있단 말인가?

황당해하는데 명치 아래에서부터 심상치 않은 기운이 느껴진다.

우우웅—

몸이 은은한 빛에 휩싸인다. 전투를 벌이느라 지쳐 있었던 몸이 단숨에 회복됨과 동시에 마나와 영력까지 순식간에 회복된다.

"이건?"

"완전 회복은 아니지만 그에 근접한 회복 능력이에요. 10레벨 요리사는 특수 스킬로 상태를 회복시키거나 일시적으로 강화시키는 요리를 만들 수 있거든요."

몬스터들과의 전투로 지쳐 있던 몸이 완전히 회복되었다. 대단한데? 이건 정말로 쓸 만한 능력이다.

나는 고개를 돌려 샌드위치를 바라보았다. 하나 먹어서 이제 남은 건 다섯 개. 두말할 것도 없이 챙겨 놓는다. 이것들이라면 분명히 전투에 도움이 될 테니까.

“쯧. 그런데 언제까지 식사할 거냐? 빨리 집어먹고 방으로 들어와.”

“아, 갑니다.”

별로 음식을 먹지는 못했지만 샌드위치로 허기는 완전히 가셨다. 좋아, 이 몸 상태면 되겠지. 나는 몸을 돌려 도현에게 고개를 숙였다.

“식사 감사합니다.”

“뭘요.”

새하얀 백발을 가지고 있는 그는 사람 좋은 미소를 지으면서 식탁을 정리하기 시작했고 나는 다크의 방으로 들어왔다. 방이라고는 하지만 훈련 시에는 숲, 평원, 바다, 사막 등 각양각색의 지형으로 변하는 곳이다.

그리고 오늘의 지형은 사막. 나는 바닥을 보며 한숨을 쉬었다. 뜨거운 열기야 아무래도 상관없지만 전투 시 발을 디디기에 좋지 않은 지형이군. 주의해야겠다.

“준비됐냐?”

“카이더스.”

그의 말에 대답하지 않고 바로 카이더스를 소환한다. 아무렇지 않은 표정으로 나를 바라보는 연두색 머리칼의 사내 다크. 나는 혹시나 하는 마음으로 물었다.

“저기, 혹시 보조 마법 거는 동안 기다려 주실 생각 있습니까?”

“아니.”

“쳇.”

예전에 방 밖에서 미리 축복과 보조 마법을 걸고 들어온 적이 있었는데 방 안에 들어오는 순간 모조리 풀려 버리더라. 요컨대 오늘도 언제나 그랬든 전투 중에 보조 마법을 사용해야 한다는 말이리라.

"자 그럼 시작한다!!"

"좋습니다! 나 지금 명하노니 모습을 드러내라! 카드 오픈(Card Open)! 파 시어(Far Seer)!"

"어딜!"

금빛 카드가 빛남과 동시에 다크의 몸이 돌진해 온다. 카드가 완전히 소환되기 전에 공격을 해서 소환을 취소하려는 것이다.

하지만 그럴 수는 없지! 나 역시 카이더스를 들고 다크에게로 달려들었다.

쩡!

다크의 주먹과 카이더스가 충돌하면서 주변의 모래가 팍— 하고 모조리 튕겨 나가면서 자욱한 모래 바람이 인다. 하지만 모래 바람은 어디까지나 우리 주변을 뒤덮을 뿐 우리 근처로 다가오지는 못했다.

"시어! 지원 사격!"

[알았다!]

사막 한가운데 더 있던 적색의 보석 파 시어는 응답과 동시에 화염을 뿜었다. 실로 강렬한 기세. 하지만 다크는 가볍게 땅을 박차는 것으로 어렵지 않게 피했다.

좋아! 목표물의 움직임이 일시적이나마 제한됐다! 나는 환호를 부르며 카이더스에 마나를 집중했다.

마나의 집중, 폐(閉). 마력의 집중, 반(反). 그리고 회전(回轉) 부여(附與)!

"가라! 라이트닝 스트라이크(Lightning Strike)!"

예전에는 5초나 걸리던 기술이지만 이제 2초밖에 안 걸린다 이거야! 뇌전의 창은 문자 그대로 벼락처럼 다크를 덮쳤고 나는 망설이지 않고 땅을 박차 그를 향해 달려들었다. 어느새 카이더스에는 검기가 맺힌 상태다.

"제법인데! 하지만 이 정도로는 어이없어!"

다크는 주먹을 들어 라이트닝 스트라이크를 후려쳐 버렸고 라이트닝 스트라이크는 방향을 틀어 하늘로 날아갔다. 큭! 전격을 주먹으로 치다니!? 신음을 토하기도 전에 다크는 허공을 박차고 오히려 나에게 달려들었다.

퍼벅!

황급히 마나를 돌려 몸을 강철처럼 강화시켰지만 그렇다 해도 다크의 주먹질은 실로 무시무시하다. 내장이 뒤집히는 듯한 타격. 다크는 그것만으로 모자라다는 듯 다시금 주먹을 끌어당겼다.

"한 방 더 간다!"

소리치는 다크의 모습을 보며 정신을 집중한다. 분한 말이지만 둘 다 멀쩡한 상태에서 근접전이 시작되면 맞는 건 항상 나다. 그의 공격은 말 그대로 섬광 같은 거라서 내 실력으로는 도저히 피할 수 없기 때문이다.

하지만 그렇다고 곱게 얻어맞아 줄 수는 없지.

나는 눈을 감았다.

그리고 떴다.

"초월안(超越眼). 제2급 개방(開放)."

통합차원 인식능력(統合次元 認識能力). 그것이 바로 마나 감지다. 마나 속에 들어 있는 정보의 집합을 시각, 촉각, 미각, 청각, 후각 등 각종 감각의 형태로서 내 머릿속에 인식시키는 그것은 감지를 넘어서 예시(豫示)에 가까운 능력. 초월자에게 가장 기본적으로 필요한 정보 취득 능력인 것이다.

키이이잉—!

주변의 모든 정보가 머릿속으로 입력되기 시작한다. 공기 중에 섞여 있는 먼지, 바람의 방향, 태양의 열기, 각종 생물체와 적의 움직임까지.

현재 내가 사용할 수 있는 초월안은 3급까지다. 1급은 평상시 상태로 마나를 민감하게 감지하는 능력 수준이고 2급에 달하면 반경 10미터 내의 모든 정보를 취득함과 동시에 그 정보를 실제 사건보다 먼저 인식할 수 있다.

그것이 예시. 2급 초월안은 모든 정보를 현실보다 1초 정도 빠르게 인식한다. 겨우 1초라고도 말할 수 있겠지만 초스피드의 근접전에서 1초를 먼저 본다는 건 실로 어마어마한 의미를 가진다.

핑! 피피핑!

모조리 피한다. 지금의 나는 완전한 전투 태세. 설사 광속의 참격이라고 해도 지금의 나를 맞추지는 못한다.

"제법인데! 그럼 나도 한다!"

키이잉!

순간 내 예시에 무언가 침투하기 시작한다. 큭. 저쪽도 초월자로서의 능력을 사용하기 시작한 건가? 아니, 뭐 마나 감지 능력은 초월자로서의 기본 능력이라고 하니 그가 사용한다고 해서 이상할 것도 없다. 실제로 예시 능력은 마족공인 핸드린느 역시 사용할 수 있으니 전투 시 예시를 가진 상대와 훈련을 쌓는 편이 좋다.

파바방!

방금 전만 해도 모조리 피할 수 있던 공격이 한 방 두 방 몸에 적중하기 시작한다. 쳇! 역시 어려운가. 내가 예시를 해 변한 행동을 그 역시 예시를 해보게 되면 결론적으로 내가 취하는 행동은 틀린 게 된다. 그리고 그렇다면 난 그걸 다시 예시해 행동을 고쳐야 하는데 그 과정에서 정신력이 숨 막힐 정도로 소모될 뿐 아니라 곳곳의 예시가 틀려 공격을 허용하게 된다.

"초월안(超越眼). 제3급 개방(開放)."

내가 한 단계 더 빠른 예시를 해 행동을 고칠 여유가 늘어나자 어지러이 얽히던 감각이 순식간에 정리된다. 3급의 초월안은 3초의 예시. 2급에 비해 세 배 빠르다.

"너무 무리하지 말라고!"

다크의 기운찬 외침과 함께 안정되었던 예시가 다시금 얽히기 시작한다. 큭! 여유있다고 아주 막 올리는군! 나는 이를 악물며 실프를 소환, 단숨에 바람의 벽을 박차 다크와의 거리를 벌렸다.

안 통하는 공격에 미련을 가져 봐야 좋은 결과를 낳기 힘들다. 그렇다면 재빨리 공격 방식을 전환해야지!

"시어! 멈추지 말고 공격해!"

소리치며 글록18 두 자루를 뽑은 후 망설임없이 방아쇠를 당긴다. 기본적으로 권총보다는 기관단총에 가까운 성향을 가진 글록18은 확장 탄창까지 장착한 상태로 불을 뿜었다.

드르르르륵!!

예시란 게 결코 무적은 아니다. 물론 상대의 공격을 미리 알 수 있는 만큼 회피 능력도 궁극에 가깝게 커지지만 자신에게 쏟아지는 공격이 많으면 많을수록, 그러니까 변수가 많이 끼면 길수록 예시에 불확실성이 커지는 것이다.

한 점으로 몰아 쏴봐야 모조리 피해 버릴 거라는 사실을 아는 난 탄

막을 친다는 느낌으로 총탄을 흩뿌렸다. 무시무시한 기세로 허공을 가르는 총탄. 하지만 다크는 손을 휘저었다.

키키킹!

희뿌연 막이 생성되며 총탄이 다 튕겨 나가는 걸 보며 글록18을 품속에 던지듯 집어넣는다. 확장 탄창까지 장착되어 있다고는 하나 분당 1,200발의 연사 속도를 가진 글록18이었기에 총탄은 이미 비어버린 지 오래였으니까.

그리고 그 다음 꺼내 든 것은 상당한 크기를 가지고 있는 바렛 M82A1. 23.4㎜. 두 손으로 바렛을 잡고 다크를 향해 쏘려는 순간,

"이크. 이 상황에서 바렛은 좋은 선택이 아니지. 그다지 먼 거리도 아닌데 말이야."

다크는 사람 좋게 웃으며 주먹을 휘둘렀다. 그리고 그렇게 내민 주먹질에 마치 장난처럼 오른팔이 부러지고 갈비뼈에 금이 간다. 사람 좋게 웃으며 내지르기에는… 진짜 인정사정없는 주먹질이다.

"큭!"

부러진 팔도 팔이지만 그의 공격을 막으면서 몸이 크게 기울어 버렸다. 도저히 단시간 만에 자세를 바로잡을 자신이 없었기에 추가타를 각오하는 순간, 뒤에서 폭염이 뿜어져 다크에게로 날아든다.

"웃차!"

갑작스러운 일격이었지만 여유롭게 피어내는 다크. 젠장, 저 녀석 초월안 2급 정도는 24시간 켜놓고 있는 건가. 대체 기습이고 뭐고 맞는 경우가 없군. 어쨌든 선공을 포기하면서까지 소환한 파 시어의 지원이 있었기에 망정이지, 뼈 몇 개가 추가로 부러질 뻔했다.

"나 기원하나니! 듀얼 매직(Dual Magic) 발동!"

주문을 외움과 동시에 마력을 움직이기 시작한다. 헤비 스트렝스 (Heavy Strength)에 퀵 헤이스트(Quick Haste). 4클래스 마법인 만큼 마력 컨트롤이 섬세한 나라 해도 단숨에 발동시키기는 꽤 어려웠지만 다크가 말했던가. '안 되면 되게 하라. 근성 앞에 두려울 것은 없나니' 라고 말이다. 하지만 아무리 그래도 수식 연산을 어찌 근성으로 해결하란 말인가?

"그리고 폭혈에 버서……."

"거기까지는 안 되지!"

벼락처럼 덮쳐 오는 다크를 피해 몸을 굴린다. 완벽하게 피했나 싶었지만 발 차기를 따라 불어온 돌풍이 온몸을 할퀴고 지나간다.

"잠깐 타임. 부러진 팔 좀 붙이죠."

"아하하. 요새 좀 약했나 봐. 농담을 다하는 걸 보니!"

농담 아니거든! 나는 이를 악물며 카이더스를 든 왼팔로 그의 공격을 막았다. 정면으로 막으면 왼팔마저 부러질 상황이었기에 정말 가까스로 빗겨낸다.

그리고 그렇게 빗겨내면서 미리 안전핀을 뽑았던 수류탄 열 개 정도를 일시에 뿌렸다.

콰콰광!

폭음과 함께 쏟아지는 파편을 피해 엎드린다. 말 그대로 기습적인 일격이었으나 맞았을 리가 없지. 나는 투덜거리며 정신을 집중했다. 어쨌든 약간이라도 시간이 있을 때 부상을 치료해야 한다.

"시술(施術)."

뼈가 붙고 신경이 연결되는 것을 느끼며 이번에는 신성력을 일으킨다.

"빛의 가호. 지금 상처 입은 종에게 한 조각의 안식을 내리소서."

슬쩍 붙은 정도였던 뼈와 근육에 생기가 깃든다. 휴~ 이것으로 어떻게든 치료했지만 계속 공격당하면 아무리 나라도 위험하다. 전투를 시작한 지 겨우 20분. 앞으로 네 시간을 넘게 저 괴물이랑 투덕거려야 하니 최대한 체력을 보전해야겠지.

"치료 시간이 꽤 빨라졌는데?"

"뭘 칭찬을 다."

능청스럽게 웃으며 땅을 박찬 내 아래로 무지막지한 기운이 스쳐 지나간다. 땅을 잔뜩 부순 상태에서 고개를 들어 내 위치를 확인하는 다크. 나는 그대로 외쳤다.

"마스터 스킬 발동. 팔영분신(八影分身)!"

약간의 울림과 함께 나와 동일한 모습을 가지고 있는 일곱 명의 분신이 생성된다. 분신이라고는 해도 하나하나가 나와 동등한 능력을 가진 녀석들이라 이 스킬 하나만으로도 전투력 상승 폭은 실로 심상치 않다.

"간다! 기폭(氣暴)에 버서크(Berserk)!"

다크가 방해하려 했지만 일곱의 분신을 동시에 덤비게 만들고 스킬을 발동한다.

"다리안의 영광된 빛이여, 블레싱(Blessing)! 그리고 거기에 성천(聖天)!"

신성한 기운이 온몸에 퍼져 나감과 동시에 온몸에서 힘이 넘쳐흐르기 시작한다. 좋아, 이걸로 모든 보조 스킬을 다 걸었다! 기사 마스터 스킬 불사의 격노가 남기는 했지만 그건 약한 다수의 적한테나 효과를 발휘하는 스킬이다. 여기에서 사용할 수는 없겠지.

분신들의 공격을 쳐내고 있던 다크는 나름대로 강대한 힘을 뿜어내는 나를 보고 휘파람을 불었다.

"풀 파워 모드군. 무사히 발동한 걸 축하."

"축하로 될까!"

그 자신 만만한 태도에 이를 갈며 카이더스를 들어올렸다. 정말 안타까운 일이지만 지금껏 나는 그의 옷깃조차 베어본 역사가 없다! 오늘은 어떻게든 공격을 성공하고 말리라.

쾅!

나. 그리고 나와 똑같은 외모와 능력을 가진 일곱 명의 분신이 일시에 다크를 향해 달려든다. 놀랍게도 팔영분신을 사용하면 지니고 있는 무기까지 복사되기 때문에 지금의 나는 카이더스를 여덟 자루나 가지고 있는 셈이다.

마나의 집중, 폐(閉). 마력의 집중, 반(反). 그리고 회전(回轉) 부여(附與)!

"간다. 라이트닝 블레이드(Lightning Blade)."

섬광과 함께 새파랗게 빛나는 여덟 자루의 검이 막대한 힘으로 허공에 궤적을 그린다. 그것은 실로 강력해 세상 무엇이라도 견딜 수 없을 것만 같은 뇌전. 좋아! 이번에야말로 성공이다! 내심 환호성을 지르는데 문득 다크의 가슴팍에 있던 핸드폰이 울렸다.

"응? 전화다. 잠깐만……."

거대한 뇌광을 휘감은 여덟 개의 검이 사방을 포위하고 휘몰아쳐 오는 데도 그는 아무렇지 않은 표정으로 핸드폰을 꺼내 통화 버튼을 눌렀다. 미친 거 아냐? 아무리 그라고 해도 이 상황에서는……!

……!!

순간 무슨 일이 벌어졌는지 전혀 인지하지 못했다. 팔영분신을 사용하는 동시에 초월안까지 사용했음에도 '뭔가에 맞았다'는 정보가 전부. 내가 상황을 인지했을 때는 이미 상황이 종료된 후였다.

뭔가 느낄 사이도 없이 찢겨져 나가는 일곱 명의 분신. 손바닥을 찢으며 튕겨 나간 카이더스.

나는 의아해하던 자세 그대로 고꾸라졌다. 숨이 막히고 고통스러워 아무것도 생각할 수 없다.

"크… 윽?!"

연신 피를 토하면서도 의문을 접을 수가 없다. 맙소사. 초월안을 어그러뜨린 것도 아니고 완전히 벗어나 버린 공격이라니? 세상 그 어떤 것이라도 초월안을 벗어날 수는 없다. 그 대상이 설사 광속으로 움직인다고 해도 시간의 틀을 벗어난 초월안이라면 모조리 포착할 수 있으니까.

하지만 그럼에도 나는 이렇게 쓰러져 있다. 내가 본 거라고는 다크가 왼손을 들어올려 그대로 쥐는 장면뿐. 단지 그것 후에 아무런 기운도, 기척도 없이 이 지경이다.

그건 실로 엄청난 일이었지만 그 일을 한 다크는 아무렇지도 않다는 듯 통화 중이다.

"해결됐어? 오케이. 그럼 바로 준비해서 와. 응? 싫다고? 아니 요새 들어 애들이 왜 이렇게 개겨?"

그는 쓰러진 내 모습 따위는 신경 쓰지도 않은 채 핸드폰에 대고 투덜거렸다. 크윽 저 인간. 빨래판에 얼굴을 갈아버리고 싶다.

[괜찮아?]

"괜… 찮아."

다행히 어디 잘못된 부분은 없는 듯하다. 다크의 공격은 딱히 어떤 부위가 아니라 '나' 라는 존재 자체를 가격했기 때문이다.

하지만 그렇다고 정말 괜찮으냐고 묻는다면 또 아니지. 실제로 지금의 난 완벽한 전투 불능 상태니까. 근성이고 회복 능력이고 도저히 움직일 수가 없는 것이다.

그래도 목소리는 나오니 다행인가? 나는 어느새 통화를 마친 듯해 보이는 다크를 향해 물었다.

"뭡니까, 방금 그건?"

"응? 뭐?"

"방금 공격."

"방금 공격?"

무슨 소리냐는 표정에 이를 악문다. 어이 어이. 설마 방금 그게 장난 삼아 내민 공격이라는 건 아니겠지. 아무리 신이라도 그건 지나치다고. 그런 공격을 아무렇지도 않게 날릴 수 있다는 건 나와의 대련은 장난이라는 말밖에 안 되잖아(사실이 그렇지만)?

"저는……."

"하하. 보기보다 소심한데. 농담 좀 했다고 심각해지다니."

"심각해질 만한 상황입니다만."

투덜거리는 날 보며 그는 내 뒤쪽에서 힘을 모으고 있는 파 시어를 바라보았다. 아, 이런. 잠시 존재를 잊고 있었구나, 파 시어. 나는 소환을 취소했고 녀석은 카드 속으로 사라졌다.

다크는 몸을 돌려 나를 바라보았다. 가벼운 분위기와 움직임. 그는 말했다.

"천심도의정(天心到意情). 하늘에 다다른 마음이다."

"하늘에 다다른 마음?"

내 말에 다크는 어깨를 으쓱였다.

"행여나 따라할 생각은 마. 네 그릇으로는 가능한 능력이 아니니까. 그리고 대응 능력도 생각할 필요 없어. 이건 마족공 따위가 사용할 수 없다."

쳇. 그렇다는 건 역시 상당한 수준이라는 말이잖아. 어쨌든 내 목표점이라 할 수 있는 마족공이 '따위'가 될 정도면 말 다했을 정도지.

나는 좀 전의 감각을 떠올렸다. 아무것도 느끼지 못했다고 생각하지만 그럼에도 뭔가 남는 게 있다.

"그 기술… 제가 사용할 수 있겠습니까?"

내 말에 주절대던 다크가 문득 놀랍다는 표정을 지었다. 잠시 내 모습을 바라보는 연두색 머리칼의 사내. 그는 그렇게 잠시 서 있다가 씩— 하고 미소 지었다.

"무리다."

"윽."

그의 대답에 나도 모르게 신음한다. 뭐, 확실히 방금 그 기술은 실로 엄청났다. 그냥 공격이 아닌 무엇. 무(武)를 뛰어넘어 더욱 상위에 위치한 무엇. 위력의 문제가 아니다. 방금 전 그가 사용했던 공격은 지금껏 내가 사용하고 봐왔던 그 모든 공격과 차원을 달리하는 무엇이었다.

하지만 아무리 그래도 그렇지 저렇게나 딱 잘라 부정하다니? 살짝 상처받으려는 나를 보며 그는 말했다.

"하지만 또 모르지. 인간의 가능성이란 실로 무한하니까. 뭐 어쨌든 오늘은 여기까지 하지."

딱. 하는 소리와 함께 사막이었던 배경이 변한다. 어라? 아직 한 시간도 안 되었는데 벌써 끝낸다고?

"뭐 하시는 겁니까? 치료라면 당신이 할 수 있으니 훈련도 괜찮을 텐데."

내 말에 다크는 난감한 표정으로 말했다.

"미안. 방금 그 공격을 맞으면 회복이 안 돼."

"회복이 안 된다니. 저주입니까?"

"그거랑은 좀 다른데… 하여튼 손을 덜 썼으니 능력이 폐쇄된다거나 하지는 않을 거야. 나으려면 결국 쉬는 수밖에 없는 데다 다른 수업도 있으니 대련은 이걸로 끝낸다는 거지."

"다른 수업이라……."

배경은 어느새 변해 널찍한 방 안이다. 용도가 의심스러울 정도로 커다란 침대와 말끔하게 정리된 책장. 다크는 침대에 걸터앉아 핸드폰을 들었다.

"준비 완료. 이제 와도 돼."

"누구 불렀습니까?"

"개인 교사."

그의 말과 동시에 그의 그림자가 일렁인다. 뭐야? 당황해 한 발짝 물러서는 나는 신경 쓰지 않는다는 듯 그림자는 이내 한 명의 사내로 변하며 입을 열었다.

"그런 거 아닙니다만."

"비슷하지 뭘."

다크의 그림자에서 일어난 사내는 자신의 키만큼이나 기다란 머리칼을 가지고 있는 흑발의 사내였다. 흑발에 흑의, 그리고 눈을 가리고 있는 검은색의 천. 온통 새까만 복장을 가지고 있기 때문일까? 창백한 피부가 더욱 새하얗게 보인다.

"당신은?"

"베니트. 본의 아니게 흑마술을 가르치게 되었다."

'본의 아니게'라는 말에 강하게 실리는 것을 보아 별로 가르치고 싶지 않은 분위기였지만 다크는 상관없다는 듯 말했다.

"이 녀석 말고도 서너 명 더 있으니까 부지런히 배워."

"더 있다고요? 당신 한 명한테도 배울 게 많다고 생각합니다만."

상당히 불성실하기는 했지만 다크는 지금까지 내가 봐온 그 누구보다 궁극에 가까운 무인. 무(武)에 대한 그의 이해는 실로 바다와도 같아 퍼도 퍼도 다 퍼낼 수 없을 것만 같거늘 다른 스승이라니?

당황하는 내 모습에 다크는 말했다.

"미안하지만 네 체술은 이미 경지에 올라 있어. 물론 그렇다고는 해도 궁극은 아니니 더 가르쳐 그 이상으로 끌어올릴 수도 있겠지만 그건 시간대 효율이 맞지 않지."

그가 손을 뻗자 냉장고 문이 저절로 열리며 콜라 캔이 날아든다. 처음에는 염동력 비슷한 건 줄 알았지만 자세히 보니 작은 소용돌이가 콜라 캔을 움직이는 방식이었다.

"그런데 시간대 효율이라… 시간이 모자란 겁니까?"

"그래."

"어째서?"

내 물음에 그는 콜라 캔을 든 채로 한숨을 쉬었다.

"유저들이 파니티리스에 갈 수 없는 3개월 동안에도 시간이 계속 흐른다는 건 알지?"

"물론. 하지만 파니티리스 점검은 당신들이 정한 사항인 줄 알았는데."

내 말에 그는 고개를 흔들었다.

"마족을 막으려고 유저들을 훈련시킨 게 우린데 미쳤냐? 이동을 막은 건 멸성의 대공 핸드린느야. 차원장을 뒤틀어 초월자의 근접을 차단했지."

그의 말에 살짝 긴장한다. 그럼 위험하잖아? 파니티리스의 사람들은 마족을 감당할 힘이 없다. 유저들의 중재가 없다면 일주일 만에 멸망한다 해도 이상할 게 없는 상황인 것이다.

"파니티리스는 무사합니까?"

"아직 무사해. 뒤틀어진 차원장의 영향을 받는 건 초월자뿐이 아니니까."

"그 말은?"

내 말에 다크는 허공에 동그라미를 그렸다. 원래대로라면 그냥 그뿐인 행동이지만 그의 행동에 따라 하공에 그림이 그려진다.

"하나의 차원이 있다고 쳐 봐. 그 차원은 하나라도 수많은 다중차원으로 이루어져 있지. 불교에서는 팔만사천대천세계(八萬四千大千世界)라고도 하잖아? 한 개의 차원에는 신계 같은 상위 차원부터 영계 같은 하위 차원까지 수많은 차원이 있어. 평행 우주 같은 것까지 치면 그 숫자는 거의 무한에 가깝지."

그가 허공에 그려놓은 원은 기기묘묘한 움직임을 보이며 일렁거렸다. 그렇군. 정확히는 모르겠지만 대충은 알겠다. 그가 말하길 이 세상에 존재하는 차원은 단 네 개뿐이라고 했었으니까. 하지만 그럼에도 그 차원들은 하나하나가 무한하다고밖에 표현할 수 없는 우주인 데다 여러 차원으로 나눠지기 때문에 실제적인 차원의 숫자는 실로 무궁무

진하다는 말이다.

"뭐, 상관없는 일은 넘기고 여기서 말하는 차원장이란 행성 자체가 가지고 있는 고유한 힘을 말하는 거야. 쉽게 말하면 행성 자체가 가지고 있는 힘이랄까?"

"그걸 핸드린느가 뒤틀었다는 말입니까?"

"그래. 차원장은 그 자체만으로 중급 신 이상의 힘을 가지고 있지만 복잡한 사고 체계는 가지고 있지 않아. 지금 이 상황은 핸드린느가 차원장을 자극해서 차원장이 반응한 거지. 간단하게 말하면 잠자는 개를 툭툭 쳐서 으르렁거리게 만든 상황이랄까? 깨운 게 누구든 간에 그럴 때는 접근해 들어가는 녀석이 공격당해. 건드리지 않는 게 상책이지."

"그리고 그렇다면 그 상태에서는 마족들도 함부로 움직일 수 없다?"

내 말에 다크는 고개를 끄덕였다.

"그래. 차원장이 뒤틀린 상태에서는 상급 이상의 마족들 역시 아무런 힘을 발휘할 수 없어. 그래서 3개월 정도 문제없다고 생각했었지."

'했었지'라고 말하는 그의 모습에 의아해한다. 어라? 물론 중급 마족 역시 강한 편이기는 하지만 인간이라고 아주 벌레 같은 존재는 아니다. 마나를 다루지는 못한다 해도 잘 훈련된 수십 수천만의 군대가 있고 몇 백을 가볍게 넘는 능력자가 존재하니까.

그리고 무엇보다 현 대륙 최고 최강의 세력을 가지고 있는 것은 마족과 천적이라 할 수 있는 신관들의 집단. 즉, 신성 제국 제이스다. 아무리 그래도 중급 이하의 마족들에게 3개월 만에 밀려 버릴 만한 전력은 아니라고 보는데.

"3개월을 못 버틴다는 겁니까? 다리안 교가 있는데?"

"바로 그 다리안 교가 문제다."

다크는 짜증난다는 표정으로 손을 내밀었고 그에 따라 냉장고에 있던 1.5L짜리 콜라 병이 날아든다. 혼자 마시기에는 상당한 양이었으나 다크는 단숨에 마셔 버리고 빈 병을 내던졌다.

"마족들을 가장 무난하게 상대할 수 있는 직업은 두 개야. 하나는 마족과 천적이라 할 수 있는 신관. 또 하나는 흑마법사지."

"그렇군요."

마족은 물론 강하지만 그보다 더 골치 아픈 문제는 마족이 죽인 인간이 언데드로서 부활한다는 사실일 것이다. 지성도 뭣도 없이 오직 산 자에 대한 증오로서만 움직이는 언데드는 어마어마한 숫자로서 인간들을 압박하니까.

하지만 그 언데드들은 마족들이 제대로 된 종속의 술법으로 일으킨 존재가 아니다. 단지 일어난 것뿐이기 때문에 어지간한 흑마법사라면 문제없이 그 제어를 자신 쪽으로 돌려 넣을 수 있는 것이다. 그리고 흑마법사라면 그 언데드를 오히려 조종해 마족들을 방해하는 것도 가능하다.

"하지만 마족들이 공격을 시작한 직후 다리안교는 기다렸다는 듯 신전의 뜻을 공표했어. '마족들이 물질계에 나온 것은 대륙을 지배하려는 흑마법사들의 술책이다. 그러니 다리안교는 신의 이름으로 모든 흑마법사와 그들을 보호하는 불신자를 멸할 것이다' 라고."

"……."

어이없어 헛웃음 짓는다. 녀석들은 대체 무슨 생각을 하고 있는 거지? 나는 필로나 왕국 이렌토에 다리안교의 기사단과 병력이 들렀던 일을 떠올렸다. 마족들이 모든 인간을 처단하러 쳐들어왔는데도 인간들은 스스로 제 살 깎아먹거나 하고 있단 말이다.

“쓸데없이 잡설이 길어졌군. 어쨌든 대륙 상황은 매우 좋지 않아. 마족들은 거침없이 인간들을 살해하고 죽은 인간들은 고스란히 언데드가 되어가고 있지. 유저들이야 1레벨에도 상대할 수 있는 게 언데드라지만 일반인으로서는 상당히 벅찬 상대야. 능력은 둘째 치고서라도 인간은 죽은 자를 본능적으로 두려워하니까.”

언데드는 그리 강한 몬스터가 아니다. 아니, 솔직히 말하자면 약하디 약한, 문자 그대로 최하급 몬스터에 속한다. 속도는 느리고 몸은 무르다. 지치지 않는다는 장점을 가지고 있기는 하지만 마나에 대한 아주 미약한 이해만 있어도 쉽게 이길 수 있는 것이다. 간단히 말하면 1클래스 주문에도 픽픽 쓰러지는 존재랄까? 그렇기 때문에 일루전에 언데드를 징그러워하는 유저는 있을지언정 두려워하는 유저는 없다.

“그런데 결론적으로 핸드린느의 목적은 뭡니까?”

“이해 안 가는 점이 많긴 하지만 일단은 살육 그 자체라 생각 중이야. 물질계의 정명자(正命者)라 할 수 있는 인간을 죽이면 비교적 쉽게 카르마(Karma)를 쌓을 수 있으니까.”

“카르마?”

난데없는 단어에 의문을 표하자 다크는 귀찮은 표정으로 베니트를 돌아보았다.

“설명해.”

“귀찮습니다만.”

“해.”

“…….”

너무나도 단호한 그의 태도에 베니트는 한숨을 쉬며 나를 돌아보았다.

"카르마란 운명을 이루는 기본 요소를 뜻한다. 업(業)이라고 하면 이해가 쉽겠군."

"핸드린느가 그걸 모으는 목적은?"

업이라고 하면 대충 들어본 적 있는 단어다. 업이란 인간이 죽으면 사라지는 게 아니라 다른 존재로 태어난다는 윤회사상(輪回思想)에서 생겨난 개념으로 어떤 존재가 좀 더 고등한 존재로 거듭나기 위해 필요한 것이다.

보통 수행이나 선행을 해서 쌓는다고 하는데 사람을 죽여 쌓는다니, 핸드린느가 쌓으려는 건 마족답게 악업(惡業) 같은 걸지도 모르는 일이다.

"영력을 높이기 위해서라 생각하지만 그 방식이 너무 자잘하다. 만약 다른 차원이라면 생각할 것도 없이 신드로이아를 노리는 거겠지만 현재 파니티리스의 신드로이아는 노릴 수 없는 상태니 그 외에 딱히 떠오르는 게 없군."

즉, 뭔가 의심스럽지만 딱히 집히는 게 없다는 말이다. 아니, 나도 그녀가 뭘 바라는지는 전혀 짐작가지 않는다. 솔직히 말해 그다지 살육을 즐길 것 같은 타입은 아니었는데 말이야.

잠시 생각에 빠져 있는데 다크가 몸을 일으킨다.

"뭐, 난 그만 가볼 테니 수업 열심히 들어."

"가시는 겁니까?"

아직 많이 부족하다고 생각하는데⋯ 다크는 아쉬워하는 내 마음을 읽은 듯 어깨를 으쓱했다.

"아예 가는 거 아니니까 걱정하지 마. 약간 바빠진 것뿐이니 이삼 일에 한 번씩은 볼 수 있을 거다."

“그럼?”

“실력 안 늘어 있으면 잔뜩 굴려줄 테니 긴장하라는 거지. 이런, 이러다 진짜 늦겠군. 나중에 보자.”

그렇게 말하고 그대로 몸을 돌려 공간의 틈 속으로 사라져 버렸다. 가버린 건가? 뭐, 그의 말도 맞다. 분명 무투가나 기사로서의 내 능력은 이미 정도에 올라 있다고 생각하니까. 다만 더 높은 곳을 볼 수 없음이 아쉬울 뿐, 미련을 가질 생각은 없다.

고개를 돌려 베니트를 바라보았다. 나에게 흑마법을 가르쳐 준다는 12지신. 그는 내 시선을 느낀 듯 조용히 입을 열었다.

“귀찮기는 하지만 해야 한다면 철저히 하는 편이다. 아무래도 각오하는 게 좋겠지.”

“언제든 각오하고 있습니다.”

“좋은 자세군. 그럼…….”

그의 그림자가 슬쩍 움직이는가 싶더니 순식간에 몸을 불리기 시작한다. 이내 새까만 그림자에게 집어 삼켜지는 세상과 그런 세상 한가운데에 있는 흑발의 사내. 그는 말했다.

“시작한다.”

미조 서티

　　　　푸른색의 공간이다. 허공을 날아다니는 것은 수천 수
만 개의 문자. 여기저기서 떠오르는 것은 각종 정보가 담긴 화면들. 보
통 사람이라면 보기만 해도 어지러울 정도의 공간에서 적발의 사내는
조용히 한숨을 쉬었다.

　"역시 무리인가? 마족공 주제에 여러모로 피곤하게 하는군."

　카인은 조용히 고개를 흔들었다. 세 달간 이어지는 파니티리스의 패
치. 그건 다크가 밀레이온에게 말했듯 그가 원해서 진행되는 상황이
아니었다. 그건 어디까지나 멸성의 대공 핸드린느가 벌여 버린 상황으
로 그녀는 차원장 전체를 흔들어 그 모든 초월적 존재가 파니티리스에
간섭할 수 없게 만든 것이다.

　하지만 세상일이란 공평한 것. 그녀가 흔들었다고는 해도 그 반동에
서 그녀까지 자유로울 수는 없다.

차원장이 불안정해지면서 적의나마 물질계에 영향을 끼칠 수 있었던 핸드린느는 물론 상급 이상의 마족들은 모조리 물질계에서 아무 힘도 행사할 수 없는 존재가 되었다. 쉽게 말해 3개월 동안 활동할 수 있는 건 중급 이하의 마족뿐인데 물질계의 인간들이 아무리 약하다고는 해도 거기에 저항할 힘 정도는 충분히 있었다. 겨우 3개월 만에 멸망하는 일은 결단코 없으리라.

"하지만 그래도 타격은 상당하겠지. 게다가 다리안 놈들도 말썽이니."

최하급 마족만 해도 상급 몬스터에 달하는 전투 능력을 지니고 하급은 거기서 열 배. 중급은 거기서 또 열 배다. 게다가 마족이 죽이는 생명체는 모조리 언데드로서 되살아나 버리기 때문에 그들의 숫자는 점점 불어나리라. 그나마 신관들이 적극적으로 활동해 준다면 언데드라도 처리할 수 있었을 텐데 그들이 헛짓거리를 하면서 더 더욱 곤란해진 것이다.

카인은 또 목구멍으로 피가 올라오는 느낌을 받고 고개를 흔들었다. 그의 화신체는 연속되는 반동에 상당한 타격을 받은 상태였다. 물론 그는 최상위급 신이기에 어지간한 타격쯤이야 이겨낼 수 있지만 차원 전체에게 배제당하면서 라비린토스와 유저들을 유지하는 건 여러모로 힘든 일이었으니까.

그가 잠시 호흡을 고르는데 그가 두드리고 있던 노트북에서 보라색 머리칼의 미녀가 모습을 드러낸다.

"그만 쉬세요. 주인님. 벌써 두 달이나 안 주무셨어요."

"걱정 마. 명색의 신이 설마 잠 좀 못 잤다고 죽지는 않겠지."

"하지만……!"

“내가 원해서 하는 일이야.”

카인은 힘없이 웃으며 노트북으로 시스템을 점검했다. 이미 신성을 획득해 기계라고 보기도 어려운 카모밀레는 그 자체만으로도 차원장에 간섭할 수 있는 힘이 있었다. 사실 일루젼을 만들 수 있었던 데에는 카모밀레의 공 또한 상당하다는 걸 누구도 부정하지 못하리라.

카모밀레는 다시금 시스템 라인에 링크를 시도하는 카인을 보며 이를 악물었다.

“지금부터 제가 하겠어요.”

“무슨 소리야? 물론 넌 차원장에 간섭할 수 있는 힘이 있기는 하지만 그걸 유지하는 건 또 다른 레벨의 문제인데.”

“하루 정도는 버틸 수 있어요.”

“하지만…….”

“시스템 종료합니다. 외부 연결 차단.”

“뭣? 이봐 잠……!”

카인이 뭐라고 소리치기도 전에 노트북이 자동 종료되더니 시스템 라인과의 링크가 강제로 끊어져 버렸다. 깜짝 놀라 당황하는 카인. 하지만 그때 공간의 문이 열리며 다크가 모습을 드러낸다.

“쯧, 그냥 쉬라면 쉬어. 하루는 확실히 오버지만 카모밀레라면 혼자서도 열네 시간 정도는 버틸 수 있을 테니까.”

“하지만 왜 저러는 거지? 그녀한테 버그 같은 게 발생할 리가 없는데.”

“떠오르는 이유가 버그밖에 없냐?”

한심하다는 다크의 말에 카인은 고민하는 표정을 짓더니 이내 깨달았다는 듯 손바닥을 쳤다.

“알았다! 신성을 획득해 하급 신으로의 자긍심이 생긴 거야! 확실히 이건 내 실책이로군. 그녀도 이제 어엿한 신인데 너무 대접을 안 해준 것 같······.”

“불쌍한 카모밀레.”

“뭐?”

“아니, 아무것도 아냐.”

다크는 ‘저게 어떻게 지혜의 신이냐. 바보지, 바보’ 라고 중얼거렸지만 거기서 말을 멈추고 카인의 앞에 앉았다. 어쨌든 그가 온 이유는 따로 있었기에 쓸데없는 일에 신경 쓰고 싶지 않았던 것이다.

“그런데 무슨 일이야?”

“뻔하지. 뭔가 이상해서 온 거야.”

“뭐가?”

카인의 물음에 다크는 답했다.

“핸드린느의 행동이 이상해서. 그녀는 왜 파니티리스를 노리는 거지? 내가 알기로 그녀는 딱히 살육을 즐기는 성격이 아닌데.”

“뭐 확실히 그녀에 대해서는 의문투성이지. 무엇보다 그녀가 파니티리스에 온 것 자체가 비정상이니까.”

“온 것 자체가 비정상이라고?”

이해가 안 간다는 다크의 반응에 카인은 말했다.

“그래 비정상. 무엇보다 우주함정 퀴클롭스(Kyklops)의 주인인 그녀라면 아무리 생각해 봐도 테이란에 침투해야 정상이거든. 그녀 입장에서 보면 문명 레벨에 묶여 우주함정 같은 건 꺼내지도 못하는 파니티리스에는 아무런 메리트도 없으니까.”

“확실히.”

고개를 끄덕이는 다크를 보며 카인은 신경질적으로 머리를 긁었다.

"아아, 답답해 죽겠네. 물질계에 너무 관여하는 바람에 아카식 시스템의 정보 열람 수위가 낮아졌어. 상황이 어쨌든 정보가 없으니 일단은 지켜봐야겠지."

"게다가 뭘 안다 해도 깃털이 모자라니 별수없고 말이야."

다크는 한숨 쉬며 주스를 마셨다. 아무것도 없는 상황에서 주스 잔 하나가 뜬금없이 등장했음에도 둘 다 신경 쓰지 않는다.

"아, 그런데 밀레이온의 훈련은 잘돼가?"

"순조로운 편이야. 녀석은 누가 닦달하지 않아도 최선을 다하는 종류의 인간이니까. 간단히 말하자면 어디에 가서라도 성공하는 타입이랄까? 단지……."

"단지 위태위태하다?"

카인의 말에 다크는 고개를 끄덕였다.

"맞아. 녀석의 행동 방식은 어딘가 어긋나 있어. 더없이 냉철하고 합리적인 사고방식을 가지고 있지만 자기 자신을 사랑할 줄 모르기 때문에 불안하지."

물질계에 너무 많이 간섭해 과거를 읽는 능력이 봉인되었다고 해도 그의 과거가 그리 행복하지 않았다는 것쯤 문제없이 알아볼 수 있었다.

하지만 그렇다고는 해도 그건 어디까지나 그의 문제. 다크로서는 그것에 대해 관여할 생각이 없었다.

"그런데 정말로 녀석으로 핸드린느를 잡을 생각이야?"

"하? 물론 그럴 수 있다면 좋겠지만 아마 불가능할 거야. 그냥 저 녀석은 비장의 한 수 같은 거지."

하지만 그렇다고는 해도 드래곤 하트로 돌아가는 신기와 각종 아이템을 지닌 밀레이온의 전투 능력은 그로서도 상당히 높게 쳐주고 있었다. 기대 안 하는 듯 말하기는 했지만 정말 기대하지 않았다면 훈련 자체를 시키지 않았으리라.

"그리고 좀 쓸데없는 말인지도 모르겠지만… 그녀의 상태는 어때?"

카인의 물음에 다크는 살짝 굳는다.

"…늦었어. 이미 내가 사태를 파악했을 때는 모조리 끝난 상태였다. 아마 길어야… 3개월 정도겠지."

"그녀도 알아?"

"말해줬어. 어차피 짐작하고 있는 상대한테 숨겨봐야 의미없으니까."

다크는 다시 몸을 일으키며 손가락을 튕겼다. 아무렇지도 않게 열리는 차원의 문. 그는 문 앞에 섰고 카인은 웃었다.

"가게?"

"여러모로 바쁘신 몸이라… 너도 카모밀레가 준 시간 낭비하지 말고 쉬어. 네가 그 상태에서 다른 일 하면 카모밀레는 진짜 불쌍해지니까."

"응? 내가 안 쉬면 왜 카모밀레가 불쌍해지는데?"

"……."

불쌍한 카모밀레. 다크는 조용히 한숨 쉬며 차원의 문 안쪽으로 들어섰다.

＊　　　＊　　　＊

2021년 11월 22일, 오후 11시 50분.

"오늘은 여기까지 하죠."

도현은 그렇게 말하며 읽고 있던 책을 덮었다. 태연한 모습이었지만 나는 힘겹게 숨을 몰아쉬었다. 이미 땅은 내가 흘린 땀으로 흠뻑 적셔 있는 상태다.

내가 워낙 힘들어 보여서일까? 내 옆에 떠 있던 에일렌이 걱정스러운 목소리로 물었다.

[괜찮아?]

"걱정 마. 그냥 좀 지친 것뿐이니까."

베니트 다음으로 내 개인 교습을 맡게 된 건 요리사 겸 우리와 같이 묵고 있는 도현이었다. 그가 나에게 가르치기로 한 과목(?)은 정령술과 환술.

첫째 날은 정령술과 환술에 대한 가벼운 지도와 새로운 환수와의 계약을 주선해 주는 등 온화한 분위기로 나가더니 둘째 날부터 바로 이 지경이다.

그가 둘째 날부터 본격적인 정령술 수업을 한다기에 난 내 정령을 소환하게 만들어 부리는 훈련을 할 줄 알았다. 무엇보다 정령술은 마법이나 무공과 다르게 그 체계가 정확히 잡혀져 있지 않았으니 훈련을 한다면 결국 실전뿐인 것이다.

하지만 그의 수업 방식은 조금 달랐다.

[이런 일로 부르지 좀 마라. 이래 봬도 정령왕인데.]

"하하. 이 훈련도 나름대로 중요한 일이라서. 땡큐, 실피드, 엘라임도 고마워."

[이봐 나는?]

"오호~ 삐친 거야 이프리트?"

[닥쳐라.]

도현의 주변에는 네 명의 정령이 소환된 상태였다. 놀랍게도 저들은 모조리 정령왕이다! 물의 정령왕 엘라임, 바람의 정령왕 실피드, 불의 정령왕 이프리트, 대지의 정령왕 노아스. 그들은 도현의 부름에 따라 소환된 후 내 영혼과 그 존재를 연결시켰다.

"으아아. 골이 다 울리는군."

당연한 일이지만 정령사로서 30레벨을 간신히 넘긴 내가 정령왕을 감당할 수 있을 리 만무하다. 그나마 정령사 외의 능력으로 나 자체의 힘이 강맹하니 망정이지, 달랑 정령술사 하나였으면 막대한 정령력의 힘을 버티지 못하고 영혼이 파괴되거나 뇌가 타버렸을지도 모르는 일이다.

"슬슬 탄식의 성으로 갈 시간이죠? 드세요."

"감사히 먹죠."

나는 그가 주는 초코볼을 한입에 삼켰다. 그리고 단지 그것만으로 깨질 것 같던 머리가 상쾌해지고 지쳐 있던 육체에는 힘이 돌아온다.

나중에 안 건데 내가 원한다면 10레벨 음식을 먹음으로써 보게 되는 환각을 보지 않을 수 있단다. 하긴, 음식 좀 먹는다고 그런 영상을 보게 될 리 없겠지. 역시 프로그램이었던 건가.

"그런데 오늘 탄식의 성으로 쳐들어갈 건가요?"

"그렇죠. 제가 어느 정도 강해진지 확인해 보고 싶기도 하고."

"녀석들은 강한 편이지만… 뭐, 에일렌 양은 특별한 타이탄이니 충분히 싸울 수 있을 겁니다."

맞는 말이다. 스페셜 보스들의 진황석과 그것을 통합하는 드래곤 하트로서 기동하는 타이탄은 실로 어마어마한 힘을 가질 테니까.

"그리고 다른 유저들과 연합하면 더 쉽겠지요?"

"지금 충분히 싸울 수 있다는 말은 다른 유저들과 연합한다는 전제를 깔고 한 건데요. 설마 혼자 싸울 생각이었던 겁니까?"

"……"

며칠간 꽤 강해졌다고 생각했는데 아직도 멀었다는 건가? 생각해 보면 이번 스페셜 보스는 이벤트 용이니 처음부터 풀 레벨(Full Level)일 것이다. 그리고 그렇다면 아무래도 메크로네스 정도는 생각해야 한다는 말이기도 하고.

흠… 그렇게 생각하면 정말 혼자서는 무리일지도. 길드원들을 모아 볼까?

이런저런 생각하는 사이 시간이 되었다. 시간은 11시 59분. 12시가 되면 나는 다시 탄식의 산맥으로 이동한다.

"웃차. 그럼 감사했습니다."

"별말씀을."

그리고 그걸 마지막으로 배경이 변한다. 내가 서 있는 곳은 흙과 죽음의 대지 데이레논. 도착하기가 무섭게 근처에 있던 데스 나이트 하나가 나를 인식한다.

스릉.

차갑게 뽑혀져 나오는 검과 은은하게 피어오르는 암흑의 오오라. 나는 휘파람을 불었다.

"나오자마자 데스 나이트인가."

데스 나이트(Death Knight)는 리치와 더불어 모든 사령술사가 원하는 최강의 언데드이다. 그 능력은 능히 소드 마스터에 비견되며 4클래스 이하의 마법은 어지간해서 먹히지도 않는다. 이렇게나 허망하게 등장하기는 했지만 최상급 몬스터 중에서도 상당히 강한 축에 속하는 녀석인 것이다.

쩌엉!

나는 오른손을 들어 내려쳐지던 검을 붙잡았다. 데스 나이트는 힘을 주어 잡아당겼지만 검은 꼼짝하지 않는다.

"아쉽게 됐군. 난 봉인을 다 푼 상태거든?"

지금 내 근력은 오거보다도 강력하다. 데스 나이트 따위가 이겨낼 힘이 아닌 것이다.

데스 나이트는 내 손째로 잘라 버리려는 듯 암흑으로 이루어진 검기를 뿜었지만 내 손 역시 권기로 보호되고 있는 상태기에 별다른 소용이 없다. 검과 손. 언뜻 보기에 손이 훨씬 더 불리해 보이지만 마스터쯤 되면 간격 이상의 차이는 없다고 할 수 있다.

데스 나이트는 힘에서 날 이길 수 없다는 걸 깨달은 건지 검 자체를 놔버리고 나에게 주먹을 휘둘렀다. 제법 매서운 기세기는 하지만 녀석은 나와 다르게 소드 마스터일 뿐, 라운드 파이터는 아니다. 검격마저 잡아버린 내게 권격이 통할 리가 없지. 나는 고개를 틀어 그것을 피하고 오른손을 휘둘렀다.

콰직!

주먹이라기보다 마치 대포와도 같은 일격에 데스 나이트의 상체가 터져 나간다. 데스 나이트의 골격은 꽤나 튼튼하지만 권기가 실린 주먹을 이겨낼 방법은 없다.

"아, 젠장. 너무 쉽잖아?"

불과 어제만 해도 난 데스 나이트 한 마리를 잡기 위해 정령 소환에 소환술을 펼치고도 은신해 기습까지 벌여야 했다. 그런데 그랬던 데스 나이트가 지금에 와서는 이렇게나 만만하다니? 이거야말로 봉인의 폐해가 얼마나 큰지 단적으로 보여주는 상황이리라.

확실히. 지금 이렇게 쉽게 쓰러뜨릴 수 있는 건 권기 때문이지 어지간한 공격이 통하지 않는 녀석이기는 하다. 봉인할 때는 기사도 무투가도, 심지어는 마법사와 사령술사까지도 봉인해 버리기 때문에 그 전투력이 절망적이다 싶을 정도까지 떨어지니까.

나는 고개를 돌려 데스 나이트를 바라보았다. 산산이 부서져 흩어졌던 뼛조각들은 이내 허공으로 떠오르며 자체적인 복구를 수행하기 시작했다.

익히 알고 있던 사항이었기에 별로 당황하지 않는다. 복구 속도가 빠른 편이기는 하지만 녀석을 잡는데 별다른 체력을 소모하지 않은데다가 지금 녀석은 회복에 전력을 다하고 있기에 저항력이 굉장히 약해졌을 테니까.

[어쩔 거야?]

"잡아놔야지. 셰이드."

가볍게 부르자 그림자에서부터 새까만 무언가가 일어선다. 형태를 가지고 있지 않은 어둠의 정령 셰이드. 굳이 명령하지 않아도 셰이드는 복구되고 있는 데스 나이트에게 들러붙었다. 순간 움찔했지만 몸을 복구시키느라 저항하지 못하는 데스 나이트. 나는 품속에서 카드 한 장을 꺼내 들었다.

"마스터 스킬 발동. 마령술(魔靈術)."

눈을 감았다가 떠 흑마력을 일으킨다. 다크에게 들어서 안 건데 일반적으로 마나, 차크라. 기는 본질은 같아도 성향이 달라 힘을 공유할 수 없다고 한다. 하지만 유저들은 다르다. 신체(神體)를 가지고 있는 신들은 외부세계에 대한 모든 링크(Link)가 열려 있는 상태기 때문에 그 모든 기운을 서로 전환시키며 사용할 수 있다. 나만 해도 기사로서 가지고 쓰던 기를 흑마력이나 백마력으로 전환시킬 수 있다. 마력을 차크라로 전환시킬 수도 있고 차크라를 다시 기로 전환시키는 것도 가능하다. 물론 그 과정에 집중력과 힘이 소모되기는 하지만 일반적인 인간이 마검사를 한다고 하면 마법사로서의 마력과 기사로서의 기를 완전히 별개로 다루어야 한다니 얼마나 불편하겠는가.

내가 일으켜 술식에 따라 발현시킨 흑마력은 매끄럽게 움직여 내 손에 들려 있는 언커먼(Uncommon) 카드에 주입되기 시작했다. 기본적으로 마령술은 몬스터 자체에게 사용하는 거지만 꼭 그럴 필요는 없다.

키이이…….

평범했던 카드가 점차 검은색으로 물들기 시작한다. 이것이 베니트에게 학습한 새로운 흑마법, 암영(暗影). 베니트에게 배운 술법들은 죽은 시체보다는 그림자나 영혼을 주로 사용하는 것들이었다. 그리고 거기서 내가 생각한 것이 카드술사로서의 능력을 결합시키는 것. 나는 검은색으로 물든 카드를 났다.

팔랑거리며 땅으로 떨어지는 카드. 그것은 내 그림자에 떨어지더니 이내 늪에 빠진 것처럼 그림자 속으로 빨려 들어갔다.

좋아 됐군. 나는 고개를 돌려 데스 나이트를 바라보았다. 몸을 복구하고 있던 녀석은 이미 셰이드에게 완전히 잠식당한 상태다.

"봉인(封印). 데스 나이트."

가볍게 중얼거리자 데스 나이트의 몸이 그림자로 가라앉기 시작했다. 녀석은 깜짝 놀란 듯 몸부림치기 시작했지만 그때 내 그림자에서부터 십수 개의 손이 올라와 녀석을 붙잡는다.

우우우우우…….

마치 지옥의 무저갱처럼 그림자는 데스 나이트의 몸을 빨아들인다. 녀석은 몸부림쳤으나 검은색의 손들은 녀석의 몸을 그림자로 끌고 들어갔다.

[어쨌든 이걸로 휘하 언데드만 네 마린가?]

"흐음. 잡는 건 쉽지만 지배력이 달려서 이 정도가 한계일 것 같네."

이거야 근처에 있는 게 최상급뿐이니. 게다가 파 시어와는 달리 여기 녀석들은 죽을 때까지 필사 저항이라서 강제로 잡아두느라고 지배력이 더 소모된다. 실제로 파 시어는 스스로 내 지배 안에 자리하고 있었기에 아무 문제 없는데 말이다.

"다 녀석 같기를 바랄 수는 없겠지."

파 시어 녀석이 특이한 거니까. 나는 투덜거리며 몸을 돌렸는데 그때 주변을 둘러보던 에일렌이 이상하다는 듯 말했다.

[그런데 좀 한가하지 않아?]

"그러고 보니 기척이 없군."

생각해 보니 이 넓은 자리에 데스 나이트 한 마리뿐이라니? 어째서인지 근처에 몬스터가 한 마리도 감지되지 않는다.

[내 생각인데… 여기 몬스터들은 리젠이 되지 않는 것 같아.]

"흠… 확실히 그렇군."

처음에는 미터 단위로 깔려 있던 것 같던 몬스터가 가면 갈수록 숫자가 줄어든다. 유저들이 몬스터를 계속 쓰러뜨리는데 리젠이 되지 않으니 당연한 결과다.

"모르겠군. 대체 무슨 생각……."

우우웅.

그때 공기가 파르르 떨리기 시작한다. 뭐지? 깜작 놀라는 사이 하늘에 글자가 새겨진다.

데이레논 몬스터 전부 제거!
마족 출몰합니다!

"카이더스."
나는 왼 손바닥으로 솟아나 온 카이더스의 손잡이를 잡아 뽑은 후 전투 태세를 취했다. 난데없이 마족이라니?
[조심해!]
여기저기 워프 게이트가 생기더니 거기로 중, 상급 몬스터들이 쏟아지기 시작한다.
"중급도 나오는군."
[중급 마족도 어지간한 최상급 몬스터만큼 세니까. 레벨로 치면 50레벨 정도일까? 상급 마족은 70레벨 정도고 말이야.]
중급 마족만 해도 상당히 강하다. 내가 너무 쉽게 잡아와서 약해 보였겠지만 어지간한 마스터쯤은 상대할 수 있는 존재인 것이다. 물론 그 마스터란 NPC기준이다. 50레벨 몬스터가 50레벨 유저를 이길 수 없듯―똑같이 50레벨이면 전투력이 동일한데 유저는 온갖 장비, 타이틀 파워, 특수 능력 등을 가지고 있으니까―중급 마족도 마스터를 이겨낼 수 없다.
아, 참고로 같은 50레벨이라 동등하다는 건 유저들의 기본 능력치가 출중해서 그런 거지, NPC, 그러니까 보통 인간들은 마스터의 경지에 이르러도 중급 마족보다 약하다. 장비의 힘을 빌리면 글쎄… 동등까지는 갈 수 있을 것이다.

“그러고 보니 단일 직업의 마스터 유저는 홀딱 벗고 막대기만 들어도 풀 무장한 소드 마스터급 NPC를 이길 수 있겠군. 기본적으로 동등에 마스터 스킬이 있으니까.”

[어? 아직도 사람들을 NPC라고 불러?]

“아아. 버릇이 돼서.”

물론 거짓말이다. 애초에 NPC에 대한 확신이 얼마나 있었다고 버릇까지 든단 말인가? 하지만 그렇다고 그들을 인간이라고 부를 수는 없다. 그들을 인간이라고 부른다는 것은, 나 스스로가 인간이 아니라고 소리치는 거나 마찬가지니까.

[그런데 레온.]

“왜?”

[지금 전투 중인데…….]

“알아.”

피식 웃으며 몸을 튼다. 바람 소리를 내며 볼을 스쳐 지나가는 집게발. 나는 그걸 그대로 잡아 부러뜨렸다.

크에에엑!!

…시끄럽군. 나는 카이더스를 들어 갑각질 형태의 육체를 단번에 잘랐다. 먼지로 변해 흩어지는 마족. 나는 칼끝으로 느껴지는 감각이 약간 낯설다는 것을 깨달았다.

“가짜다.”

[가짜?]

“응. 힘도 외양도. 심지어는 기운과 성향까지도 같지만 진짜 마족은 아냐. 훈련용인 모양이군.”

바닥에 떨어진 정석을 챙긴 후 근처에서 몰려드는 마족들을 느끼고 은신한다. 어지간한 지능만 있어도 내가 투명해졌다는 걸 눈치 챌 수 있어 상대방 눈앞에서 은신하는 건 바보짓이지만 나는 은신하면서 뛰쳐나가는 환영을 생성 직후 뒤로 빠졌다. 눈치 빠른 상급 마족이 있어 그게 환영이라는 걸 알아낸다 해도 이미 나는 자리를 빠져나온 상태겠지.

‘그나저나 위험하겠는데.’

처음이라면 몰라도 지금의 유저들은 몬스터들을 잡느라 흩어져 있을 것이다. 유저들이 잘 싸울 수 있는 이유 중 하나가 콤비네이션인데 이런 식이라면 수많은 유저들이 허망하게 죽어갈 것이다.

“초월안(超越眼). 제3급. 개방(開放).”

눈을 반쯤 감고 감각을 확장한다. 초월안은 세계에 녹아 있는 정보를 읽어내는 능력. 그건 미래를 예측하는데 쓸 수도 있지만 사용하기에 따라서는 주변을 파악하는 데도 쓸 수 있다. 2급의 범위는 2킬로미터. 3급의 범위는 6킬로미터. 예전에는 한쪽 방향으로만 방사해도 800미터 정도가 한계였지만 구체적으로 초월안을 다루게 되면서 그 범위가 비약적으로 증가한 것이다.

부드러운 바람과 단단한 대지. 현재 움직이는 모든 생명체와 그 행동들. 초월안을 사용하기가 무섭게 막대한 정보가 해일처럼 머릿속으로 밀려들기 시작하고 뇌는 그것을 받아들여 분석한다.

키이이잉—!

머리가 깨질 듯한 고통과 함께 숨이 막히는 게 느껴졌지만 무시하고 분석을 계속한다. 역시 여기저기서 전투가 벌어졌군. 그 위치를 기억하고 있는데 에일렌이 묻는다.

[맵을 봐도 되는데 왜 초월안을 쓰는 거야?]

"맵을 보면 구체적인 정보는 알 수 없거든. 게다가 아직 여유가 있을 때 무리해 두는 게 좋고."

[무리해 둔다고?]

이해할 수 없다는 그녀의 말에 나는 머리가 지끈거리는 와중에도 설명했다.

"초월안이 주변의 정보를 끌어온다는 건 알지?"

[응.]

"주변의 정보를 끌어온다……. 간단한 말이기는 하지만 초월안이 가져오는 정보는 좀 많은 편이야. 주변에 존재하는 모든 마나의 흐름, 지형, 생체 반응 등을 쓸어오거든. 그것들을 거르지 않고 한번에 받아들이면 순간적으로 뇌에 부하가 걸리지."

나는 주변의 정보를 천천히 시간을 두고 돌아다니며 파악할 수 있다. 그 경우에는 아무런 문제가 없지만 단지 그뿐으로 아무런 의미가 없다. 시간 소모도 길고 말이다.

[부하라니, 그렇다는 건 설마…….]

"맞아. 강제적으로 뇌에 부하를 줘서 대뇌를 강화하는 거지. 한계까지 근육을 피로하게 만들어 근력을 증가시키는 것과 비슷한 맥락이랄까?"

물론 일반적으로 어려운 방법이라고 할 수 있지만 신성력을 동반하면 못할 것도 없다. 더블 스펠 정도는 가능하게 되었지만 아직 부족한 것도 사실이니까. 열두 개의 직업을 가진 나는 동시에 많은 사고를 할 수 있는 능력이 필요한 것이다.

쉽게 말해 일종의 훈련으로 별거 아닌 일. 하지만 에일렌은 창백한 표정으로 소리쳤다.

[마, 말도 안 돼! 뇌를 그런 방식으로 강화하는 게 어디 있어?! 조금이라도 잘못되면 뇌가 타버릴 수도 있는데! 아니, 덜 잘못돼도 미쳐 버린단 말이야!]

"그렇게 된다면……. 내가 그뿐인 인간이라는 거겠지."

[뭐라고?! 대체 너는……!]

에일렌의 얼굴이 새빨갛게 변한다. 흐음, 내 전용 환원령이라고 걱정해 주는 건가? 나쁘지 않은 기분이었지만 고개를 흔들었다.

"그렇게까지 무리하지는 않았으니 호들갑 떨지 마. 그나저나 상황이 이러니 유저들을 구해야겠지?"

[…….]

"에일렌?"

[…마음대로 해.]

이런 삐쳤나? 나름대로 귀여운 모습이었기에 피식 웃으며 그녀를 달래기 위해 다가간다. 그리고 그때 느껴지는 엄청난 기운.

"어?"

[뭐야 이 힘은?!]

깜짝 놀라 몸을 돌린다. 맙소사. 이 정도 힘이면 스페셜 보스 급이잖아?! 전혀 기척도 없었는데 이 무슨?!

쿠우우우웅!!

땅에서부터 전해지는 진동에 나도 모르게 땅을 박찬다. 뭐지? 유저라고 생각하기에는 너무나도 거대한 기운이다. 하지만 스페셜 보스는 탄식의 산맥에 있을 텐데?

[레온. 은신이……!]

"알아."

정도 이상의 힘이나 속도를 발휘하면 마력의 제어가 어려워져 은신을 유지할 수 없게 된다. 그나마 나니까 은신을 한 상태에서 뛰고 하는 거지 보통 은신이란 건 제자리에 멈춰서 하는 것이다.

내 모습을 발견하고 공격을 시작하는 마족들. 하지만 난 그 모든 공격을 피해내며 계속 달렸다. 내가 난데없이 달려서일까? 주변의 마족들이 멋모르고 따라오기 시작한다. 오호, 이 상황은 의외로 상당한 기회?

"시리우스의 겸손한 힘이여. 지금 내 의지에 따라 그 존재를 제한한다."

기사(Knight), 마법사(Magician), 무투가(Monk), 사령술사(Necromancer)를 차례대로 봉인(封印)한다. 하지만 나도 어느새 네 직업이나 마스터에 이른 건가? 탄식의 성 이벤트가 좋긴 좋군. 지금까지 소드 마스터 하나밖에 찍지 못했는데 무려 세 개나 더 찍었으니 말이다. 혼자서 위태위태하게 싸우는데도 용케도 안 죽고 말이다.

잠시 스스로를 대견스러워 하고 있는데 에일렌의 소리친다.

[뭐 하는 거야?! 널 추적하는 상급 마족만 네 명이라고!]

날 추적하는 대부분은 지능이 없다시피 한 중급 마족이지만 개중에는 상급 마족도 꽤 껴 있다. 당연하지만 봉인을 한 나는 상급 마족 한 명조차 상대하기 버겁다.

"하지만 도주 정도는 간단하지. 그럼 간다. 실라이론! 정령빙의(精靈憑依)!"

소리침과 함께 세찬 바람이 온몸을 휘감고 가까워졌던 마족들과의 거리가 다시 벌어진다. 좋아, 이 정도면 해볼 만하겠군. 바람의 상급 정령의 힘이라면 비행까지도 가능하겠지만 속도만 증가시킨다. 단지 달리기만 해서는 적을 쓰러뜨릴 수 없을 테니까.

"크어어!"

"시끄럽군."

살짝 몸을 틀어 정면에서 덤벼들던 마족 녀석을 피한다. 맘 같아서는 달려가던 힘까지 실어 카운터를 날려주고 싶지만 지금 내 뒤를 추격해 오는 적들이 워낙 많은지라 잠시라도 속도를 줄이는 일은 할 수 없었다.

[그런데 난데없이 느껴진 강력한 힘 때문에 달리기 시작한 거 아니었나? 마족들 데리고 달릴 상황이 아닌데.]

"아, 그렇지."

[아, 그렇지. 라고?!]

황당하다 못해 화가 난다는 녀석의 모습에 그만 웃음을 터뜨린다. 아아, 나름대로 심각한 상황인데 왜 이렇게 여유로운 거람. 나는 품속에서 한 짝의 장갑을 꺼내 꼈다. 이 장갑은 오거 파워 건틀렛. 스페셜 아이템이라고까지 할 수 있는 물건으로 흔히 OPG(Ogre Power Gauntlet)라고 부른다. 그 효과는 사용자의 근력을 오거급으로 올려놓는 것. 원상태의 나라면 필요없는 물건이지만 봉인을 건 상태에서는 힘이 무지막지한 수준으로 떨어지니 껴놓는 것이 좋으리라.

"장비 5번."

은빛 거창이 잡혀드는 것을 느끼며 단숨에 고개를 튼다. 살짝 길어진 머리칼을 스치고 지나가는 발톱. 나는 정신을 집중해 땅을 박찼다. 한껏 바람을 머금은 몸은 질풍처럼 마족들 사이를 누빈다.

"크에엑!!"

앞쪽에 있던 녀석들이 내 길을 막기 위해 늘어선다. 하나하나의 덩치가 상당해서 벽이 늘어서는 것 같다.

[레온!]

"걱정 마!"

한껏 몸을 숙여 전면 공격을 피한 후 가랑이 사이로 빠져나온다. 깜짝 놀라 고개를 숙이는 중급 마족. 나는 그대로 달리며 드래고닉 피어싱을 붙잡았다.

자연스럽게 뒤로 늘어지는 드래고닉 피어싱. 거창을 다루기에는 조금 기묘한 자세다. 창끝은 뒤로 겨눈 채 나는 정면으로 달리는 것이니까.

만약 이게 그냥 창이라면 이 자세로 힘을 내는 건 불가능하다. 랜스 차징이란 창을 내지르는 방향과 돌진 방향이 같아야 최상의 힘을 발휘하는 기술이니까. 하지만 이건 그냥 창이 아니다.

쾅!

묵직한 폭음과 함께 뒤쪽에 있던 중급 마족의 몸이 터져 나간다. 그리고 반동으로 쏘아지듯 날아가는 몸! 나는 강제적으로 드래고닉 피어싱을 앞으로 끌어당겨 집어던진 후 카이더스를 잡았다.

"단영(斷影)."

팍! 하는 소리와 함께 나를 향해 휘둘러지던 꼬리가 잘려 나갔지만 그와 함께 달려나가던 속도 역시 줄어든다. 짐작 못한 건 아니지만 기사를 봉인한 게 크긴 크군. 다른 건 다 그만두더라도 검에 마나를 담을 수가 없다. 카이더스는 그 자체만으로도 강한 마법 무기고 OPG를 장착한 내 근력도 강력하지만 마족들은 기본적으로 강력한 물리 내성을 지닌 녀석들이라 어지간한 물리력은 어렵지 않게 상쇄해 버린다. 즉, 마나가 담기지 않은 공격은 잘 통하지 않는다는 말이다.

[오른쪽에 상급 마족!]

"땡큐!"

쾅! 쾅!

회수된 드래고닉 피어싱이 불을 뿜는다. 한 방은 간신히 막았지만 두 번째는 막지 못하고 튕겨 나가는 상급 마족. 하지만 죽지 않았다! 역시 상급 마족 정도만 해도 방어력이 상당하군. 드래고닉 피어싱이라도 몸에 박은 채로 터뜨리지 않으면 죽일 수 없다!

픽!

쓰러진 상급 마족을 향해 덤벼들려는 순간 뭔가가 어깨로 박히는가 싶더니 후끈한 통증이 뇌리를 강타한다. 큭! 화살인가? 게다가 맹독이 발라 있는 건지 순식간에 몸이 마비된다.

"타이틀 변경!"

루인 포레스트 슬레이어(Ruin Forest Slayer). 나는 속성력 전부를 활성화시켜 해독을 시작했다. 주변을 살피니 어느새 회복해 몸을 일으키는 상급 마족과 장거리 전문으로 보이는 다른 상급 마족이 보인다.

역시 나 혼자서 이만한 숫자를 처리하는 건 어려울 것 같군.

에일렌은 말했다.

[아까 기운이 느껴진 곳으로 가! 아무래도 몬스터는 아닌 것 같으니까!]

"동감이긴 하지만 여기서 빠져나가려면 대출혈 서비스를 해야 할 것 같군. 간다. 초월안(超越眼). 제2급 개방(開放)!"

의지가 확장하고 예지가 시작된다. 초월안 2급은 1초의 예지. 나는 몸에 빙의된 실라이론의 힘을 빌려 질풍처럼 돌진했다.

나를 노리고 사방에서 쏟아지는 공격. 하지만 이미 어디로 날아올지 아는 공격들을 맞아줄 이유는 어디에도 없었다.

파바밧!

공격들을 피하며 드래고닉 피어싱의 카트리지를 꺼낸다. 기압 차 때문인지 카트리지 밖으로 튀어나가는 탄피들. 나는 실라이론으로 그것들을 회수한 후 세 발의 탄환을 곧바로 재장전. 카트리지를 드래고닉 피어싱에 밀어 넣었다. '철컥' 하는 소리가 상쾌하게 들린다.

"다시 간다!"

드래고닉 피어싱을 들어올리자 내게 공격을 퍼붓던 마족들이 깜짝 놀라 사방으로 흩어진다. 마족들도 지능이라는 게 있기 때문에 드래고닉 피어싱의 살벌한 위력을 기억하는 것이다. 하지단 소용없지. 초월안을 사용하고 있는 난 적의 회피 방향까지 예지할 수 있으니까!

쾅!

아까 공격을 막았던 상급 마족의 몸에 드래고닉 피어싱이 박히고, 기어이 터진다. 검은 연기로 변해 흩어지는 마족의 몸. 나는 슬라이딩하듯 최상급 정석을 잡아챘다. 에일렌이 이 상황에 뭐 하냐는 눈길을 보냈지만 아무리 그래도 이건 잡아야지 최상급 정석이 얼마나 쓸데가 많은데!

[애송이가!!]

하나 더 있던 상급 마족이 노호성을 지르며 달려든다. 큭. 가짜라지만 지능이나 힘에서 완전히 동일하군. 나는 상대하지 않고 다시 달리기 시작했다. 앞길을 막아서는 중급 마족들. 나는 망설임없이 땅을 박차 날아오른 후 드래고닉 피어싱을 아래를 향해 겨눴다.

쾅!

십수 마리의 중급 마족이 일시에 나뒹굴었지만 죽은 녀석은 없는 것 같다. 이미 드래고닉 피어싱의 쓴맛을 볼 만큼 봤기에 창대를 겨누기만 해도 방어 자세를 취하는 것이다. 하지만 지금 그게 중요한 게 아니지. 잠깐 머뭇거리는 사이에 포위진이 완성되고 있으니 죽기 싫으면 여기서 벗어나야 한다.

쾅!

다시금 덤벼드는 마족들을 날려 버리고 반동으로 수십 미터나 이동한다. 드래고닉 피어싱의 반동은 워낙 강력하기 때문에 몸을 단단히 고정하지 않은 상태에서 사용하면 몸이 날아가는 것이다.

물론 단지 그것만으로도 수십 미터나 날아갈 리는 없다. 어디까지나 지금 내가 바람의 상급 정령 실라이론과 정령빙의를 행한 상태이기 때문에 가능한 일이지.

막 허공으로 날아오르는데 팔찌가 진동을 하기 시작한다.

[지금 우리 쪽으로 오고 있는 거기! 밀레이온인가?]

"레스님?"

뭐야? 스페셜 급의 힘을 발휘한 게 그란 말인가? 황당해하면서도 카트리지를 간다. 한데 남은 탄환이 좀 썰렁해 보인다.

[탄환… 일곱 개 남았다.]

"윽. 역시 너무 막 썼나."

하지만 어쩔 수 없다면 어쩔 수 없는 것이 요새 전투는 드래고닉 피어싱만 들고 행했다고 해도 부정할 수 없을 정도니까. 지금까지는 근력이 달려 드래고닉 피어싱을 못쓰고 있었는데 OPG가 있다는 것을 깨달은 후부터는 사양 않고 사용해 온 것이다.

[밀레이온? 대답하게.]

“아. 소란 피워서 죄송합니다. 몬스터들은 다른 방향으로 몰고 갈 테니 걱정하지 마십시… 오!”

쾅!

몸통 박치기로 날아오는 상급 마족을 향해 반사적으로 방아쇠를 당긴다. 폭발에 밀려 튕겨 나가지만 역시나 죽지는 않은 듯한 상급 마족. 쳇! 역시 이만한 숫자를 상대로 봉인 걸고 싸우는 건 무모했나? 하지만 마스터급 직업은 활용하지 않기로 한 건 내 원칙이다. 스스로 세운 원칙을 지킬 수 없다면 강해지는 것 또한 불가능하겠지.

[레온. 20분 다돼가.]

“슬슬 한계인가.”

정령빙의(精靈憑依)는 별다른 부작용이나 에너지 소모가 없는 대신 20분 이상 사용하고 있으면 10분간 강제 기절에 처한다. 그리고 지금 상태에서 정령빙의마저 풀리면 도주가 매우 힘들어지겠지.

[어쩔 생각이야?]

“그러게 말이야.”

초월안은 이미 풀었다. 초월안을 사용해서 1초 뒤의 미래를 본다 해도 적이 사방에서 덮치면 방법이 없으니까. 그리고 아까처럼 점프를 계속해 피하는 것도 무리다. 공중에 뜨면 움직일 수 있는 반경이 매우 제한되기 때문에 너무 간단히 요격당하니까. 정령빙의를 사용했을 때는 바람을 정확하게 제어할 수 있어 허공에서도 빠른 움직임이 가능했지만 빙의가 풀리면 것도 무리다.

[뭐 하는 건가!]

“아! 다른 곳으로 이동할 테니 걱정하지 말…….”

[그게 아닐세! 이쪽으로 오게!]

"하지만 마족들이 많아서 위험할 텐데."

[걱정 말고 일단 와! 병력은 충분하니까!]

그제야 난 마족한테 집중시켜 놓은 감각을 살짝 돌렸다. 그리고 그 감각 안에 들어오는 것은 우글거리는 사람들. 오호, 정말 사람 많군. 피해가 좀 생길지도 모르지만 신세 좀 질까?

"하아!!"

나는 정령빙의가 풀리기 직전 바람의 벽을 생성, 전력을 다해 박찼다. 봉인을 했다고는 하지만 정도 이상의 각력이었던 데다 바람의 힘으로 가속시켜 순식간에 100미터 가깝게 이동한다. 물론 마족 중에는 치타보다 빠른 녀석도 즐비하니 이 정도로 도망갈 수는 없지만 일순간 거리를 벌리는데 성공한 것이다.

그리고 그 도착점에 있는 것은 대충 백여 명의 사람. 그들 중 한 명이 나를 보고 손을 흔든다.

"앗, 형님!"

"멜피스? 오랜만인데!"

"빨리 가입하세요!!"

"하?"

뭔 소리인가 하다가 어떤 마법사 머리 위에 뜬 파티 창을 발견한다.

지구의 모든 것들아, 나에게 힘을!! 93/100

[뭐야 저 이상한 제목은?]

"글쎄……."

일단 가입하라니 가입한다. 띠링~ 하는 효과음과 함께 보이기 시작하는 파티원들의 아이디. 그리고 그때 날 추격하던 마족들이 몰려온다.

"모두 조심하세요! 근거리 분들은 앞에서 막아주시고 마법사 직업이 보조 시작하세요!"

"뭘 하려는 거야?"

"멋진 거요."

멜피스의 말에 고개를 돌려보니 눈을 감고 있는 레스가 보인다. 잠시 상황 파악을 못하던 나는 문득 주변의 모든 마력이 한쪽으로 집중되고 있다는 것을 깨달았다.

쿠구구구…….

그 기운이 모이는 지점은 마흔 명쯤 되어 보이는 마법사 집단의 리더. 그는 그대로 양손을 들어올렸다.

"원기옥을 시작한다!!"

"원기옥을 시작한다고?!"

나도 모르게 소리쳤지만 아무도 신경 쓰지 않는다. 뭐야? 대체? 황당해하던 나는 문득 느껴지는 기운에 고개를 들어 하늘을 보았다.

[맙소사. 저게 뭐야?]

"……."

하늘에 떠 있는 것은 거대한 마력구체로 그 크기는 대충 봐도 80미터 정도. 그 크기도 크기지만 거기서 느껴지는 마력이 실로 살벌하다.

무지막지한 기운에 당황해 몸을 멈추는 마족들. 양손을 들고 있던 중년 사내는 소리쳤다.

"지구의 모든 것들아, 나에게 힘을!"

"아, 쓸데없는 대사 때려치우고 던져요! 안 그래도 잔뜩 몰려드는데!"

"좋아, 그럼 간다!"

중년 사내는 그대로 들고 있던 팔을 내렸다. 거대한 크기의 이미지와 다르게 번개처럼 내려치는 마력구체. 그건 그대로 내가 몰고 온 마족 무리에 명중했다.

구구구구궁─

"아아. 아까 공격은 이거였군."

합체 마법이었던가. 마스터급 유저들이 사용할 수 있다는 기술. 거의 솔플 위주의 사냥을 해온 터라 생각을 못하고 있었다.

실로 무지막지한 위력 앞에 무수한 수의 마족들이 일거에 소멸한다. 그리고 그와 함께 여기저기서 떠오르는 빛줄기들.

"레벨이 오르기는 했지만…… 그렇게나 많은 마족을 쓸어버린 것치고는 적군. 기분 탓인가?"

의아하다는 레스의 말에 문득 상태창을 확인한다.

[와∼ 레벨…….]

"쉿."

반사적으로 에일렌의 입을 막는다. 맙소사. 정령술사 레벨이 42가 되었잖아? 어떻게 이렇게나 오른 거지?

처음에는 이해가 안 가 어리둥절했지만 잠시 생각하니 이유를 알 것도 같다. 집단으로 사냥을 할 때 기여도에 영향을 끼치는 요소는 두 가지. 선제 공격과 데미지 총량인데 나는 녀석들한테서 달아나면서 계속 공격을 가하지 않았던가? 데미지 총량에서는 그 원기옥(……)에 비할 수 없을 정도로 떨어지지만 선제 공격치는 거의 다 내가 받았다는 말이다.

뭔가 좀 날로 먹은 감이 없지 않아 있기는 하지만 몬스터들을 몰아온 장본인이 나니 미안해할 필요는 없겠지.

잠시 그대로 서 있는데 한쪽에서 큰 챙 깃털 모자를 쓰고 있는 20대 초반의 여인이 다가온다. 음유시인으로서 마스터의 경지에 올라 마에스트로가 된 데이나였다.

"오랜만~ 하도 안 보여서 이벤트 참가 안 한 줄 알았네요."

"사냥을 혼자 하는 편이어서요. 그런데 설마 이 파티……."

내가 말을 흐리자 데이나는 고개를 끄덕였다.

"네. 전원 마스터에요. 멋지죠?"

그녀의 말에 나도 모르게 주변을 둘러본다. 우와아. 마스터가 백 명에 가깝다니. 이렇게나 많이 모여 있는 마스터는 일루전 시작하고 처음 본다. 게다가 대부분 아는 얼굴이 아닌가?

"오셨군요."

적을 벤 지 얼마 지나지 않은 듯한 예도가 검집에 빨려 들어간다. 차분한 표정으로 날 바라보는 눈동자에는 뚜렷한 힘이 잠들어 있다.

"강해졌군요, 키리에."

"대단치 않은 수준입니다."

그녀는 아무렇지도 않다는 듯 고개를 돌렸지만 슬쩍 말려 올라간 입꼬리가 기분 상태를 가르쳐 준다. 의외로 알기 쉬운 성격이라니까. 뭔가 더 말하려는데 누군가 우리 사이로 끼어든다.

늑대 가죽으로 만들어진 로브를 입고 있는 20대 중반 정도의 사내. 그는 키리에의 친오빠인 청월랑이다. 탄식의 성에서 지내서 그런지 그의 기운 역시 표시날 정도로 증가한 상태였다.

"오랜만이군요, 청월랑님."

"그래. 하지만 왜 몬스터를 몰고 가고 있던 거야?"

"난데없이 쏟아지기에 도주 중이었습니다. 포위당하면 위험하니까
요."

내 말에 청월랑은 잠시 생각하는 표정을 짓더니 말했다.

"좋아. 그럼 지금부터 널 몹몰이로꾼으로 임명하지. 이렇게 다섯 번
만 더 하면 70레벨도 찍을 수 있겠……."

"오라버니."

"…지만. 와하하하! 위험할 수도 있는데 어찌 그런 일을 시키겠나."

청월랑은 살짝 화난 듯한 키리에에게 비굴하게 웃으며 상황을 넘겼
다. 그리고 그때 다른 마스터가 다가오며 손을 흔든다.

"오랜만이야! 밀레니엄."

"밀레이온입니다만."

헐렁하게 입은 도복과 질끈 동여맨 머리띠. 그리고 등 뒤에 새겨진
태극마크. 레이그란츠는 내 지적에 어깨를 으쓱였다.

"쏘리. 그런데 너도 탄식의 성으로 가던 중이야?"

"이 파티도 그런 것 같군요."

하지만 그렇다고는 해도 탄식의 성으로 가려 마음먹자 그쪽으로 향
하는 파티를 만나게 될 줄이야. 지나친 우연에 어깨를 으쓱이는데 레
이그란츠가 말한다.

"이 정도 인원이면 스페셜 보스라도 밟을 수 있을 거라는 게 공통된
의견이니까. 게다가 난 스페셜 보스 한 번도 못 봐서 보고 싶기도 하
고."

"한 번도 못 봤다고요?"

"응. 스페셜 보스를 혼자서 격파~ 라는 소리를 듣고 싶어서 몇 번
찾아가 봤는데 항상 없더라고. 별로 특정 조건이 필요하다는 말은 못

들어본 것 같은데."

아무래도 내가 잡은 다음에 간 것 같군. 게다가 스페셜 보스는 잡힐 때마다 한 차원씩 강해진다니 그가 신기나 뭘 획득해 예전의 날 뛰어넘는 전투력을 지니게 된다 해도 스페셜 보스를 혼자 잡는 건 영영 무리다.

"……."

아주 살짝 미안한걸.

[그냥 미안한 것도 아니고 아주 살짝?]

"조용."

투덜거리는 에일렌의 입을 막고 생각한다. 하지만 이대로 가도 괜찮을까? 상대는 누가 뭐라고 해도 풀 레벨의 스페셜 보스인 만큼 내 모든 능력을 다해 전투를 벌려야 할 것이다. 하지만 사람들 눈이 단춧구멍도 아니고 내가 전력으로 전투를 벌이면 모든 직업을 골랐다는 사실을 눈치 채게 될 텐데. 우리 길드 정도야 상관없다 쳐도 이렇게나 많은 사람들한테 힘을 보인다는 건 좀…….

잠시 고민하는데 가장 앞쪽에 모여 있던 마법사들 중 하나가 소리친다.

"자자! 그럼 다시 출발합시다! 뜨문뜨문 마족들이 있으니 방심하지는 마십시오!"

그의 외침과 함께 마스터들이 일사불란하게 이동하기 시작한다. 단순한 이동이지만 그 속도가 심상치 않다.

파바박!

마법사들은 허공에 떠올라 비행을 시작하고 근접계 유저들은 달리기 시작한다. 파티를 맺은 지 꽤 된 것일까? 그들의 행동에는 일말의 망설임도 없다.

"파티를 한 지는 얼마나 됐어?"

"대충 열흘 정도예요. 효율이 좋아서 계속 유지하고 있죠. 어쨌든 이렇게나 모인 마스터들은 대단한 위력을 발휘하니까요."

나를 보며 웃음 짓는 데이나. 그때 그녀를 자신의 환수에 태우고 있던 멜피스가 투덜거린다.

"똑바로 앉으세요, 누나. 시속 60킬로미터는 가볍게 넘어서 떨어지면 다친다고요!"

"앗, 미안. 밀레이온님, 쫌만 앞으로 나와서 뛰실래요?"

"그러죠."

가볍게 대답하기는 하지만 놀랍군. 인간이 달리는 한계 속도는 기껏해야 37킬로미터. 가속도까지 쳐도 시속 40킬로미터를 넘기 힘든데 지금 백여 명에 가까운 사람들이 시속 60을 장난처럼 달리고 있다.

"에헴. 그래도 일루젼 달리기 최강자는 나야. 일루젼 명예의 전당에도 올라가 있으니까."

"레이그란츠님이 말입니까?"

"응. 초음속의 사나이 타이틀도 땄지."

"초음속의 사나이?"

무슨 소리야? 설마하니 음속을 뛰어넘었다는 소리는 아니겠지? 음속이란 1초에 331미터를 이동할 수 있는 속도를 말한다. 글레이드론조차 음속에 근접할 뿐 넘어서는 속도를 내지 못하는데 지금 두 발 달린 인간이 넘어섰다고 말하고 있는 건가?

"그리고 보니까 명예의 전당에 네 이름 없더라? 지금 힘 최고 기록을 내고 있는 녀석은 아무리 봐도 근력이 400정도밖에 안 되는 것 같던데."

“글쎄요. 그런 이상한 건 둘째 치고 정말로 음속을 뛰어넘으신 겁니까?”

“물론이지.”

“설마 달려서?”

“그럴 리가. 뭐, 초반 가속은 달리기지만 말이야.”

너무나도 태연한 답에 혼란에 빠진다. 말도 안 돼. 어떻게 인간의 몸을 가지고 음속을 뛰어넘을 수 있다는 거지? 내가 빠르기는 하지만 최고 속도를 내도 음속은커녕 시속 300킬로미터도 넘어서기 힘들다. 그런데 음속이라니.

“지금 최고 기록은?”

“시속 1250.7킬로미터. 참고로 음속은 1234.8킬로미터야. 게다가 2등으로 빠른 사람은 시속 400킬로미터니 그 차이가 크지. 후후후.”

“…….”

어이가 없어 입을 다물지 못한다. 시속 1250킬로미터라니 그게 가당키나 한 수치냐?! 하지만 주변을 둘러보니 그 말을 부정하는 사람은 하나도 없다. 그럼 진짜란 말인가?

황당해하는데 마찬가지로 옆에서 달리고 있던 청월랑이 어깨를 으쓱인다.

“흥, 그깟 명예의 전당? 나도 하나 껴 있어.”

“당신은 뭡니까?”

“재생력.”

“재생력?”

의문을 표하자 그는 달리는 자세 그대로 단검을 꺼내 팔을 그었다.

칼이 지나감에 따라 붉게 맺히는 피. 하지만 흘러나왔던 피는 거짓말처럼 몸속으로 빨려 들어가고 베었던 상처마저 사라진다.

그것은 마치 시간을 뒤로 돌린 것만 같은 광경. 실로 놀라운 장면이었지만 키리에는 얼굴을 찡그렸다.

"그런 거 하지 마십시오."

"앗. 미안하다, 동생아! 내가 네 마음이 아픈 것을 생각하지 못했구나!"

"……."

흥. 하고 고개를 돌려 버리는 키리에와 다시 그녀에게로 다가가 헤헤거리기 시작하는 청월랑. 평소와 같은 모습이었지만 나는 침묵했다.

[장난 아닌데…….]

"그렇군."

지금의 나는 상당히 강하다. 기사, 마법사, 무투가, 사령술사로서 마스터의 경지에 이르렀을 뿐만 아니라 각종 수련을 받았기 때문이다.

그렇기에 난 다른 마스터가 열 명, 혹은 이십 명쯤 덤벼도 충분히 상대할 수 있다고 생각하고 있었다. 하지만 그것은 크나큰 착각. 강해진 것은 나뿐만이 아니다. 다른 마스터들 역시 하루가 다르게 강해지고 있는 것이다.

나름대로 심각한 상황임에도 자꾸 웃음이 나온다. 후후, 이거 이런 상대들을 상대로 힘을 숨긴다는 생각을 하고 있었다니. 나도 생각보다 웃기는 녀석이었군.

"시리우스의 무한한 힘이여, 지금 그 영광으로 내 존재를 억압하는 그 모든 봉인을 해제한다."

가볍게 읊조리자 전신에 힘이 들어차기 시작한다. 숨길 것 없이 뿜어지는 기파(氣波)에 주변 사람들이 놀라 바라보는 것이 느껴진다.

"제법 좋은 기운인데?"

“강하다는 말은 들었지만……. 상당하군.”

그렇게 달리는 사이 거대한 성이 시야로 들어온다. 선두에 달리고 있던 마법사 중 하나가 손을 들어올린다.

“정지!”

그 말에 따라 달리고 있던 마스터들의 몸이 멈춘다. 바글바글 몬스터들이 들끓을 거라는 예상과 다르게 탄식의 성은 조용하다. 이상할 정도의 침묵이었기에 고개를 돌려 키리에에게 묻는다.

“다른 몬스터는 없는 겁니까?”

“탄식의 성에 있는 것은 스페셜 보스뿐이라고 들었습니다.”

“어떤 종류의 몬스터랍니까?”

“알 수 없습니다. 아직까지 탄식의 성에 들어가 살아나 온 유저는 없으니까요.”

들어가서 살아나 온 유저가 없다니… 아무리 그래도 얼굴 확인하고 나오는 정도도 안 된단 말이야?

장소가 장소이니만큼 강력한 능력의 마스터들도 긴장된 표정으로 성문에 다가갔다. 하지만 그전에 계속 리더 행세를 하고 있던 사내가 손을 들어올린다.

“잠시 휴식하겠습니다! 요리사이신 분들은 식사를 준비해 주십시오!”

“네? 난데없이 왜……?”

“합체 마법을 쓰느라 지쳤으니까요. 상대는 스페셜 보스니 최대한 준비를 하는 편이 좋을 겁니다.”

그의 말에 사람들은 고개를 끄덕이고 명상을 한다던가 하는 식으로 휴식을 시작했다. 몇 명은 식사를 준비하려는 듯 불을 피우고 음식을

조리하기 시작한다.

잠시 할 일이 없어 주변을 둘러보았다. 나 역시 상당한 마력과 체력을 소모했지만 봉인을 전부 풀면서 별로 상관없게 되어 휴식을 할 필요가 없었기 때문이다.

휴식에 들어간 멜피스와 키리에를 보며 뭘 할까 생각하고 있는데 계속 리더 역할을 맡고 있던 중년 남자가 나에게로 다가온다.

"오랜만이군."

이거야 오늘 와서 오랜만이라는 말을 몇 번이나 듣는 건지. 나는 물었다.

"저를 아십니까?"

"짐작 못한 건 아니지만 역시 못 알아보는군. 난 아인 스프링클러. 예전 자네가 제니카 양하고 웨어울프들을 학살할 때 잠시 봤었지."

"아……."

어렴풋이 기억난다. 웨어울프들을 다 쓰러뜨린 후에 그들이 다가오는 걸 보고 자리를 피했었지.

"마스터가 되신 거군요. 축하드립니다."

"훗. 나뿐이 아니네만."

"네?"

의문을 표하자 그는 손을 들어 한 무리의 마법사들을 가리켰다. 마흔 명쯤 되어 보이는 마법사들. 그런데 나는 문득 그들 나이대가 비슷하다는 것을 알았다.

"설마, 그때 모여 있던 사람 전부가 마스터가 되었다는 겁니까?"

"그렇지, 다시 인사하지. 우리들은 레드 미스트 길드. 북일 고등학교 3학년 6반이다."

"……."

그의 말에 어이가 없어 입을 다물지 못한다. 말도 안 돼. 무슨 특수 부대나 박사 집단이라면 몰라도 학생들로 이루어진 마스터 집단이라니? 물론 마법에서 사용하는 수식 연산은 순발력이 필요한 종류인 만큼 고등학생들이 사용한다고 해도 이상할 건 없지만 아무리 그래도 평범한 고등학교의 학생이 떼로 마스터가 된다는 건 놀라운 일이다.

게다가 더 어이없는 것은 특정 학교, 특정 반을 그가 언급했다는 사실로 그건 마스터가 된 학생을 모은 게 아니라 한 반 전체가 마스터가 되었단 말이 아닌가. 일억이 넘는 유저 중 마스터의 숫자는 기껏해야 이백 명 정도에 불과한데 어떻게 그럴 수가 있단 말인가? 이건 명문고라도 가능한 일이 아니었다. 아니, 하버드대 같은 곳을 홀랑 뒤집어도 마스터를 서른 명이나 보유하고 있지는 않으리라.

"대단하지? 사실 기자들도 몇 번이나 취재하러 왔었을 정도라고."

"하지만 그렇다고 해도 학생들이 이런 이벤트에 어떻게 참가한 겁니까? 학교에 가야 할 텐데."

당연하다면 당연한 질문에 그는 대답했다.

"특혜일세. 처음에는 안 될 줄 알았는데 교육부 장관까지 학교를 방문하더니만 결국 승인되더군. 하지만 아무리 그래도 선생인 내가 학생들을 선도해 수업 대신 게임에 뛰어들게 될 줄이야… 예전이라면 상상도 못했던 일이야."

그는 자신 스스로도 현 상황이 어이없다는 듯 한숨 쉬었지만 일루전 자체에는 별 불만이 없는 것 같았다. 어쨌든 마스터쯤 되면 돈도 제법 쏠쏠하게 벌리고 타 게임과는 다르게 주위의 인망까지 얻는다. 게임 속에서는 지존이었던 인물이 현실에서는 무능력하던 지금까지의 상황이 현실의 능력을 기반으로 하는 시스템으로서 뒤집어진 것이다. 물론 그것은 쓸모있는 인간을 뽑기 위해 신들이 정한 시스템이지만 말이다.

"그런데 아까 합체 마법은 어떤 방식으로 사용하는 겁니까?"

"파티 리더가 합일(合一), 이라고 말하면 파티원들에게 '합체 마법에 참여하시겠습니까?' 라는 메시지가 뜨게 되지. 그리고 파티원들이 그걸 승인하게 되면 마법이 발동하고 말이야."

"하지만 전 그런 메시지를 못 봤습니다만."

"합체 마법이 사용하는 건 같은 직업뿐이니까. 그때 힘을 모았던 건 마법사들일세."

직업별이라… 나는 궁금해져서 물었다.

"하지만 합체 '마법' 인데 다른 직업도 사용할 수 있는 겁니까?"

"사실은 마법이라기보다 기술이라는 말이 더 정확할 정도니까. 이런, 말이 너무 길었군. 명상하러 가도 되겠나?"

"물론."

나는 고개를 끄덕였고 아인은 제자들에게로 가 가부좌를 취하고 명상을 시작했다. 이런이런, 다들 쉬는군.

[좀 오래 쉴 것 같은데?]

"뭐 여유있는 틈에 부적이나 그려놓지."

나는 주저앉아 바닥을 한번 쓰다듬었다. 땅의 정령 노움은 내 부탁에 따라 바닥을 평평하게 만들었고 나는 그거에 마법처리 된 종이들을 내려놓았다.

붓이 있기는 하지만 일반적인 잉크로 그려놓으면 출력이 많이 떨어지는 것도 사실이지. 나는 살짝 권기를 생성시켰다. 주먹에 어리는 푸른 기운. 나는 손을 펴 권기를 날카롭게 한 후 가볍게 팔뚝을 그었다.

[안 아파?]

"아파. 제길, 요새 와서 자학 행위가 너무 많은 것 같군."

게다가 나는 다른 유저들과 달리 통증 제거가 없는 몸이다! 좀 질이 떨어지더라도 몬스터들의 피를 구해볼까?

신성력을 일으켜 상처를 아물게 한 후 꺼내놓은 부적들에 피로 문자를 새긴다. 다섯 개는 한자. 세 개는 룬어. 부적에 룬어를 새기면 영 어색해 보이기도 하지만 효력 면에서 괜찮으니 상관없는 일이다.

피로 문자들을 새긴 뒤 마력을 일으켜 부적에 주입한다. 들어가는 마력 자체가 크지는 않지만 세팅하는데 좀 시간이 걸린다.

부적을 다섯 개째 완성하는 시점에 유저들의 휴식이 슬슬 끝나기 시작한다. 순식부적(瞬式符籍) 하나 만드는데 걸리는 시간은 약 10분. 그렇다는 건 휴식을 시작한 지 어느덧 50분이 지났다는 말이리라.

"마법사도 선택하신 겁니까?"

"그러니 부적을 만들 수 있겠지요."

어깨를 으쓱이며 부적을 챙겨 들었다. 완성 못한 부적들은 인벤토리에 넣고 완성한 부적 다섯 개는 각기 양팔과 양다리, 그리고 가슴에 한 개씩 붙인다.

좋아! 준비 끝. 가볍게 몸을 푸는데 아인이 소리친다.

"충분히 쉬셨으면 최종 점검 후 진형을 갖춰주십시오! 진형 모양은 원형입니다!"

그의 말에 따라 유저들은 각자 자신의 자리를 잡기 시작했다. 원거리 전문 유저들은 안쪽에 서고 근거리 전문 유저들은 바깥쪽에 선다.

나도 일단은 근거리에 가까운 성향이기에 바깥쪽에 선다. 데이나를 비롯한 멜피스 레스 등은 안쪽에 섰고 키리에와 유리아, 레이그란츠와 청월랑은 바깥쪽에 섰다.

"좋아! 그럼 간다!"

선두에 서게 된 레이그란츠는 힘차게 소리치며 성문을 걷어찼다. 거대한 크기의 성문이었지만 그의 발길질에 우지끈, 부서지며 멀리까지 날아가 버린다.

"아……!"

내 뒤쪽에 있던 데이나가 무심코 신음 소리를 낸다. 우리들 앞에 펼쳐져 있는 것이 드넓은 공동 묘지였기 때문이다.

"여긴 뭐죠?"

"이곳에서 사망한 유저들의 묘지야. 실제로 시체가 남는 건 아니지만 한 명 죽을 때마다 묘비가 하나씩 세워진다더라고."

청월랑은 아무렇지 않다는 표정으로 말했지만 이거 놀랍군. 못해도 삼사천은 우습게 넘는 숫자가 아닌가? 오지게도 많은 유저들이 여기서 죽었다는 말이리라.

잠시 주변을 둘러보는데 조용히 있던 에일렌이 말한다.

[시스템 링크(System Link)가 회복됐어.]

"무슨 말이야?"

[나를 사용할 수 있다는 말이지.]

그 말은 타이탄 탑승이 가능하다는 말인가. 귀가 밝은 유저들은 그녀의 말에 민감하게 반응했다.

"가오가이거."

[OK. 나도 가능해.]

"란테스는?"

[명령만 내리신다면 언제든지 마스터.]

“세실리아?”

[저도 완료 상태입니다, 주인님.]

그들을 시작으로 주변에 있던 마스터들이 자신의 환원령을 불러 상황을 파악하기 시작한다. 여기저기서 모습을 드러내는 환원령들. 하지만 전부 신기를 지니고 있는 건 아니었다.

“크으흑. 마족 수는 채웠는데. 퀘스트가…….”

“내 신기도 불러내고 싶은데.”

“이쪽은 마족 수도 못 채웠다고! 이쪽에는 하급이랑 최하급은 한 마리도 없는데다 상급은 파티 단위로만 잡을 수 있어서 피니쉬(Finish:마지막 타격을 칭하는 말로 대상 몬스터에게 가장 많은 타격을 준 유저에게 주어진다. 아이템이나 처리 보상을 얻기 위해 꼭 필요한 조건) 따기도 힘들고. 중급만 떼로 잡았으니.”

그렇군. 생각해 보니 이곳에 들어와서 마스터의 경지에 오른 녀석들은 퀘스트는 물론 마족 수도 채우지 못했을 것이다. 설사 마족 수를 채웠다 해도 시간 관계상 퀘스트를 다 완료하고 오지 못한 유저들이 다수고 말이다.

나는 주변을 둘러보았다. 나까지 포함해 아흔네 명의 마스터 중 신기를 가지고 있는 것으로 보이는 유저는 약 서른두 명. 전부는 아니지만 그래도 상당수로군. 스페셜 보스 의외로 간단히 잡는 거 아냐?

신기를 불러낼 수 있다는 것을 안 우리들은 한층 더 자신감 넘치게 이동했다. 이미 성안으로 들어온 상태지만 조용한 것이 안쪽까지 들어가야 할 분위기였다.

그리고 그렇게 도착한 곳은 안쪽에 있는 건물의 문 앞. 여전히 선두인 레이그란츠는 문짝에 오른손을 올리고 소리쳤다.

"그럼 들어갑니다!"

쾅! 하고 이번 문 역시 날아간다. 그리고 그와 동시에 안쪽에서 비아냥거리는 목소리가 들린다.

"쯔쯔쯔. 이놈이고 저놈이고 제대로 문을 열고 들어오는 녀석이 없삼."

"없…… 삼?"

"뭘 멍청하게 보셈? ㅋㅋㅋ."

"보셈?"

우리들은 할 말을 잊었다. 안쪽에 있는 것은 서른 명의 난쟁이. 약간은 우스꽝스러운 외모를 가진 그들은 우리가 들어오든 말든 자기들끼리 놀고 있었다. 그나마 우리를 돌아본 것도 그들 중 한 명뿐이었다.

구슬치기를 하고 있는 녀석이 몇 명, 딱지치기를 하고 있는 애가 몇 명, P2P를 가지고 놀고 있는 게 몇 명, 자고 있는 것이 몇 명.

잠시 이 상황이 뭔가, 하고 생각하고 있는데 공중에 글자가 떠오른다.

스페셜 보스. 미초 서티 등장!!

"미초 서티?"

"저게 스페셜 보스란 말이야?"

잔뜩 긴장하고 있던 마스터들은 어처구니없다는 표정으로 자신들의 앞에 있는 난쟁이들을 바라보았다. 1미터도 안 되어 보이는 키를 가지고 있는 그들에게는 스페셜 보스다운 품격이 단 한 점도 없었다.

"뭘 그렇게 멍하게 보삼?"

"내가 뭘 보든 무슨 상관이야?"

레이그란츠가 인상을 쓰자 그들은 웃었다.

"크헤헤, 개찌질이 허접은 나가노삼. 어디서 개가 짓나 했더니 노는 꼬라지하고는."

"……."

낄낄거리는 녀석들의 말에 레이그란츠의 얼굴이 일그러진다.

"이런 착한 아이들이! 지금 뭐라고 했냐? 앙? 너희를 확 사랑한다! 즐거운 하루 되세요!!"

마주 욕설을 쏟아낸 것 같기는 한데 나온 말은 욕설이라 할 수 없는 것들이다. 이곳은 파니티리스가 아닌 라비린토스기에 욕 필터링(?)이 발동한 것이다.

"이런 제길. 금제가?!"

"우헤헤! 저 허접 뭐라는 거삼? 내가 쫌 착한 아이기는 하지만 사랑 하지는 말아줬으면 하는 작은 소망이 있삼."

그들의 비웃음에 레이그란츠의 얼굴이 위험하게 변한다. 폭풍처럼 피어오르는 투기, 그리고 휘몰아치는 마나의 폭풍! 그는 소리쳤다.

"정령융합(精靈融合) 발동! 나 지금 부르나니, 나와라! 엔다이론! 실 라이론! 샐라임! 노에스!"

엔다이론, 물의 상급 정령이 그의 몸에 머물고―

실라이론, 바람의 상급 정령이 그의 왼팔에 머물고―

샐라임, 불의 상급 정령이 그의 오른팔에 머물고―

노에스, 대지의 상급 정령이 그의 양발에 머문다.

"맙소사. 다중정령융합(多衆精靈融合)이라고?!"

마스터들 중 누군가가 비명을 지른다. 정령융합이라 한다면 정령술사의 마스터 스킬로 특정 정령을 자신의 몸에 융합시키는 기술이다. 정령융합이 성공하면 유저는 그 속성에 100에 달하는 속성력을 가지게 되며 육체 자체가 그 속성에 완전히 동화하게 된다.

요컨대 바람의 정령에 정령융합을 행하게 되면 몸 전체가 바람이 된다. 당연하지만 바람이 된 육체에 물리적인 공격이 먹힐 리가 없다. 어디 그뿐인가. 몸 자체가 바람이 되었기 때문에 유저는 바늘 하나 들어갈 수 있는 틈만 있으면 어디라도 통과할 수 있다.

그런데 그런 정령융합을 하나도 아니고 4대 정령 전부에게 동시 사용하다니? 실로 경악스러운 일이었다.

쩌저적!

레이그란츠가 앞으로 내달림과 동시에 바닥이 그의 움직임을 도왔고 그것은 결론적으로 그의 속도를 엄청나게 높였다. 그의 오른손에 머무는 것은 타오르는 폭염(暴炎). 그의 왼손에 머무는 것은 몰아치는 폭풍(暴風)!

"간다! 플레임 드라이브(Flame Drive)!"

그의 왼손과 오른손이 만남과 동시에 무시무시한 화염이 미초 서티를 덮친다. 그 기운이 어찌나 강대한지 그 한 방으로 스페셜 보스들이 전부 죽는 게 아닐까 하는 생각이 들 정도였다.

하지만 그럼에도 이변이 일어났다. 서른 명의 난쟁이 중 하나가 한쪽 팔을 들어 자신을 덮쳐 오는 불꽃을 향해 내민 것이다.

쩌— 엉!!

무지막지한 충격파와 함께 불꽃이 흩어진다. 그 안에 있는 것은 망연자실한 표정으로 상대방을 바라보고 있는 레이그란츠와 그런 그의 주먹을 잡고 있는 난쟁이.

“막을 줄 몰랐심?”

“모, 몰랐다.”

레이그란츠는 멍청한 표정 그대로 난쟁이의 보디 블로우를 얻어맞았다. 펑! 하는 소리와 함께 터져 나가는 몸. 우리는 경악했다.

“맙소사. 완전 괴물이잖아?!”

“전투 태세! 방심하지 마!!”

이제야 자신들의 앞에 있는 상대가 스페셜 보스라는 것을 상기한 마스터들이 무기를 꺼내고 마력을 일으킨다. 그리고 모든 마스터가 그렇게 전투 태세를 취하자 난쟁이들 역시 느릿느릿 일어선다.

“공격!”

3학년 6반을 담당하고 있는 재민의 외침과 함께 적색으로 빛나는 수십 개의 화살이 하늘을 가른다. 실로 날카로운 기세였지만 난쟁이들은 재빠른 동작으로 그것 모두를 피해냈다. 1미터도 안 되는 것들이 빠르기는 엄청나게 빠르다.

“이것도 못 맞추심?”

“허접이셈.”

“잇힝!

난쟁이들이 장난스럽게 웃으며 접근해 근접 공격을 시작한다. 신장과 체중 모두 근접에는 도저히 어울리지 않는 녀석들이었는데도 전투력이 무시무시하다.

“세실리아!”

[갑니다, 주인님!]

철컥. 위이잉. 철컥!

키리에의 몸이 허공에 뜬 사이 그녀의 목걸이가 확장해 그녀의 전신을 뒤덮는다. 탑승 시간은 약 1초. 그녀는 순식간에 3미터짜리 은빛 거인이 되었다.

"키리에 타이탄. 좀 커진 것 같은데?"

[타이탄은 환원령 레벨에 따라 점점 커져. 초반에는 2미터 정도지만 나중에는 5미터까지 커지지. 경우에 따라서는 10미터까지 가능해.]

"그랬군. 뭐 확실히 계속 2미터면 탑승용 타이탄이라기보다 갑옷 같을 테니까."

나는 카이더스를 들고 살짝 뒤로 빠졌다. 신기를 소환한 건 키리에만이 아니다. 압도적으로 밀리던 그들이었지만 신기를 소환하니 순식간에 대등한 전투를 이어나간다.

"괜찮습니까?"

"크으. 정령융합을 안 했으면 죽었을걸."

한숨 쉬는 그를 향해 유리아가 말한다.

"나대다 이렇게 되는 애들이 꼭 있지."

"시끄러워."

놀랍게도 산산이 터져 나갔던 레이그란츠의 몸은 물방울로 변해 모이더니 다시 인간의 형상으로 변한 상태다. 이거야 터미네이터에 나오는 액체인간 같군. 몸 전반에 물의 정령을 깃들게 했던 건 이것 때문인가.

"그래서 충격은?"

"없긴 하지만 정령융합은 한동안 사용할 수 없을 것 같군. 신기나 부를까? 가오가이거!"

[발진!!]

기운찬 외침과 함께 그의 팔찌가 빛을 발하더니 확장. 이내 그의 전신을 뒤덮는다. 이 녀석도 타이탄인가. 하긴 맨몸 무술을 구사하는 무투가에게는 비행선이나 파워드 웨폰보다 타이탄이 더 편하겠지.

"란테스."

[알겠습니다, 주인님.]

유리야 역시 타이탄 탑승을 마치고 두 무투가는 힘겨운 전투를 벌이고 있는 유저들을 돕기 위해 참전했다.

"좋아. 그럼 나도 시작할까?"

"그럴 필요 없삼~!"

정면으로 1미터짜리 난쟁이가 덤벼든다. 큭! 거참 빠르기도 하지!

쩡!

카이더스와 난쟁이의 팔이 충돌하기가 무섭게 내 몸이 십여 미터쯤 밀린다. 말도 안 돼. 아무리 힘이 좋다고 해도 1미터짜리 난쟁이가 30센티도 안 되는 팔을 휘두르는데 무슨 위력이 이따위란 말인가?

"불공 받으셈~"

내 쪽으로 온 난쟁이가 던진 불덩어리가 내 머리를 노리고 날아든다. 나는 항마력을 일으켜 상쇄시키고 다시 검격을 휘두르려고 했으나 어이없게도 항마가 뚫렸다.

"큭?!"

제길 세다! 역시 스페셜 보스라는 건가. 30마리가 한 팀처럼 되어 있는데도 한 마리 한 마리의 능력이 장난 아니다.

"이걸로 마지막이삼~!!"

"누구 마음대로! 라이트닝 스트라이크(Lightning Strike)!"

마나의 집중, 폐(閉). 마력의 집중, 반(反). 그리고 회전(回轉) 부여(附與). 그 모든 공정이 완벽하게 실행되어 전격의 창을 만든다.

　그것은 문자 그대로 번개 같은 일격이었지만 난쟁이는 팔을 휘저어 그것을 파훼했다. 하지만 그 또한 예상했던 일! 나는 카이더스에 검기를 발현시킨 후 떨어지는 녀석을 향해 강격을 휘둘렀다.
　"뭐삼!"
　쩡! 하는 소리와 함께 강격도 막혔지만 난 이미 벌려진 녀석의 입을 향해 전력으로 단검을 내던지는 중이었다. 암살자 투(投) 자결이 담긴 단검은 마치 빨려 들어가듯 녀석의 입속으로 날아가 박힌다.
　"좋아!"
　아무리 튼튼한 녀석이라도 입 안으로 들이치는 공격에는 저항할 방법이 없다. 실제로 메크로네스 역시 입천장을 찌른 카이더스 때문에 사망하지 않았던가?
　하지만 녀석의 입 안에서 들려온 소리는 내 상상을 초월했다.
　깡!
　"깡?"
　아니, 이게 뭔 소리야?! 황당해하는 나를 향해 단검을 뱉어낸 난쟁이가 소리친다.
　"악! 너무 아프삼!!"
　"죽으라고 던진 건데."
　"즐이요!"
　녀석은 소리치며 소나기 같은 연격을 쏟아 부었다. 이런 샹! 30센티미터밖에 안 되는 팔로 소나기 같은 연격이 웬 말이냐?!
　"억! 제길. 심장이 찢어졌다."
　"죽는 건가. 경험치 깎이는데……."
　초월안을 가동해 적의 공격을 피하고 있는데 여기저기서 비명 소리

가 들린다. 무지막지한 적의 공격을 이겨내지 못하고 상대적으로 약한
마스터들이 쓰러지기 시작한 것이다. 당연하지만 쓰러지는 유저들은
모두 신기 미 사용자들이다. 나처럼 신기에 맞먹는 아이템을 줄줄이
가지고 있는 유저들은 매우 드물기 때문이다.

"제길! 검이 부러졌잖아?!"

"이 녀석들 몸 엄청 단단하니 모두 긴장하세요!"

그들의 외침에 내 단검이 녀석의 목에 박히지 못했다는 사실을 떠올
린다. 흠, 저 녀석들에 대한 정체를 먼저 파악하지 못하면 공격이 통하
지 않겠는데.

"모두 모이십시오!! 이대로는 위험합니다!"

"오케이!"

정면으로 덤벼들던 난쟁이 두 마리를 날려 버리며 소리치자 흩어져
있는 마스터들이 모이기 시작한다. 유저들이 좀 당하고 있다고는 했지
만 강한 마스터들은 문제없이 난쟁이들을 상대하고 있었다.

쩌저정!

"악! 악! 너무 아프삼!"

[참영(斬影).]

눈부시기까지 한 키리에의 검격에 두 마리의 난쟁이가 비명을 지르
며 굴러다닌다. 그들은 굴러다니는 와중에도 저항했지만 파워드 웨폰
이 극한의 공격이라면 타이탄은 극한의 방어. 일단 타이탄에 탑승해
있는 상태라면 정말 어지간한 공격이라도 통하지 않는다.

[레벨 꽤 올렸네.]

"확실히 예전하고는 그 능력치의 수준이 다르군. 너는 몇 레벨이었
지?"

[마력이 3레벨. 마법력이 11레벨. 마나 회복력이 2레벨. 항마력이 4레벨. 상위력이 7레벨이야.]

환원령의 능력치는 다섯 가지로 나누어진다. 타이탄이 지니고 있는 마나를 나타내는 마력, 타이탄의 힘이나 속도에 영향을 끼치는 마법력, 소모된 마나를 채울 수 있는 마나 회복력, 마력에 저항할 수 있는 항마력, 그리고 환원령의 등급을 나누는 상위력.

중요한 건 다 마찬가지지만 상위력은 그중에서도 특별하다. 상위력이 높으면 높을수록 신기의 크기나 외양에서 차이가 나고 상위력 레벨이 오르면 특수 능력이나 무기 진화가 이루어지니까.

"뭐, 그렇다고는 해도 간단치 않은 일이겠지."

환원령 레벨은 전투가 아닌 식사—그러니까 정석 흡수—로서만 올릴 수 있기 때문에 요령이나 그런 것 엇이 오직 시간만이 해결할 수 있는 문제이다.

[그런데, 레온.]

"왜?"

[전투 중인데 잡담이나 하고 있어도 돼?]

"안 되지."

잽싸게 고개를 꺾어 칼날처럼 휘둘러지는 권기를 피했다. 하지만 어이없게도 그 권기는 방향을 틀어 내 목을 죄려고 했다. 웃, 이건 편권기(鞭拳氣)잖아?

쾅!

검기나 권기 같은 직접계통 마나 발현에는 총 네 등급이 존재한다. 그중 하급은 주먹이나 검에 마나를 씌우는 단계로 50레벨이 막 된 유저가 사용할 수 있고, 중급은 그 길이를 늘려 채찍처럼 휘두를 수 있는 단계로 60레벨부터 사용할 수 있다. 상급은 기운 자체를 자신과 별개로 날려낼 수 있는 단계로 70레벨부터 사용할 수 있고 최상급은 자신의 마음대로 검기의 모양을 조절할 수 있는 단계로 80레벨부터 사용할 수 있다.

당연하지만 나는 마스터로서 50레벨일 뿐이기에 검기 자체를 늘이거나 할 수는 없다. 하지만 열두 직업이라는 특성상 비슷한 효과를 내는 것은 어렵지 않다.

"빛나라. 라이트닝 블레이드(Lightning Blade)."

파지지지직!!

카이더스의 몸통 부분에 손을 올린 채 주문을 외우자 카이더스가 휘황찬란하게 빛나기 시작한다. 이것은 전격의 검. 나는 거의 5미터에 가깝게 커진 카이더스를 휘둘러 편권기를 휘두르던 난쟁이를 쳐 냈다.

[오! 그거 멋있다.]

"별말씀을."

백색으로 빛나는 카이더스를 보며 전투 중에도 탄성을 지르는 레이그란츠. 저 녀석도 전투에 못 집중하기는 나 못지않군. 하지만 그렇다고는 해도 잘 싸우니 상관없는 일일 것이다.

나는 주변을 둘러보았다. 현재 살아남은 마스터는 정확히 일흔다섯 명. 마스터가 좀 죽기는 했지만 치명적일 정도로 많은 숫자는 아니다. 하지만 그럼에도 문제가 미초 서티라는 녀석은 단 한 마리도 죽지 않았다는 것이다.

현재 가장 잘 싸우는 사람을 뽑자면 신기를 불러낸 레이그란츠와 유리아, 그리고 키리에와 청월랑일 것이다. 하지만 그 외에도 활약을 하고 있는 사람은 많았다. 레스의 골렘은 신기를 들고 폭염을 멜퍼스의 하멜은 냉기를 뿜어대고 있다. 그리고 뒤쪽에 빠져 있는 로안은 신성력을 일으켜 모든 마스터를 보조하고 있었다.

하지만 그들이야 모두 신기 사용자로 그만한 전투력을 발휘하고 있으니 살아 있어도 이상할 게 없다. 오히려 더 눈에 띄는 건 3학년 6반이라는 고등학생 군단이다.

[와~ 쟤네들 아직 다 살아 있네.]

"그렇군."

그들은 정팔각형 형태로 진을 만든 후 동시에 움직이고 있었다. 진의 중심을 이루고 있는 것은 담임이라고 하던 아인. 그리고 그를 양쪽에는 중년 사내 둘이 붙어 있다. 기운을 보아 한 명은 예술가. 한 명은 카드법사였다.

"럭셔리! 헤비 스톰프(Heavy Stomp)!"

"영광스러운 다리안의 힘이여!"

"하멜! 빙결의 춤!"

미안한 말이지만 같은 마스터라도 그 힘은 결코 같지 않다. 일루전에 존재하는 가장 흔한 마스터는 단일 직업의 마스터. 당연하다면 당연할 것이 어지간한 인간은 한 개의 직업도 마스터까지 끌어올리기 어렵다. 노력이고 근성이고 마스터가 되려면 현실에서부터 유능한 녀석이어야 하는 것이다.

레스도, 레이그란츠도, 키리에도, 청월랑도. 심지어는 멜피스와 데이나도 흔히 말하는 '천재'의 범위에 들어간다. 보통 사람 중에서도 마스터가 되는 녀석이 없는 것은 아니지만 그 수준 차이는 분명하게 있을 정도니까.

그리고 내가 봤을 때 저기 있는 서른여섯 명의 학생과 세 명의 선생은 모두 평범한 재능의 소유자들이다. 아, 물론 마스터가 될 수 있었다는 점에서 이미 평범하다고 볼 수 없겠지만 높게 쳐줘봐야 수재? 그 정도가 한계인 것이다.

하지만 그럼에도 그들은 강력하다. 그들에게 덤벼들던 난쟁이들은 모조리 튕겨 나가고 그들의 공격은 내 쪽까지 느껴질 정도로 후끈한 열기를 뿜어냈으니까.

놀랍게도 그들은 자신들의 기운을 공유하고 있었다. 외각으로 공격이 들어오면 그쪽에 있는 녀석에게 그들의 기운이 일순간 집중해 방어한다. 다시 공격을 할 때는 동시에 주문을 외우고 방어할 때도 힘을 합한다.

저건 마치 진법(陣法) 같군. 대단한데? 진심으로 감탄하는데 순간 싸늘한 기운이 느껴진다.

"무세천심류(無勢天心流). 분광단영검(分光斷影劍)."

"악!"

눈 깜짝 할 사이에 공간을 가르는 참격에 난쟁이 하나가 비명을 지르며 날아간다. 어이가 없군. 그녀가 사용한 기술은 타격을 위한 게 아니라 절단을 위한 거였다. 그런데 튕겨 나가다니? 저 녀석들 몸은 대체 어떻게 된 것들이란 말인가?

하지만 타격이 아예 없는 것은 아닌지 난쟁이들이 드물게 분노한 모습을 보인다.

"즐!"

"이러심 곤란!"

"존나?"

"본진 비었심!"

뭔가 알 수 없는 소리들을 하며 동시에 여덟 마리의 난쟁이가 키리에를 합공한다. 키리에는 깜짝 놀라 검을 휘둘렀지만 간신히 두 마리를 쳐냈을 뿐이다.

"캐릭 다시 키우셈!"

쩡! 하는 소리와 함께 키리에의 몸이 일순간 휘청인다. 타이탄이 뛰어난 방어력을 가지고 있다고는 해도 무적은 아니다. 게다가 키리에는 턱 밑을 정확히 맞았기 때문에 일순간 신체 능력을 상실했다. 그리고 그 뒤의 난쟁이의 손에 모이는 무시무시한 마력. 그런 걸 초근접에서 무방비로 맞았다가는 타이탄을 타고 있다 해도 무사하지 못할 것이다.

나는 재빨리 그녀를 구하기 위해 땅을 박찼다. 하지만 그보다 빨리 열두 개의 달이 연속해서 난쟁이의 몸에 덧씌워진다.

"뭐셈?!"

난쟁이는 깜짝 놀라 자신의 몸에 씌워진 백월을 향해 기운을 뿜어냈다. 하지만 부서진 달은 겨우 두 개뿐이었고 남은 열 개의 달이 이내 빛을 발한다.

"비검(秘劍). 십이백월참(十二白月斬)."

쩡!!

무시무시한 타격음과 함께 난쟁이의 몸이 쏘아지듯 튕겨 나가 수십 미터 뒤의 벽에 충돌한다. 그 위력이 어찌나 강한지 건물 전체가 징─하고 울릴 지경이다.

"와우. 레벨 올린 보람이 있는데? 대단해, 베스."

[뭐, 이 정도야 별거 아니지.]

나는 시선을 돌려 청월랑의 팔에 들려 있는 검을 바라보았다. 은백색으로 빛나는 예도. 평범한 예도와 달리 가드(칼날 밑 보호대) 부분이 손목은 물론 오른팔 전체를 뒤덮고 있는 그 검에는 실로 거대한 신성력이 응집되어 있었다.

파워드 웨폰이군. 엄청난 위력인데? 사람들이 감탄하든 말든 그는 키리에를 보며 실실거렸다.

"어때 키리에, 이 오빠가 고맙지? 응? 응?"

"…쓸데없는 도움이었습니다."

상처받은 표정으로 쓰러지는 청월랑의 모습을 바라보다 이내 고개를 돌려 주변을 둘러본다. 좀 전의 공격 때문일까? 난쟁이들은 뒤로 물러섰고 전투는 잠시 소강상태에 들어갔다.

"뭐지?"

"한 녀석이 죽은 것 같아."

서른. 아니, 이제 스물아홉이 된 난쟁이들은 청월랑의 공격을 받아 쓰러진 난쟁이를 중심으로 둥글게 섰다. 지금까지와는 다르게 진지한 분위기. 녀석들 중 안경을 쓰고 있는 난쟁이가 앞으로 나와 말한다.

"아아, 투엔티쓰리. ㅠ_ㅠ"

그 모습을 본 레이그란츠가 경악한다.

"아, 아니. 어떻게 이모티콘으로 말을 하지?!"

유리아도 경악했다.

"그보다 영어 발음 구려!!"

그들이 떠들어대거나 말거나 난쟁이들은 정숙한 태도로 시체를 둘러섰다. 그리고 그 순간. 쓰러져 있던 난쟁이가 일어선다.

"뭣?!"

우리들이 경악하거나 말거나 일어선 난쟁이는 투덜거렸다.

"에너지 다 달았삼. 제일 먼저 죽다니. 치욕이셈. ㅜㅁㅜ"

"또 이모티콘으로 말을 했어?!"

거듭된 경악을 무시한 채 녀석은 품속을 뒤지더니 금속 쪼가리를 하나 꺼내서 던졌다.

"드랍템이삼!"

"드랍템? 아니, 죽지도 않았는데 무슨 드랍템이야? 게다가 스페셜 보스쯤 하는 녀석이 겨우 이런 금속 쪼가리를……."

"잠깐."

청월랑을 향해 성큼성큼 다가갔다. 그는 깜짝 놀라 전투 태세를 취했지만 나는 무시하고 그의 손을 잡았다.

"왜, 왜 그래?"

"오리하르콘(Oriharcon)……."

"응?"

무슨 소리냐는 그의 표정을 무시한 채 손톱보다 작은 금속 쪼가리를 바라보았다. 어째서인지 휴면(休眠) 상태이기는 하지만 이건 분명 전설의 금속인 오리하르콘이다. 와~ 역시 스페셜 보스. 이건 대박이잖아? 손톱만큼 이기는 하지만 오리하르콘의 가치는 상상을 초월한다. 게다가 서른 마리의 오리하르콘을 모은다면 그 또한 상당량이리라.

살까? 아니, 사자. 미스릴이야 많지만 오리하르콘의 가치에 감히 비할 바는 아니다.

하지만 그렇다고 해서 먼저 안달할 필요는 없겠지. 나는 한 걸음 물러섰다.

"비싼 것이니 가지고 계십시오."

"땡큐. 하지만 일루전에 오리하르콘도 있었구나."

그는 좋아하며 오리하르콘을 챙겼다. 내가 난데없이 반응해서일까?

유저들은 나를 바라보고 있었고 나는 시선을 돌리기 위해 난쟁이들에게 물었다.

"그런데 죽었다는 건 무슨 소립니까? 제가 봤을 때는 살아 있는 것처럼 보이는데."

"헹. 네가 무슨 상……."

"제가 설명하죠."

아까 나왔던 안경 쓴 난쟁이가 날 바라본다. 어라? 이 녀석 뭔가 다른 느낌이군. 우두머리인가?

"당신은 왜 통신체를 사용하지 않습니까?"

"훗. 초딩이라는 게 무개념의 면죄부가 될 수는 없는 일이니까요."

"……"

아 미초는 미친 초딩이라는 말의 준말이었던 건가. 그래서 통신체를 쓰고 있었군. 나름대로 납득하고 있는데 녀석이 말한다.

"어쨌든 설명이 늦었군요. 우리는 불사의 존재입니다. 하지만 그래서야 전투의 의미가 없으니 주인님께서는 우리에게 에너지를 정해주시고 그 이상의 타격을 받으면 죽는 걸로 하기로 한 겁니다."

그렇다는 건 아까 그 녀석은 일정 이상의 타격을 받아 죽은 게 되었다는 말이군. 과연 그래서 그 녀석은 성큼성큼 걸어 구석으로 빠졌다.

"자, 그럼 다시 모두 시작합니다."

"모두 각오하삼!"

"잇힝~"

난쟁이들은 소리치며 달려들었다. 기습적인 움직임이었지만 준비하고 있던 마스터들은 침착하게 맞상대했다.

"합체 마법 갑니다! 마법사 분들은 뒤로 빠지시고 다른 직업 분들은 방어해 주십시오!"

3학년 6반은 난쟁이들의 공격을 피해 미끄러지듯 뒤로 빠졌다. 좋아, 합체 마법이라면 저 녀석들이라도 피해를 입을 수밖에 없겠지.

"오옷! 합체 마법이심? 우리도 발동!!"

"뭣?!"

합체 마법은 유저 전용 아니었어? 녀석들 중 스무 명은 자세를 취한 후 정신을 집중했고 나머지 아홉 명이 방어를 시작한다. 우리 쪽 마법사들은 방해하기에는 늦었다고 생각한 건지 그대로 합체 마법을 강행했다.

"갑니다! 모두 힘을!"

아인이 소리치자 눈앞으로 메시지가 떠오른다.

합체 마법이 시행됩니다. 참여하시겠습니까?

예전에는 뜨지 않았던 메시지에 의아해하다가 아인이 했던 설명을 떠올린다. 그렇군. 합체 마법이란 다수의 기운을 모아 한 명이 발동시키는 방식의 기술이다. 하지만 거기에서 조건이 하나 붙는데 사람들의 기운을 받으려면 그 사람과 같은 직업을 선택해야 하는 것이다.

맨 처음 파티에 가입했었을 때의 난 마법사를 봉인해서 참여할 수 없었다. 하지만 지금은 된다는 말이군.

"승인."

가볍게 중얼거리자 몸 안의 기운이 멋대로 빨려 나가더니 아인 쪽으로 날아간다. 이거 상당히 많이 가져가는군. 나야 마력이 많은 편이니 상관없지만 이만큼의 마력이 일시에 빠지면 한동안 전투를 벌이기는 힘들 것이다.

"그럼 간다. 헬 플레어(Hell Flare)!"

원기옥 때와는 달리 조금은 진지하게 뿜어지는 적색의 폭염. 나는 그 열기에 살짝 물러섰다. 엄청나군. 이 정도 마력이면 9클래스는 아니어도 8클래스를 훨씬 뛰어넘는다.

하지만 그에 맞춰 난쟁이들 역시 마력을 발사했다.

"에너지 충전 100%. 이걸로 마지막이다!!"

어디서 많이 들어본 말과 함께 안경 쓴 난쟁이의 손에서 무지막지한 빛이 뿜어진다. 그것은 실로 차원이 다른 마력. 그 마력의 정체를 알아본 에일렌이 비명을 지른다.

[9클래스야!! 피해!]

"젠장!"

강력하다고는 해도 8클래스와 9클래스의 마력 차이는 하늘과 땅이다. 이 접전. 결코 이길 수 없다.

쿠오오오오오!!

막대한 두 개의 기운이 충돌함과 동시에 주변의 모든 마나가 폭주하기 시작했다. 이런 제길! 이런 상황에서는 마력을 사용하기 힘들어! 나는 목걸이를 잡아들며 고개를 돌렸다.

"에일렌! 타이탄을……."

"잠시만."

나는 어깨를 잡는 손에 고개를 돌렸다. 나를 바라보고 있는 차분한 눈동자. 음유시인인 데이나는 부드럽게 웃었다.

"당황하지 마요. 이 상황은 제가 어떻게든 할 테니까."

"하지만……."

"로안."

"네, 누나."

데이나의 말에 로안은 고개를 끄덕이며 오른손을 들어올렸다. 그리고 그와 함께 그의 팔찌에서부터 로안의 또래쯤 되어 보이는 소녀가 모습을 드러낸다.

[시작할까?]

"부탁해요, 니스."

로안의 어깨 위에 떠 있던 소녀가 사라지더니 그의 손에 백색의 홀이 잡힌다. 부드럽게 퍼져 나가는 신성력. 로안은 홀을 들어 땅을 짚었다.

우우우—

마나가 폭주하든 말든 로안의 신성력은 고요하게 움직인다. 신성력은 그 어디에도 속하지 않고 오롯이 존재하는 절대의 기운. 로안은 고개를 들었다.

"전능하고 전능하신 다리안의 힘이여, 나 지금 청하노니, 그 영광되신 성지(聖地)를 여기에."

로안의 지팡이 끝으로부터 빛이 시작되더니 점점 번져 나가기 시작한다. 새하얗게 빛나는 땅. 데이나는 그걸 확인하고 로안의 머리를 쓰다듬었다.

"땡큐. 이제 내가 할게."

"네."

상황은 이미 최악으로 우리 쪽에서 발동한 합체 마법은 밀릴 대로 밀려 이미 녀석들이 뿜어내는 광선은 우리 코앞까지 와 있었다. 그것은 자연력에서부터 마나를 흡수하는 9클래스. 힘도 힘이지만 이쪽은 마력이 점점 소모되는데 저쪽은 멀쩡하니 애초부터 승산이라고는 눈곱만치도 있을 리 없다.

그리고 그런 상황에서 데이나는 말했다.

"칼, 도와줄 거지?"

[물론이다. 마스터.]

데이나의 목에 걸려 있던 목걸이가 조용히 변형을 시작한다. 영롱한 보랏빛을 자랑하는 여덟 개의 보석. 데이나는 눈을 감더니 천천히 노래하기 시작했다.

날 보고 있나요.

별이 지는 저 하늘 위에선 너무도 작은 나이겠죠.

듣고 있나요,

그대 떠난 뒤 하루도 거르지 않았던 나의 기도를.

부드러운 음파가 공간 가득히 울려 퍼지기 시작한다. 아찔할 정도로 편안하고 황홀한 기운에 모두들 넋을 잃는다.

별이 가득한 어느 여름밤 꿈꾸듯 내게 말했죠,

그대 영원히 머물 곳은 저 하늘 너머라고.

그 어디쯤 있나요, 내게 닿을 순 없나요.

그대 없는 이 세상에 내 쉴 곳은 없나요.

나 이제 훨훨 날아올라 오래전 잃어버린 네 영혼을 찾아

그곳에서 날 기다릴 그댈 향해 날아—

외로운 날갯짓으로······.

외로운 날갯짓으로······.

나는 주변을 살폈다. 그녀의 노랫소리가 퍼져 나감에 따라 상황이 급변하고 있었기 때문이다.

[이건······.]

"놀랍군. 주변의 모든 마나가 재정립되고 있어."

폭주하고 있던 마나가 빠르게 움직여 우리 쪽에서 발동한 마력을 활성화시키기 시작한다. 그뿐이 아니다. 반대로 상대편 쪽의 마력을 억제시켜 회복을 막는다.

[와~ 이대로 밀어붙이면 모조리 쓸어버리는 거야?]

"그렇지는 않아. 확실히 엄청나기는 하지만 우리 쪽이 전멸하는 상황을 막아주는 정도라 계속해서 시간을 끌면 다시 우리 쪽이 밀리겠지."

[푸하하! 그리고 그 상황에서 필요한 것이 이 몸!]

[옳으신 말씀. 바보 주인!]

[이게 누구보고 바보래!]

고개를 돌려 내 왼쪽에 서 있는 타이탄을 바라보았다. 가벼워 보이는 디자인에 강맹한 투기를 뿜어내고 있는 그 타이탄은 레이그란츠의 것이다.

"뭘 하실 생각입니까?"

[전투기가 어떻게 음속을 뛰어넘는지 알아?]

전혀 엉뚱한 답변이었기에 급박한 외중에도 그를 바라보고 만다. 오른 무릎과 두 손을 땅에 대고 있는 레이그란츠. 스타팅 포즈(Starting

Pose)라니. 저건 단거리 달리기를 할 때 취하는 자세잖아? 레이그란츠는 그 자세 그대로 고개를 들어올리며 말했다.

[비행 시 전투기가 음속을 초월하기 위해서는 애프터 버너(After Burner)라는 게 필요해. 하지만 연료 소비가 심하기 때문에 그리 자주 사용하지는 않지.]

애프터 버너란 엔진 뒤로 뿜어져 나오는 배기가스에 다시 한 번 연료를 뿌려주어 이차 폭발을 일으켜 더 큰 엔진 추진력을 얻는 방법을 말한다.

그런데 그게 지금 상황과 무슨 상관이라는 말이지? 잠시 의아해하는데 유리아가 레이그란츠의 옆으로 다가간다.

[윽. 그걸 지금 하게?]

[최적의 상황이니까. 정령융합(精靈融合) 발동. 나 지금 부르나니……. 나와라. 실라이론&샐라임!]

화악― 하는 느낌과 함께 이글이글 타오르는 불새와 반투명한 말이 모습을 드러낸다. 바람의 상급 정령 실라이론과 불의 상급 정령 샐라임이다.

[네 거랑은 모습이 다른데?]

"당연하지. 같은 정령이라고 해도 그 모습을 결정하는 건 소환자의 이미지니까."

아주 잘 알려진 정령(요컨대 실프와 운디네의 미소녀 형태라든지 샐러맨더의 이구아나 형태라든지)이라면 같은 모습으로 나타날 확률이 높지만 그렇지 않은 이상 그 모습은 소환사마다 다르다. 나 같은 경우 실라이론은 새지만 레이그란츠는 말의 형태로 나오는 것이다. 그렇다는 건 그가 바람이라는 이미지에서 말이라는 동물을 쉽게 떠올린다는 말이리라.

화아아악!!

레이그란츠의 타이탄이 맹렬한 기세로 타오르기 시작한다. 그것은 공격성이 배제되어 있음에도 위험해 보이는 불꽃. 그걸 보고 있자니 불꽃을 내뿜고 있는 전투기 로켓에 가까이 서 있는 듯한 기분이 든다.

"뭐 하는 거야!"

[좋은 거! 밀리지 않게 힘이나 유지하라고!]

소리치는 순간 그의 모습이 사라진다. 인간을 초월한 감각을 지닌 나지만 일순간 그의 움직임을 놓친 것이다. 내가 본 것은 그가 땅을 박차는 모습과 난쟁이들의 건너편에서 멈춰서는 모습뿐. 아예 못 봤다고 하면 거짓말이겠지만 본 것이라고는 그저 흐릿한 잔상뿐이었다. 그리고…….

쿠아아아아—!!

"윽!"

무시무시한 굉음에 마법사들이 귀를 막는다. 뭐 다행히 달팽이관이 파괴되거나 하는 건 아니지만 머리가 윙윙 울릴 정도의 소음이었다.

"소닉 붐— 움."

레이그란츠는 장난스럽게 웃었고 그런 그의 옆으로 무투가 형 타이탄. 그러니까 유리아가 내려선다.

[음속 초월 같은 건 막 쓰지 마. 쓰고 나면 변신이 풀리는 데다가 움직이지도 못하잖아?]

"하지만 다섯 마리나 잡았지롱."

그의 말대로 합동 마법을 사용하고 있던 난쟁이들 가운데 다섯 명이 튕겨 나가 건물과 충돌한 상태였다. 녀석들의 합동 마법은 당연히 파해. 우리 쪽 마법의 여파로 세 마리가 추가로 더 쓰러졌다.

이걸로 쓰러진 숫자는 무려 아홉. 그제야 녀석들도 진지해진 건지 한층 진지한 빠른 속도로 뭔가를 꺼내 들었다. 그것은 나에게 있어 너무나도 익숙한 물건. 나도 모르게 소리친다.

"데져트 이글?!"

"쏘셈!!"

"캬캬캬!!"

수십 발의 폭음과 함께 유저들이 하나 둘 쓰러지기 시작한다. 차라리 에너지 배리어(Energy Barrier)를 전개해 놓는 마법사들은 괜찮지만 전사들은 다르다. 물론 그들 또한 육체에 마나를 집중함으로써 육체를 강철보다 단단하게 만들 수 있지만 문제는 그뿐이 아니기 때문이다.

총격을 막아내려면 육체의 마나 대부분을 집중해야 한다. 물론 방어막과 다르게 그건 몸 안의 마나를 움직이는 것뿐이니 마나 소모는 거의 없지만 그 방식으로는 육체의 한 부분 정도밖에는 보호할 수 없는 것이다.

"모두 조심해!"

쏟아지는 총탄에 대여섯 명의 마스터가 허망하게 쓰러진다. 나는 물리 방어가 걸려 있는 메크로네스 아머를 믿고 버텨보려 했지만 총탄에는 당연하다는 듯 염이 걸려 있다.

[조심해, 레온!]

"쳇. 초월안(超越眼). 제2급 개방(開放)!"

키잉―! 하는 느낌과 함께 온갖 궤적이 허공을 수놓기 시작한다. 그것은 초월안으로 감지되는 정보의 소용돌이. 나는 망설이지 않고 그것을 받아들였다.

까가가강!

카이더스를 움직여 여덟 발 정도의 탄환을 튕겨낸다. 물론 정면으로 막으면 손목에 부담이 될 수 있기 때문에 칼날을 비스듬히 기울여 총탄을 튕기는 것이다.

뒤쪽의 유저들이 총탄에 맞지 않도록 주의하며 튕겨내고 있는데 타이탄에 탑승해 몸으로 받아내고 있던 유리아가 비명을 지른다.

[어, 어떻게 총알을 칼로 쳐내지?!]

사실 지금 유저들이 쓰러지고 있는 건 염이 담긴 총탄이 무더기로 쏟아져서 그렇지, 총알을 막아내는 것 자체는 마스터들에게 그리 어렵지 않은 일이다.

총알은 그 속도가 빠르다 해도 전체 질량이 크지 않기 때문에 전하 결계(電荷結界)나 분해(分解) 주문을 사용하면 문제없이 소멸시킬 수 있다. 그뿐만이 아니라 근접 직업의 마스터들은 마나를 활성화시켜 육체를 강철보다 단단히 만들어낼 수도 있다. 만약 그들의 총격에 염이 담겨 있지 않았다면 멀쩡히 서서 다 받아낼 수도 있었으리라.

하지만 그런 것들과 총탄을 쳐내는 건 전혀 다른 차원의 문제다. 신경가속(神經加速)에 헤이스트(Haste)를 중첩한다 해도 날아드는 총탄을 보거나 느끼는 건 불가능하니까. 총탄의 속도는 그렇게나 절대적인 것이다.

카카강! 캉!

뭐. 그렇게 절대적이라고 해도 예지를 가진 나는 쉽게 막아낼 수 있다. 예지는 적의 공격이 설사 자신의 반응 속도를 벗어난다 해도 막거나 피해낼 수 있는 능력. 겨우 1초라 로또 같은 걸 긁는 데는 하등의 쓸모도 없겠지만 전투 시 이 1초의 벽은 절대적이다.

"…하지만 그것뿐인가."

나는 어느새 내 뒤쪽으로 피신한 마스터들을 보며 한숨 쉬었다. 이래서야 총탄을 쳐낼 뿐, 다른 모션을 취할 수가 없잖아? 게다가 마스터들 중에는 나와 먼 거리에 위치한 이들까지 있기 때문에 이런 방식으로 그들을 지켜줄 수는 없다.

까강!

"큭!"

청월랑은 머리에 대여섯 발의 총탄을 맞고 신음을 토했다. 머리로 총알을 튕겨내다니 돌머리~ 라고도 생각할 수 있겠지만 두개골과 외피에 마나를 집중한 것뿐이다. 물론 그렇다고 안심할 수 없는 것이 마나를 집중해 막아낸다 해도 머리에 총탄을 맞으면 뇌가 충격으로 흔들리니까. 타격이야 별게 아니더라도 일순간 육체 제어 능력을 상실하게 되는 것이다.

퍽버벅!!

세 개의 총탄이 순차적으로 그의 복부에 박힌다. 깜짝 놀라 몸통 쪽으로 마나를 이동시키는 청월랑. 그리고 그 틈을 타 그의 미간에 박히는 총탄.

퍽!

수박 깨지는 소리와 함께 그의 머리가 터져 나간다.

"젠장."

물론 내가 머리가 터져 나가는 모습 정도에 충격을 느낄 리는 없다. 내 머릿속을 스쳐 지나가는 생각은 강자들도 죽기 시작했다는 염려 뿐. 하지만 키리에는 나와 다른 것 같았다.

[오빠……!]

뿌득. 하고 이가는 소리와 함께 키리에의 검이 검집에 들어간다. 보통 검을 검집에 넣으면 전투를 멈춘다는 의미지만 발도술이 장기인 키리에는 그 반대. 나는 손을 내밀어 그녀의 팔을 잡았다.

"놓으십시오, 오라버니가……!"

"……."

고개를 흔든다. 아무리 그녀가 타이탄에 탑승한 상태라고 해도 염이 담긴 총탄을 몰아 맞으면 곤란하다. 그들의 염력 제어는 꽤나 높아서 타이탄 밖으로 맞는다 해도 타격이 차곡차곡 쌓일 정도니까.

"청월랑님은 어쩔 수 없으니 일단은 진…… 응?"

나는 뜻밖의 광경에 총알이 볼을 스쳐 지나가는 것도 느끼지 못한 채 멍청한 표정을 지었다. 어이없게도 쓰러졌던 청월랑의 몸이 다시금 일어섰기 때문이다.

"언데드?"

"아닙니다. 사기(使氣)가 느껴지지 않아요."

"그럼 대체 뭐야?"

당황하고 있는 사이 그의 몸이 회복되기 시작한다. 땅에 흩뿌려졌던 피가 움직여 몸 안으로 빨려 들어가고 근육이 제자리를 찾는다. 상처는 스스로 회복되며 안에 박혀 있는 총탄을 뱉어내고 부서졌던 뼈들 역시 원래 자리를 찾아간다.

시간을 거꾸로 돌리는 게 아닐까 싶을 정도로 경이적인 회복력. 이 정도면 회복이 아니라 재생이나 부활에 가깝다. 재생력으로 유명한 트롤조차도 이런 짓은 못하리라.

"쿠우우우……."

변화는 그뿐이 아니다. 온몸에서 빽빽이 하얀 털이 돋아나기 시작하고 입에서는 짐승의 울음소리가 새어 나온다. 그것은 유저들에게 있어서 상당히 익숙한 모습. 나는 나도 모르게 신음했다.

"웨어울프(Werewolf)?"

"후우. 이거야 죽을 뻔했군."

웨어울프. 흔히 늑대인간이라고 부르는 그것은 웨어비스트(Werebeast) 타입 중 가장 유명한 녀석이다. 은으로 만든 무기가 아니면 상처 입지 않는 늑대인간은 뛰어난 재생력과 운동 능력, 그리고 항마력을 지닌 존재다.

하지만 그렇다 해도 어찌 유저가 웨어울프가 된단 말인가?

"오빠?"

"놀라지 마. 내가 달의 여신을 모시면서 얻은 또 다른 능력이니까. 난 달의 신전에 봉인되어 있던 웨어울프로드를 쓰러뜨리고 그 심장을 먹었거든."

자랑스럽게 웃는 그를 보고 한숨 쉰다. 웨어울프가 재생력이 높다고는 하지만 그렇다고 해도 머리가 날아갔는데도 살아남다니?

"완전 괴물이군."

"…총알을 칼로 쳐내는 놈한테 그런 말 듣고 싶지 않은데."

그는 투덜거리며 예도를 들었다. 수화(獸化)를 해서일까? 한층 더 강력해진 기운을 뿜어내는 그는 앞으로 나섰고 그사이 레스가 다가온다.

"자네 최선을 다하지 않았지?"

"아… 뭐, 그렇죠."

갑작스러운 질문이었지만 순순히 고개를 끄덕인다. 어쨌든 그는 배가본드의 길드 마스터. 언제까지고 능력을 숨기기만 할 수도 없는 일이기도 하고 솔직히 말해 지금의 전투를 본 바로 감춰야 할 필요성도 없어 보일 정도니까.

유저는 강하다. 내가 다크에게 훈련받아 상당한 힘을 손에 넣었다고 하지만 그들 역시 자신만의 방법으로 스스로를 단련시킨 존재들이다. 설사 그 육체가 그들의 것이 아니라고 해도 그 단련과 경험은 틀림없이 진짜. 그들은 틀림없이 강력한 전사들이다.

"다행이군. 다른 녀석들은 대충 능력을 파악하고 있는데 자네는 잘 몰라서 걱정했는데."

"걱정?"

무슨 소리인가 의아해하는데 그는 속삭이듯 말했다.

"파티 채팅."

그의 말과 동시에 나를 비롯한 파티 전원에게 희미한 줄이 연결되는 것이 보인다. 호오. 이런 시스템이었군. 워낙 은밀한 기운이라서 평상시에는 눈치 채지 못했다.

"자자, 서로 지금까지의 전투로 서로 알 만큼 안 것 같고. 슬슬 전력을 다하겠습니다. 모두들 숨겨놓은 한 수 정도는 있죠?"

그가 하는 말은 파티 채팅이기 때문에 우리 파티원들이 아니면 들을 수 없다. 물론 입 모양까지 감춰주는 것은 아니지만 난쟁이들이 독순술(讀脣術:입술의 모양을 읽어서 말을 짐작하는 기술)을 사용하는 건 아니니 상관없겠지.

"헤에. 우리를 너무 과대평가하는 거 아니에요, 영감님? 지금도 죽을힘을 다하고 있는데."

시끄러. 이 음흉한 자식들. 치열하다 뭐다 해도 마스터가 이렇게 많은데 나온 마스터 스킬이라고는 정령융합뿐이잖아? 당장 레이그란츠 저놈만 해도 팔영분신을 한번도 쓰지 않았다.

"그럼 부탁하지. 그리고 멜피스. 너도 슬슬 밑천 좀 보여."

"에헷. 할아버지의 부탁하신다면야."

멜피스는 씩 웃더니 냉기를 뿜어내고 있는 하멜의 등에 손을 얹었다.

[하려는 건가?]

"솔직히 전투가 좀 길긴 했지? 마스터 스킬. 원공진화력(元空進化力) 발동!"

뚜둑. 뚜두둑.

개에 가깝던 하멜의 모습이 늑대의 그것으로 변한다. 원공진화력. 서먼 마스터에 이르면 획득하는 특수 스킬로 자신의 환수 등급을 올리는 기술. 하멜은 아직도 상급이라 올려봐야 최상급인가? 하지만 그건 멜피스가 궁수를 키우기 때문이지, 지금까지의 성장을 봤을 때 조만간 최상급에 오를 것이다. 예전 이레인 왕국의 란스를 멜피스와 비슷한 수준으로 보았는데 아니군. 이제 란스 열 명이 덤벼도 멜피스를 당해내기 힘들 것이다. 무엇보다 그는 궁수로서도 상급 레벨인 데다 신기까지 가지고 있으니까.

"슬슬 끝내자. 팔영분신(八影分身) 발동!"

"팔영분신(八影分身) 발동!"

"나 명하노니. 행하라! 불사의 격노(Deathless Frenzy)!"

"발동 개시. 암화(暗花)."

무투가들의 몸이 분신하고 기사들의 전체 능력치가 증가한다. 그중에서도 가장 눈부시게 움직이는 이는 키리에다.

화악—!

그녀의 몸이 무시무시한 속도로 움직이기 시작한다. 암살자 마스터 스킬 암화(暗花). 암화는 아무런 딜레이 없이 시전자의 순발력과 신경 속도를 1000% 증가시킨다. 그 지속 시간은 겨우 5분일 뿐이지만 안 그래도 빠른 편인 암살자가 1000% 속도 증가를 걸어버리면 그 속도가 실로 무시무시해 팔영분신을 사용한 무투가라도 한순간에 몰살당할 수 있다.

실로 엄청난 기세였지만 난쟁이들의 반격도 만만치 않다.

"나대는 것 좀 보셈!"

"우오오! 분노에 잠들어 있던 기운이 깨어나심!!"

장난 같은 기세를 버리고 진지하게—솔직히 난 아직도 장난치는 것처럼 보이지만—전투에 임한 난쟁이들은 무시무시한 기세로 유저들과 충돌했다. 둘 다 막강한 무리였기에 그 여파는 상상을 초월했지만 나는 차분하게 카이더스를 잡아 들었다.

두 눈을 감은 채 카이더스와 내 의식을 일치시켰다. 내가 이미지 하는 것은 뇌전(雷電). 그것은 세상에 존재하는 가장 순수한 힘이자, 파괴의 권능.

"뇌광인(雷光刃)."

카이더스를 잡은 손으로부터 난폭한 기운이 흘러들어 와 전신을 채워가기 시작한다. 전신을 뒤덮은 채 눈부신 빛을 뿜어내는 전격. 나는 거기에 내 기운을 섞고 순환시키기 시작한다.

"라이트닝 블레이드(Lightning Blade)."

그리고 말한다.

"융합(融合)."

우우우우우웅―!

무지막지한 기운이 전신을 후려치는 걸 느꼈지만 이를 악물고 정신을 집중한다. 좋아. 거의 됐군. 나는 그대로 카이더스를 들어올렸다.

이것은 찬란히 빛나는 뇌신의 검.

더 라이트닝(The Lightning).

엠퍼러 블레이드(Emperor Blade)!

"뭐, 뭐야 이건?"

"미친?!"

여기저기서 비명이 터져 나오는 것을 느끼며 눈을 뜬다. 이것이 세 번째 융합기. 오직 카이더스에 의해서만 발동되는 뇌광인에 내 마력을 더해 만든 이것은 그 자체만으로 강대한 위력을 발휘한다. 1차 융합기 중 마력 안정이 가장 높은 게 라이트닝 블레이드라서 2차 융합기에서도 마찬가지인 것이다. 물론 순간적 타격에는 블레이드 오브 썬더스톰이나 타겟 더 라이트닝 임펙트에 못 미치겠지만 지속 가능하다는 건 엄청난 강점이다.

이 자체만으로도 상당하지만 아직 안 끝났다.

"에일렌!"

[아아. 시험 탑승도 안 해보고 바로 실전이라니.]

에일렌은 투덜거리며 나에게 안겨들었다. 어? 안겨든다고? 잠시 당황하고 있는데 그녀의 모습이 흐릿하게 사라지고 목걸이가 확장하기 시작한다.

철컥. 철컥철컥.

뭔가 몸을 감싸는 느낌도 잠시 나는 주변 사람들이 작아졌다는 것을 깨달았다. 아니, 정확히 말하면 주변 사람이 작아진 게 아니라 내가 커진 거지만.

[이건 완전히 내 몸 같잖아?]

나는 카이더스에 맺혀 있는 전격이 전혀 흐트러지지 않았음을 보며 감탄했다. 물론 그럴 거라고 생각해서 미리 시전 한 다음 탑승하기는 했지만 놀라운 일이다.

[그런데 놀랄 틈이 있겠어? 난쟁이들이 좀 더 치열해진 것 같은데.]

그녀의 말대로 난쟁이들은 뭔가 심상치 않다는 것을 깨달은 듯 더욱 더 템포를 빠르게 해 공격을 시작했다.

"본진 비었심!"

"안 비었어."

번쩍. 뇌신의 검이 허공에 푸른색의 궤적을 남긴다. 난쟁이 녀석은 재빠르게 텀블링해 파고들려 했지만 1초 뒤의 미래를 보는 초월안에 오격 따위가 있을 리 없다.

푸른 섬광과 함께 멍청한 표정으로 엎어지는 난쟁이. 이로서 한 놈 아웃. 나는 앞으로 걸어나갔다.

"뭐셈!"

"이러심 곤란!"

네 명의 난쟁이가 덤벼든다. 하나하나의 힘이 만만치 않은 만큼 무지막지한 마력이 전신을 압박했지만 나는 대각선으로 한 발짝, 뒤로 한 발짝, 다시 옆으로 한 발짝 걸으며 네 번의 참격을 날렸다.

난쟁이들의 몸. 혹은 마력들이 당연하다는 듯 내 몸을 빗겨가고 그 뒤에 푸른색의 궤적이 허공을 수놓는다.

파지지직!!

난쟁이들의 몸을 베고 지나간 검이 방전하는 소리를 들으며 남은 녀석들을 바라본다. 전혀 뜻밖의 사태였기 때문일까? 난쟁이들은 물론 유저들까지도 나를 멍청한 표정으로 바라보고 있다.

아아. 다행이다. 그래도 내가 제일 세구나.

[…….]

내 생각을 읽은 듯한 에일렌이 어처구니없다는 표정으로 바라보았지만 가볍게 무시하고 말했다.

[그런데 에일렌, 왜 타이탄에 탔는데도 전투력 변화가 없는 거야? 느낌으로 봐서는 덩치만 커진 느낌인데?]

[아아. 파워 해제는 별도니까. 발동해 줄까?]

[빨리 해.]

내 말에 갑자기 그녀의 목소리가 수그러든다. 뭐지? 하면서도 난쟁이들을 견제하고 있는데 다시금 그녀의 목소리가 들렸다. 평소와는 다르게 무뚝뚝한 목소리로 그녀는 말한다.

[명령— 접수. 승인. 멀티 프로그램 가동. 시스템 링크 활성화.]

우우웅—

헬 하운드의 심장, 레비아탄의 뿔, 루인 포레스트의 눈, 썬더버드의 머리깃털, 그리고 드래곤 하트.

나는 온몸으로 느껴지는 무지막지한 기운에 숨조차 제대로 쉬지 못했다. 뭐야, 이 힘은?! 당황하는데 에일렌의 기계적인 목소리가 들린다.

[기간테스(Gigantes) 발동.]

위이잉—

순간적으로 주변에 서 있던 유저들이 조금 더 작아졌다. 그러니까 말하자면 내가 더 커졌다는 소리겠지.

철컥. 철컥. 하는 소리와 함께 어깨 보호대가 돌출되더니 날카롭게 변형한다. 4대 스페셜 보스가 가지고 있는 속성력이 주어지며 무지막지한 마력이 전신을 뒤덮는다.

엄청나군. 나는 항마력이 뛰어난 난쟁이들을 후려치느라 크기가 줄어든 전격에 마나를 불어넣었다. 넘치는 마력에 원래의 위력을 되찾는 전격의 검. 그때 기습적인 총격이 있었지만 나는 고개를 살짝 흔드는 정도로 피했다. 별거 아닌 움직임이었지만 이것으로 확신한다.

"너희들 초월안을 못하는군?"

물론 기본적인 마력이나 운동 능력 등 여러 가지 조건을 따져 봤을 때 결코 약한 상대는 아니다. 솔직히 말해 내가 이렇게 여유로울 수 있는 것도 그들이 유저들이랑 싸우느라고 소모한 힘이나 피해가 겹친 결과니까. 아마 처음부터 내가 혼자서 싸웠다면 힘겹게 싸우다 결국은 패하고 말았을 것이다.

하지만 그렇다고 해도 적이 내가 피할 수 없을 정도로 광범위한 공격을 사용하거나 예지를 할 수 없도록 주변의 마나를 폭주시킨다거나 하지 않은 이상 초월안을 가진 이와 그렇지 못한 이의 전투는 절대라 할 수 있을 정도로 일방적이다. 요컨대 내 공격은 모조리 명중하는데 그들의 공격은 모조리 빗나간다는 말이니까.

슬쩍 앞으로 나서는데 우등생처럼 생긴 난쟁이가 허탈하다는 듯 웃는다.

"주인님도 너무하시군요. 아무리 그래도 그렇지 초월안의 사용자를 상대로 에너지 제한을 거시다니. 그랜드 마스터(Grand Master)이십니까?"

녀석의 말에 나는 웃었다.

"아니, 나는 올 마스터(All Master)."

끝에 살짝 덧붙인다.

"지망생."

팔영분신(八影分身). 전격의 검을 든 내 모습이 여덟 명으로 늘어나고—

번쩍.

청색의 뇌광이 세상을 뒤덮는다.

다시 파니타리스로

Chapter 44

다시 파니티리스로

2021년 11월 30일, 오전 10시.

눈을 감은 채 주변의 기운을 읽는다. 바위, 나무, 풀, 바람, 그리고 그림자들. 나는 누군가 내 감각권 안으로 들어오는 것을 느끼며 눈을 떴다.

"시간이군요."

"진전은 있나?"

"상당히."

나 스스로 하기에는 조금 웃긴 말이지만 겨우 한 달 수련했다고는 믿을 수 없을 정도로 성장했다고 생각한다. 물론 최고의 스승이라고 할 수 있는 존재들과 꽉꽉 들어찬 수업을 행하는데 성과가 없으면 오히려 문제겠지.

　나는 바위 위에서 몸을 일으켜 다크 앞으로 뛰어내렸다. 이제 내 머리칼은 완연한 연두색으로 물들어 다크와 나란히 있으면 불량 청소년들 같은 느낌이다. 물론 이 신비스런 연두색은 염색해서 나올 수 있는 색이 아니지만 말이다.

　"뭘 봐?"

　"머리카락 색이 왜 똑같나 해서요."

　내 물음에 그는 어깨를 으쓱이며 말했다.

　"아직 모르고 있었나? 나는 별로 안 궁금해하기에 알고 있는 줄 알았는데."

　글쎄, 뭐 신경 쓰지 않았다는 것도 그다지 틀린 말은 아니지만 딱히 물을 분위기도 아니었다. 이쪽으로 오기만 하면 바로 훈련 시작한 데다가 워낙 충격적인 사건들이 많아서 머리카락쯤 아무래도 상관없다는 생각까지 들었기도 하고.

　어깨를 으쓱이는데 다크가 말한다.

　"그러고 보니 나도 말한 적이 없군. 너 내가 일루전에서 하는 역할이 뭔지 알아?"

　"글쎄요, 비급 제작?"

　"널린 게 비급인데 그런 쓸데없는 짓을 할 리가."

　고개를 흔드는 그를 보며 헛웃음 짓는다. 비급(秘級)이라 하면 비밀리에 숨겨야 할 정도로 귀한 물건인데 널렸다니? 아니, 뭐 도서관 책장에 천마신공이 꽂혀 있을 정도면 말 다했을 정도지만 말이다.

　"그럼 뭘 합니까?"

　"간단해. 나는 유저들의 육체를 만드는 역할을 한다."

　"하?"

무슨 소리를 하는 거야? 내가 그를 안 지 오랜 시간이 지난 건 아니지만 아무리 봐도 그는 생산 쪽 인물이 아니었다. 차라리 일루전 시스템에 침입하는 적을 퇴치하는 방어 역할이라면 이해하겠지만 유저들의 육체를 만들다니…….

"별로 놀랄 것도 없어. 무투가 마스터 스킬도 내 권능의 일부를 떼어 구현한 거거든."

"팔영분신(八影分身)을?"

"그래. 잘 봐라."

다크는 그렇게 말하더니 눈을 감았다가 떴다. 그러자 그의 옆으로 그와 똑같이 생긴 분신 하나가 나타났다.

그리고 그 뒤로 다시 두 명해서 총 네 명. 다시 그 네 명에서 각각 네 명씩 분신이 생성돼 열여섯 명. 다시 열여섯 명은 256명이 되고 그 256명은 다시 6만5536명. 그리고…….

"맙소사."

나는 어느새 세상을 가득 채우고 있는 그의 모습을 보고 숨을 몰아쉬었다. 뭐야 이거? 수십, 수백만은 가볍게 넘는 듯한 다크들(?)이 나를 바라보고 있다.

분신 자체는 그리 대단한 게 아니었다. 아니, 나도 환술을 사용하면 나와 똑같은 분신 백 명 정도는 충분히 만들어낼 수 있다. 신쯤 되면 몇 십만 명 만든다 해도 이상할 게 없는 일이겠지.

하지만 이건 다르다. 확신할 수는 없지만 내 감지력은 이 모든 것을 진짜라 말하고 있었다.

"아, 하하. 도현이 했었던 실감나는 환술?"

"땡. 미안하지만 내 건 진짜야. 이게 내가 절대신으로서 가지는 권능, 자기복제(自己複製)니까."

"자기복제?"

멍청하게 반문하자 다크는 친절하게 답했다. 친절한 건 좋은데 수십만이 넘는 다크가 일시에 말해 목소리가 울리는 느낌이다.

"자기복제란 말 그대로 복제야. 단 한 점의 기운 손실이나 페널티없이 세계의 질료로서 나 스스로를 무한히 만들어낼 수 있지. 유사차원, 순차저주, 차원멸절 모조리 소용없어. 내 복제는 그 자체로 권능이라 아수라나 창조신이 아니면 금지조차 불가능하다."

그의 말에 반문조차 하지 못한다. 뭐야 그게, 완전 사기잖아? 하나만 해도 강력하기 짝이 없는 신이 스스로를 무한대로 복사할 수 있다면 그의 힘은 문자 그대로 무한이라는 말이나 진배없을 테니까.

나는 잠시 멍하니 서 있다 한 사실을 깨달았다. 지금 유저들이 입고 있는 육체는 신체(神體), 즉 신의 몸이다. 그렇다면 그 몸은 설마……?

"그래, 내 몸이야. 이런 식으로 복제한 다음에 겉모습만 조금씩 바꿔서 나눠주는 거지."

"복제한 몸을 남한테 주는 게 가능합니까?"

"물론 가능하니까 줬지. 페널티가 없다고 말했잖아? 그걸 유저들이 입게 하는 과정에는 간섭력이라던가 하는 소모가 상당하지만 복제하는 자체는 아무런 어려움도 없어."

태연하게 말하기에는 너무나도 터무니없다. 맙소사. 확실히 신은 신이군. 내 짐작이지만 그는 혼자서도 어지간한 행성쯤 간단하게 파괴할 힘을 가지고 있다. 그런데 그런 그가 스스로를 무한 복제할 수 있다니. 그건 그가 마음만 먹으면 우주 파괴도 문제없이 행할 수 있다는 말이었다.

"즉, 전 당신을 못 이긴다는 거군요."

"…아직도 이길 생각을 하고 있었냐."

다크는 어이없다는 듯 말했지만 그리 기분이 나쁜 것 같지는 않았다. 흐응. 하지만 저러고 좀 있다가 '날 이기겠다고? 이 실력으로? 상실의 시대에 이르러 개념을 상실하였구나!' 같은 소리나 하겠지.

"뭐 어쨌든 오늘로 마지막 수업이군. 준비는 됐어?"

"물론 확실하게 되었죠. 나 그대의 계약자이자 창공을 꿰뚫는 의지의 발현. 그대의 존재는 계약에 따라 증명될지니 지금 그 명에 따라 나를 수호하는 권능이 되어라. 글레이드론 소환."

길다고 하면 길다고 할 수 있는 소환주문을 숨도 쉬지 않고 단숨에 토해낸다. 말 그대로 기습적인 사태에 늘 소환을 방해하던 다크조차 반응하지 못한다.

"영리한데. 근데 왜 소환이 안 되지?"

"글쎄요."

나는 웃으며 옷을 털었다. 그리고 그에 따라 옷에 매달려 있던 세네 장 정도의 카드가 바닥으로 떨어져 내 그림자 속으로 빨려 들어간다.

자연스러운 동작이었지만 다크는 눈치 챈 듯 만족스러운 표정을 지었다.

"꽤 배웠는데?"

"최고의 강사진이었잖습니까."

처음 나에게 흑마법을 가르친 베니트 말고도 네 명의 개인 교사(?)가 더 방문했다. 그중 한 명은 요리사 겸 같이 지내고 있는 도현으로 내 정령술과 환술을 지도해 주었고 마신(馬神)이라고 자신을 소개한 종화는 주술과 연금술을 지도해 주었다. 사신(蛇神)이라는 호영은 예술가 스킬과 검술을 약간. 그리고 마지막 선생이 토신(兎神)이라고 하는 강보람.

나에게 각 직업들에 대해 가르치던 그들을 떠올리다 문득 궁금해 져서 묻는다.

"그런데 이상하군요."

"뭐가?"

"박도현, 김종화, 방호영, 강보람… 베니트를 제외하고는 죄다 한국식 이름이어서요. 실제로도 동양인들 같기도 하고."

머리색이 화려하고 화사한 외모를 가지고들 있다 해도 특유의 동양적인 외양을 못 알아볼 내가 아니다. 실제로 그들의 사고방식조차 한국인에 가까웠으니까.

별로 비밀 같은 건 아닌 듯 다크는 가볍게 답했다.

"약간 사정이 있는 바람에 12지신 중 상당수가 한국에 환생했거든. 영생을 살아가는 신들에게는 짧다 할 수 있는 시간이지만 인간으로서 지낸 기간은 소중하니 한국식 이름을 사용하는 거야."

"당신도 한국식 이름이 있나요?"

"정식이라고 하지. 별로 들어봤을 리는 없지만."

즉, 그들은 인간으로 태어나 살다가 다시 신이 되었다는 말이다. 그리고 그렇다면 혹시 나도 어딘가에 살던 신의 환생 같은 게 아닐까?

"꿈 깨시지. 넌 그냥 인간이니까."

"그래도 가능성이라는 게……."

"없다니까."

그의 말에 살짝 실망한다. 아쉽군, 그럼 위기의 순간에 각성. 전쟁의 신 누구누구~! 하는 상황은 오지 않는 것인가.

"이러니저러니 해도 오늘이 마지막 날이로군요."

나는 감회에 차 내 앞에 서 있는 다크의 모습을 바라보았다. 한 달. 겨우 한 달일 뿐이었지만 나는 꽤나 강해졌다. 물론 그것은 굳이 나에게만 국한된 이야기가 아니라 탄식의 산맥에 온 모든 유저들에게 통용되겠지만 하루 12시간씩 특별 훈련을 받은 나는 굳이 레벨이 아니라도 많은 것들을 배웠다. 게다가 기사말고도 마스터를 세 개나 추가 획득했기 때문에 자체 전투력 또한 증가한 상태다.

지금 내 레벨을 표로 정리하면.

직업	레벨	직업	레벨
암살자	35	기사	55
마법사	50	무투가	50
연금술사	27	신관	25
정령술사	35	카드법사	32
사령술사	50	예술가	34
소환사	25	궁사	28

"그나저나 아깝군."

아쉽게도 난쟁이들을 쓰러뜨려 얻은 경험치는 기사가 먹어버렸다. 아니, 뭐 상대가 상대였던 만큼 봉인을 걸고 싸울 수가 없었지만 그래도 안타까운걸. 그만한 경험치라면 저 레벨 직업을 상당 수준까지 끌어올릴 수 있었을 텐데.

"그러고 보니 소환사는 안 키워?"

[안 키우기보다… 뒤로 미루는 편이지.]

난 열두 직업 모두를 골고루 성장시킨 편이지만 소환사로서의 레벨은 변함이 없다. 당연하다면 당연할 것이 난 지금으로도 글레이드론이라는 강력한 환수를 소환할 수 있으니까. 소환사를 성장시켜 봉인에 이르게 되면 다른 직업들을 키우는 게 매우 힘들어지는 것이다.

당연한 일이었지만 에일렌은 한숨 쉬었다.

[불쌍한 글레이드론. 전투는 전투대로 오지게 하고 등장은 하나도 못해.]

"응?"

[아니, 그냥 글레이드론 고생한다고.]

틀린 말이 아니기에 끄덕인다. 뭐 요새 전투는 드래고닉 피어싱하고 글레이드론의 비중이 매우 큰 것도 사실이니까. 하지만 이래서는 직업 고유의 능력보다 개별 능력으로 싸운 셈이군. 다른 직업들이야 그렇다 치더라도 연금술사랑 예술가는 필요 수행치를 채워놔야겠다. 전투만 해서 레벨을 올릴 수도 있지만 그런 식으로 하면 갈수록 패널티를 받아서 그 직업 고유의 능력도 꾸준히 섞어서 사용해 주어야 한다.

"에일렌하고 노닥거리는 건 적당히 하고 시험이나 보는 게 어때?"

"하지만 요새 순 전투뿐이라서 이런 것도 필요합니다. 영양가도 없이 전투씬만 남발해 대니 원."

"뭔 소리야?"

그는 영문을 모르겠다는 듯 어깨를 으쓱이더니 이내 다시 말했다.

"어쨌든 훈련 시작하지. 걱정하지 마. 오래 하지는 않을 테니까."

"하지만 살살 하지도 않으시겠… 죠!"

말하면서 기습! 나는 미리 꺼내놓았던 카이더스로 다크를 후려쳤다. 완벽에 가까운 기습이었지만 다크는 살짝 물러서는 것으로 피해 버렸다.

하지만 그 순간. 검에 맺혀 있던 뇌전의 흉성을 발한다. 제1식 뇌룡

절(雷龍切)!

파직!

번쩍이는 뇌광과 함께 카이더스의 검극이 사선을 그리며 공간을 가른다. 다크는 다시 한 번 피했지만 연속된 참격은 날카로운 흉성을 내지르며 그의 몸을 노린다.

그것은 검에 매달린 전격의 용, 이번만큼은 다크도 좀 놀란 듯 탄성을 내질렀지만 나는 이를 갈았다.

“우와, 아무리 그래도 첫 기습에서 이걸 피해 버리다니 사기 아닙니까?”

“아니, 솔직히 좀 놀랐다. 종화한테서 배웠냐?”

“뇌룡검결(雷龍劍訣)이라더군요.”

종화는 연금술과 주술을 담당했던 이였는데 내가 뇌정신공을 배운다는 걸 알고 가르쳐 준 게 바로 이거다. 뇌룡검결은 검술이기는 검술이되 주술적 요소가 상당히 강한 기술로, 굳이 말하자면 검으로 펼쳐 내는 주술에 가깝다. 일정한 규칙에 따라 마력을 움직이며 검격를 펼치면 검에 뇌룡의 모습을 가진 전격이 생성되어 적을 정확하게 공격하는 것이다.

나야 사용하는 입장이니 상관없지만 당하는 입장에서 보자면 엇— 소리도 못 내고 죽을 정도로 기습적인 기술인 것이다. 물론 그걸 한 방에 피하는 다크는 언제나 그렇듯 황당할 뿐이지만.

“대단해. 기대 이상이다!”

다크는 말하다 말고 웃으며 주먹을 휘둘렀다. 웃으며 날린 일격이라고 무시하기에는 지금까지 얼어맞은 게 너무 많다! 나는 쓰러지듯 물러서며 카이더스를 휘둘렀지만 다크는 그걸 가볍게 피해내고 손바닥으로 내 가슴을 후려쳤다.

픽!

손이 가슴에 닿음과 동시에 무지막지하게 타격이 터지듯 몰아친다. 하지만 나도 지금까지 당해온 짬밥이 있는지라 타격 지점으로 마력을 끌어 모아 어찌어찌 뼈가 함몰되는 사태는 막았다. 저 자식은 '본의는 아니지만 죽으면 또 할 수 없지' 라는 극악의 훈련 마인드를 가지고 있기 때문에 죽기 싫다면 한시도 방심하지 말아야 한다. 아니, 솔직히 말하자면 이미 몇십 번은 죽을 뻔했다!!

"열려라, 암영(暗影)!"

소리침과 함께 발밑 그림자가 넓어지고 그 그림자 안에서부터 데스 나이트(Death Knight) 한 마리와 본 골렘(Bone Golem) 세 마리가 모습을 드러낸다. 그들은 최상급 언데드로 꽤 강한 전투력을 지니고 있었지만 다크는 같잖다는 듯 코웃음쳤다.

"이런 걸로 뭘 어쩌겠다는 거냐!"

쾅!

다크의 주먹이 휘둘러지나 싶더니 네 마리의 최상급 언데드가 한번에 터져 나간다. 이런 우라질! 아무리 그래도 5초를 못 버티냐!

나는 코트를 펼쳐 그 안에 걸려 있는 단검을 잡히는 대로 던져 내며 인벤토리 안의 총화기를 꺼냈다. 아니, 쏟아 부었다.

촤라라락. 철컥.

데져트 이글이나 글록 같은 권총에서부터 K2나 AK—47 같은 돌격소총, 심지어는 M61 같은 발칸포나 화염방사기, 바주카포, 바렛 등 온갖 종류의 총화기들이 품속 인벤토리에서부터 떨어져 그림자 속으로 빨려 들어간다. 말 그대로 쏟아내는 수준이라 아주 짧은 정도의 딜레이밖에 없었지만 이미 다크는 접근해 주먹을 휘두르는 중이다.

쳇, 역시 자의로 부하가 되지 않은 최상급 언데드를 쓴 게 실수였나. 방어라도 했으면 잠깐이나마 버틸 수 있었을 텐데. 명령은 듣되 의욕이 없으니 쉽게 당해 버린다.

퍽!

방어도 안 한 채 다크의 주먹을 머리로 받아낸다. 두개골은 인체의 뼈 중 가장 단단한 부분이고 나만한 마나의 소유자라면 철갑탄이라도 견뎌낼 수 있을 정도로 강화할 수 있으니까.

강도나 물리 방어만 약간 모자를 뿐, 영화에 나오는 슈퍼맨에 가까운 몸이지만 '나는 과연 인간인가?' 라는 의문을 품을 수는 없다. 문자 그대로 괴물 같은 육체인 건 사실이지만 그렇다고 해도 지금의 나는 피를 뿜으며 날아가고 있으니까.

"큭!"

머리 쪽에서 느껴지는 감각에 이를 악문다. 맙소사 두개골에 금이 갔군. 저 인정머리 없는 신. 아무리 그래도 제자라고 할 만한 존재를 죽여 버릴 셈이냐!

아무리 나라고 해도, 아니, 인간인 이상 누구라도 뇌가 상하면 죽는단 말이야! 물론 청월랑처럼 이계의 유전 세포를 몸 안에 받아들임으로써 육체정보를 백업해 두는 경우라면 또 모르겠지만 난 그런 것도 아닌데!

투두둑.

목숨이 위험하기는 했지만 그 성과가 전혀 없지는 않아 인벤토리에서 쏟아버린 총화기 모두가 그림자 속으로 스며들어 간다. 어느새 그 크기를 불려 주변을 가득 메우고 있는 그림자. 나는 시술을 가동해 두

개골을 치유하는 한편 초월안을 가동했다.

"초월안(超越眼). 제2급 개방(開放)."

그리고 재차 소리친다.

"나와라!!"

우오오오―!

내 외침에 반응해 그림자로부터 수십 수백 개의 손이 솟아오른다. 그것은 산 자를 지옥으로 끌어갈 듯한 모습의 암흑의 손. 멀쩡한 사람이 봤다면 공포에 비명을 질렀겠지만 다크는 어이없다는 듯 웃었다.

"이봐, 설마 그딴 걸로 날 잡겠다는 건 아니겠……."

철컥! 키릭! 철컥! 철컥!

"……."

순간 그 대단한 다크마저 할 말을 잃었다. 권총, 돌격소총, 유탄 발사기 바주카포, 화염방사기, 저격라이플들이 그 모습을 드러낸 것이다, 그것도 그림자의 손에 잡혀.

"신선하죠?"

"…확실히 그렇군. 하지만 너 더블 스펠도 간신히 하지 않았었나? 이 많은 쉐도우 핸드를 제어하기는 힘들 텐데 어떻게 한 거지?"

"그냥 열심히 하는 거죠, 뭐."

우등생 같은 소리를 지껄이며 공격 신호를 발한다.

두두두두! 콰쾅! 콰과광!!

수천 발의 총탄과 유탄들이 허공을 화려하게 수놓는다. 나는 수백 개의 총화기를 각각 다른 방향으로 발사하여 모든 공간을 차단, 상대방의 회피를 막았다.

"제법인데!"

다크는 즐거운 표정으로 양손을 움직였다. 아주 잠깐 움직였다고 생각했는데 어느새 하늘은 그의 손 그림자로 가득 차버린다.

"뭣?!"

어이없게도 세상을 가득 메울 듯 모습을 드러낸 손 그림자에 모든 총탄이 막히고, 튕겨 나간다. 연환수(連環手)인가? 대단하다 못해 어처구니없는 규모였지만 난 놀라는 대신 땅을 박차 가속하며 외쳤다.

"글레이드론!!"

[오냐!]

발밑의 그림자가 일순간 크게 출렁이더니 미리 소환해 놓았던 청색의 비룡이 모습을 드러낸다. 내 그림자는 열두 개의 룬(Rune)과 열두 개의 영식부적을 융합한 후 암흑의 정령 세이드를 연동해 만들어낸 개별 차원으로 영(靈)에 속하는 존재라면 꽤나 많이 집어넣을 수 있는 공간이다. 물론 세이드에게 연동한 만큼 그 성향이 어둠에 가까울수록 부담이 적은 것은 사실이지만 정도 이상의 항마력을 지닌 존재라면 문제없이 머물 수 있다.

"장비 5번!"

드래고닉 피어싱(Dragonic Piercing). 나는 슥— 하고 모습을 드러내는 거창을 꼬나 잡으며 재차 외쳤다.

"그리고 시어, 지원 사격을 부탁해!"

[윽, 또… 나 쟤랑 싸우기 싫어! 괴물이잖아!]

…아니, 별로. 몬스터였던 네가 할 말은 아니라고 생각하는데. 나는 무슨 말이든지 좀 해주고 싶었지만 상황이 상황인지라 무시하고 소리쳤다.

"닥치고 도와! 어차피 지원 사격인데 왜 이렇게 시끄러워!"

[아아 무병장수의 꿈은…….]

파 시어는 궁시렁거리면서도 폭염을 머금었다. 좋아, 이것으로 준비 완료. 나는 그대로 고개를 들어 하늘에 떠 있는 다크의 모습을 확인했다. 하지만 내 모습을 확인한 것은 그도 마찬가지라서 바로 백색의 권기를 뿌렸다.

"조심해!"

[훙!]

글레이드론은 고개를 빠르게 쳐들었다 내려 단숨에 고도를 낮추더니 왼쪽 날개를 접어 방향을 틀었다. 그야말로 번개 같은 비행이지만 다크의 공격은 여느 적의 수준을 압도적으로 뛰어넘는다.

픽!

[크윽……!]

신음 소리와 함께 글레이드론의 커다란 몸이 휘청인다. 그리고 그 틈에 빠르게 접근해 주먹을 휘두르는 다크. 나는 드래고닉 피어싱에 마력을 불어넣어 강화한 후 그의 공격을 받아냈다.

쩡!!

숨 막히는 충격과 함께 이어지는 추가타. 하지만 글레이드론은 내가 다크의 첫 타를 막았을 때의 충격을 바로 이용해 튕기듯이 떨어져 자세를 잡은 후 크게 날갯짓해 날아올랐다. 날아다니는 주제에 땅에서 뛰어다니는 생물보다 더 변칙적인 녀석의 움직임에 다크가 감탄한다.

"대단한데! 하지만 그래도 글레이드론이라는 이름은 너무 긴 것 같군. 그러니 지금부터 드론이라고 부르겠다!"

[부르지 마!!]

"그럼 간다. 드론!"

[부르지 말라니까?!]

글레이드론이 싫어하거나 말거나 다크는 돌격했다. 칫, 공격하러 올라온 건데 왜 반격이나 당하고 있는 거지? 나는 정지 상태에서 상체를 움직여 랜스를 내찔렀다. 상체 근육만으로 움직인 것이지만 자체 근력이 워낙 강력하기 때문에 창끝이 벼락처럼 다크에게 박힌다.

쾅!

하지만 내가 찌른 것은 다크의 환영. 그는 이미 내 품속으로 파고들어 권격을 내찌르는 중이었다. 말 그대로 완전히 당해 버린 상황이지만 하도 많이 당해서 짐작하고 있었단 말이지!

"드론!"

[아씨 왜 너까지!!]

글레이드론은 화내면서도 좀 전에 포격의 반동을 이용해 단숨에 몸을 반전했다. 그 동작은 다크가 공격을 들어오기 직전부터 시작한 것이었기에 난 다크가 주먹을 휘두르기 전에 자세를 수정, 그의 정면에 드래고닉 피어싱을 겨눌 수 있었다.

"엄허나?"

눈앞에 늘어진 드래고닉 피어싱의 창끝을 보고 깜짝 놀라는 다크. 그대로 뒈져라!!

쾅!!

몸에 박히지는 못했지만 초 근접에서의 포격은 충분히 위협적이다. 이 정도라면 상급 마족이라도 한번에 죽어버릴 정도겠지.

하지만 상대는 명색이 신이다. 어찌 상급 마족 따위와 비교할 수 있을 것인가?

"큭……."

나는 이를 악물었다. 어느새 다크가 멀쩡한 모습으로 내 머리 위에 주먹을 올려놓고 있었기 때문이다.

글레이드론은 자신의 위에 다크가 올라탔다는 것을 눈치 채고는 단숨에 몸을 뒤집으려고 했지만 다크는 가볍게 손을 내젓는 것만으로 주변의 공기를 완전히 제압했다. 마치 거짓말처럼 글레이드론의 몸이 허공에서 멈추고 다크는 웃었다.

"이제는 제법인데? 물론 아직 부족하……."

쾅!!

다크는 다시 오른팔을 휘저어 우측에서 직격한 폭염을 막아냈다. 허공에 떠 있는 것은 폭염을 머금고 있는 육각형의 보석. 다크는 녀석을 바라보았고 녀석은 보석 주제에 식은땀을 흘렸다.

[후, 훈련이라서 그러는 겁니다. 제가 당신을 좋아하는 거 알죠? 아하하하하하하…….]

"……."

다크는 녀석의 모습에 피식하고 웃더니 주먹을 내렸다. 훈련은 끝인가? 하지만 그렇게 생각했다 뒤통수 맞은 게 한두 번이 아닌 만큼 전투태세를 유지하며 확인한다.

"끝입니까?"

"뭐. 마지막 테스트 같은 거였으니까. 꽤 괜찮아졌군. 훈련 삼아 미친 짓까지 겸하는 것 같지만 그런 걸 가지고 내가 뭐라 할 수는 없는 일이겠지."

그의 말에 한숨 쉰다. 역시 알고 있었군. 짐작하고 있던 일이었기에 별로 당황하지 않고 말한다.

"필요한 것이었습니다."

"하지만 그렇다고 해도 보통 안 하는데 말이야."

나는 이주일 전부터 초월안을 사용해 뇌를 강화하는 훈련을 하고 있다. 뇌는 그 자체로 영혼을 저장하며 육체를 조율하는 육체에서 가장 섬세한 기관. 일반적인 인간은 죽을 때까지 한 개 이하의 채널(Channel)에만 접속하는 것이 보통이지만 신체(神體)를 지니고 있는 유저들은 기본적으로 세 개의 채널에 접속한 상태고 나는 그것을 더 끌어올려 다섯 개의 채널을 활성화하는데 성공했다.

물론 그렇다고 해도 항상 모든 채널을 열고 있지는 못한다. 그건 그 자체만으로 엄청난 부담이니까. 실제로 그 채널을 활성화하는 건 초월안을 사용할 때뿐이다.

"그렇지 않습니다. 솔직히 못해서 안 하는 것일 뿐, 뇌를 강화시킬 방법이 있다면야 잘못 돼서 죽는다 해도 할 녀석이 한둘이 아닐걸요?"

파니티리스의 인간. 그러니까 일반인은 마나를 다룰 수 있다 해도 열린 채널이 두 개뿐이라 못하지만 유저들이라면 일루전 측에서 걸어놓은 금제만 해제된다면 얼마든지 이런 방식의 훈련을 할 수 있다. 그러니까 뇌에 마력을 주입한다던가 하는 방식으로 말이다.

나름대로 타당한 의견이라고 생각했는데 다크는 고개를 흔들었다.

"아마 안 그럴걸. 인간은 근육을 강화시킬 수백 가지의 방법을 알고 있지만 전부 육체를 근육으로 도배시키고 다니지는 못하지. 게다가 뇌 쪽은 육체보다 난이도가 훨씬 높아. 근육 강화는 그냥 힘들고 말지만 뇌 강화는 조금만 실수해도 뇌 자체가 망가져 버릴 테니까."

확실히 그의 말대로 이건 미친 짓에 가깝다. 말했다시피 뇌는 영혼을 저장하며 육체를 조율하는 신체 중 가장 섬세한 기관. 솔직히 나도 굳이 뇌를 강화시키고 싶지는 않았다. 하지만 필요하니까. 단지 그뿐인 것이다.

"뭐, 그만 내려가지. 소환 취소해."

"그러죠. 잘 싸웠어 드론."

[드론이라고 부르지 말…….]

뭐라 투덜대려 하는 글레이드론의 모습이 그대로 사라진다. 당연히 난 지탱할 것 엇이 허공에 뜨게 되었지만 다크는 별말없이 내 몸을 바닥에 내려주었다.

"너도 돌아와, 시어."

[그러지.]

녀석은 빠르게 땅으로 내려와 그림자 속으로 스며들어 갔고 난 그것을 확인 한 후 그림자 속에 넣었던 모든 카드를 수거했다. 총화기들도 있어야 하지만 그것들은 시간제라서 동시에 여러 개를 꺼내면 얼마 버티지 못하고 소멸하는 것들이다.

"자, 그럼 일 이야기를 할까?"

"일 이야기?"

이해할 수 없는 말에 의문을 표하자 다크가 말했다.

"핸드린느가 차원장을 뒤흔들었다는 건 말했지?"

"네."

"일단 우리들도 차원장을 수습하고는 있지만 공지한 것처럼 최소 3개월은 걸려. 하지만 그전에 파니티리스 인간들이 다 죽어서야 일루전을 만든 의미가 없지."

"그래서?"

"다는 무리지만 유저 한 명 정도는 내보내자 라는 게 우리 견론이다. 그래서 뽑힌 게 너고."

"흐음……."

쉽게 말해 이대로는 인간들의 피해가 너무 클 것 같으니 먼저 나가 있으라는 말이군.

나는 고개를 흔들었다.

"별로 내키지 않는군요. 애초에 언데드가 주는 몬스터는 거의 없다시피 하니 경험치가 된다고 보기는 힘들고. 중급이나 하급도 그리 높은 편은 아니고……. 흐음."

나는 네 개의 직업을 마스터했다. 무려 네 개라고도 생각할 수 있겠지만 네 개를 마스터했다는 건 아직도 여덟 개가 남았다는 말이 아닌가? 때문에 나는 여기서 나간 후 약간 더 수련을 해 다시 한 번 스페셜 보스들을 방문할 예정이었다.

"그래서 약간 특전을 추가해 줄 생각이야. 무려 몬스터 경험치 열 배 증가! 강함 등급 두 배 상승!"

"오호?"

매력적인 특전에 솔깃 한다. 경험치 열 배라니. 그 정도라면 탄식의 산맥보다도 높은 수치가 아닌가? 하지만 곰곰이 생각해 보니 별로 좋지만도 않다는 사실을 깨닫는다.

"잠깐만. 언데드가 주는 경험치 따위 열 배 해봤자 별거 없잖습니까?"

오거가 주는 경험치를 350이라고 친다면 언데드가 주는 경험치는 3정도다. 거기서 열 배 해봤자 30. 몬스터 등급도 최하급에서 두 단계 올리면 동등. 웃기지도 않는 경험치에 등급이라고 할 수 있었다.

"그러니까 부탁하는 거지. 가서 좀 막아."

"하지만 언데드들은 아이템도 별로 주는 게 없잖습니까? 거기 인간들하고 엮이다 보면 상황도 지저분해져서 영 마음에 안 들더군요. 역시 거절하……."

거기까지 말하다 다크의 눈썹이 살짝 치켜 올라가는 것을 발견하고 말을 멈춘다. 앗, 여기서 더 까불다가는 목숨이 위험하겠군. 나는 잽싸게 말을 바꿨다.

"……는 게 정상이겠지만 우리 사이에 그런 게 어디 있겠습니까. 아하하하."

"오케이."

만족스럽게 고개를 끄덕이는 다크를 보며 한숨 쉰다. 아아아. 남의 눈치나 보고 있다니. 내가 언제부터 이런 성격이었단 말인가? 영 마음에 안 드는 상황이지만 그의 성격상 정말로 목숨이 위험할 수도 있는 만큼 몸을 사리지 않을 수 없다.

"그래서 어쩔까요? 지금 나갑니까?"

"아니, 그렇지는 않고. 준비하는데 시간이 걸리니 한 하루 정도는 쉬어. 그리고… 응?"

다크는 문득 뭔가를 느낀 듯 뒤를 돌아보았다. 그의 뒤에서 열리는 차원의 틈. 멀쩡하던 공간이 갈라지고 거기서 누군가가 나오는 장면은 그 자체로 신기한 것이었지만 그 순간 내 두 눈 가득히 들어온 것은 다크의 목이다.

그것은 빈틈. 그것도 다크를 만나고 처음으로 본 빈틈. 아니, 그전에 몇 번 못 본 건 아니지만 그건 어디까지나 그가 '보여줬다' 는 느낌이 강했는데 이건 정말로 빈틈이라는 느낌이 들었다.

어, 어쩌지? 공격할까? 하지만 저것도 보여주는 빈틈일지도 모른다. 어디까지나 상대는 신이 아닌가? 실감나는 빈틈을 못 보여줄 리도 없는 것이다.

잠시 고민. 하지만 그때 나는 이미 찬란히 빛나는 전격의 검을 휘두르고 있었다.

"얼라?"

라이트닝 스트라이크(Lightning Strike)! 뒤돌아보았던 다크도 놀라고 나도 놀란다. 말 그대로 무심코 날려 버린 거라 살기고 뭐고 없다.

파직!

공격이 막 성공하려는 순간 다크의 몸에서 뭔가 알 수 없는 기운이 일어난 라이트닝 스트라이크를 파쇄시킨다. 하지만 이미 난 파고들며 카이더스를 휘두르고 있다. 그것은 뇌룡검결(雷龍劍訣) 제2식 관월아(貫月牙)!

"웃?"

다크는 거의 신기에 가까운 움직임으로 찔러 들어가는 카이더스를 피했지만 완전히 피하지는 못해 그의 옷깃이 카이더스에 스쳐 찢겨 나간다.

"서, 성공이다."

옷깃을 찢었다. 우, 우와. 진짜 별거 아닌데 왜 이렇게 기쁘지? 비참하다면 비참한 일이었지만 너무 기뻐서 스스로 당황스러울 정도다. 이거야 옷깃 좀 찢었다고 이렇게나 기쁘다니, 상처라도 내면 감동에 눈물을 흘리겠군.

"……."

"……."

잠깐의 침묵. 다크는 잠시 서 있다가 이내 나를 보고 말했다.

"야 임마. 훈련 끝났잖아."

"하지만 틈이 생기면 언제든지 공격하라고 하셨잖아요?"

"그게… 후. 제길, 이 옷 비싼 건데."

그는 투덜거리며 몸을 돌렸다. 그리고 그 뒤에는 눈을 동그랗게 뜨고 있는 하늘색 머리칼의 사내가 서 있다.

"와우, 다크 형한테 공격을 성공시키다니. 훈련 효과가 아주 지대론데?"

"바, 방심해서 그래."

다크가 살짝 붉어진 얼굴로 말하자 하늘색 머리칼의 사내가 어깨를 으쓱인다.

"우에~ 엄청 한심한 핑계."

"……죽을래?"

"물론 아니지."

실실 웃으며 한 발짝 물러서는 그는 마신(馬神). 이름은 김종화. 나에게 주술과 연금술, 더불어 뇌룡검결까지 가르쳐준 이로 잡학에 능해 배울 게 많은 녀석이었다. 신이라면 당연히 나보다 나이가 많을 텐데도 나를 형이라 부른다.

"오랜만이군요."

"존댓말 쓰지 말라니까. 그래 형도 훈련은 다 끝났어?"

"그럭저럭."

일단은 그렇다. 뭐 앞으로도 정기적인 훈련은 꾸준히 계속해야겠지만 당장 할 훈련은 없으니까.

"그런데 넌 왜 온 거냐? 난데없이 차원이 열려서 놀랐잖아."

"흠~ 뭐, 밀레이온 형한테 줄 게 있어서."

종화는 품속을 뒤지더니 작은 시약을 꺼내 들었다. 뭐지 저건? 의아해하는데 다크가 인상 쓴다.

"엘릭시르(Elixir)? 없는 척하더니 역시 꼬불쳐 놓은 게 있었군."

"꼬불쳤다니 모함이다. 희석시켜 놨던 거라구."

녀석은 투덜거리며 들고 있던 시약을 집어던졌다. 시약은 포물선을 그리며 날아왔고 난 얼결에 받아들었다. 엘릭시르라… 이게 뭔데 그러는 거지?

나는 손가락만 한 약병에 든 은색의 액체를 바라보았다. 언뜻 보면 수은 같기는 한데 은은히 빛나는 게 뭔가 신비로운 분위기다.

"이건 뭐야?"

"엘릭시르. 뭐 엘릭서라고 하면 쉽게 이해하려나?"

"엘릭서라니? 그 부활의 비약?"

"맞아. 정확히 말하면 불로불사의 비약이지. 현자의 돌로만 만들 수 있는 전능수(全能水)기도 해."

그의 말에 황당해한다. 불사의 비약? 현자의 돌? 분위기를 보아하니 이게 그렇게나 엄청난 물건이라는 건가?

"흠. 그런 걸 나한테 줘도 되는 거냐?"

"고마워할 필요는 없어. 엘릭시르 자체는 우리들한테도 엄청나게 귀하지만 그건 1/100,000비율로 희석시킨 거니까."

"10만분의 1의 희석이라."

그의 말에 순간 어처구니가 없어 헛웃음을 짓는다. 아니, 아무리 그래도 그렇지 뭔 놈의 희석을 그렇게 해? 그게 정화지 희석이냐?

내가 '이딴 거'라는 표정으로 시약을 바라보자 종화는 상처받은 표정을 짓는다.

"엘릭시르가 엄청 귀한 거라니까. 약간만 뛰어난 인간이면 한 병 먹는 것만으로 신성을 획득해 신이 될 수 있을 정도니까. 현자의 돌 한

덩이로도 한 병밖에 못 만들 정도란 말이야.”

즉, 그렇게나 엄청나니 10만분의 1로 희석해도 귀하다는 건가? 하지만 아무리 대단한 거라도 10만분의 1로 희석한 물건을 보물이라 모시기는 싫은데.

“뭐 어쨌든. 그런 걸 왜 나한테 주는 거야?”

“요번에 미초 녀석들 잡았으니까. 오리하르콘은 확실히 얻었지?”

물론 오리하르콘을 얻었다. 내가 잡은 것도 잡은 거지만 나머진 모조리 샀으니까. 레스가 한번 연금술에 사용하고 싶다고 안 넘겼고 청월랑 녀석은 그냥 막무가내로 가지고 있어보겠다고 버텨서 못 산 두 개를 제한 스물여덟 개는 모조리 내 소유다. 지금이야 풍족하게 있는 편인데다가 일루전에 10레벨 대장장이는 나밖에 없기 때문에 좋은 무기를 만들어주겠다는 말로 넘긴 것이다.

“하지만 오리하르콘하고 이게 무슨 상관인데?”

“엘릭시르는 오리하르콘하고 반응하면 좋은 결과가 나오거든. 형은 연금술사이기도 하니 골렘을 만들어야지.”

즉, 골렘을 만들 때 쓰라는 말이군. 하지만 아직 골렘을 만들기에 연금술사 레벨이 너무 적다.

“글쎄, 수련을 한다면 또 모르겠지만 한동안은 골렘 제작을 못할 것 같은데.”

“하지만 내가 형을 보는 건 사실상 오늘이 마지막이니 지금 줘야지.”

“뭐?”

종화의 말에 깜짝 놀랐다. 마지막이라니? 이제 그들과 관련되어 앞으로도 계속 볼 수 있을 거라고 생각했는데 아니란 말인가?

내 생각을 읽은 듯 그는 고개를 흔들었다.

"우리가 관리하는 건 파니티리스만이 아냐. 대략적이라고는 하지만 네 개의 대차원(大次元) 전부를 통제하고 있으니 엄청 바쁘다고. 물론 우리 말고도 차원을 통제하는 집단은 몇 개 정도 있지만 다들 바쁘기는 마찬가지니까."

"그럼 다른 곳으로 가야 한다는 뜻?"

"응. 테이란 쪽에 기계신 하나가 강림해서 우리 중 여섯 명 정도가 거기로 가야 해. 아마… 좀 걸리겠지."

물론 신들 입장에서 본 '좀' 이 내 입장에서도 좀일 리가 없다. 그것은 아마 수십 년, 어쩌면 수백 수천일지도 모르는 일로 지금 헤어지면 다시 볼 일은 없을 것이라는 뜻이겠지.

나는 약병을 인벤토리에 집어넣었다. 그리고 오른손을 내밀었다.

"그리 긴 시간은 아니었지만 고마웠어. 배운 건 잘 쓰지."

"하하, 뭘. 첫 등장이 마지막이라는 건 좀 슬프지만."

"응?"

"별거 아냐. 그럼 안녕히."

녀석은 가볍게 오른손을 들어 하늘을 가리켰다. 뭘 하는 거지? 내가 의아해하거나 말거나 그는 그대로 손을 내리그었고 그에 따라 눈부신 뇌전이 땅을 때린다.

번쩍—!

그것은 시공을 가르는 벼락의 검. 그의 손짓에 따라 떨어진 뇌전이 차원을 갈랐고 그 근원을 알 수 없을 정도로 시커먼 차원의 틈이 열린다.

"아……!"

나는 온몸을 짜릿하게 스쳐 지나가는 감각에 부들부들 떨었다. 뇌전을 맞아서가 아니다. 내가 흔히 다루는 힘이 뇌전인 만큼 그에 대해서라면 알 만큼 안다는 생각이 틀렸다는 것을 깨달았기 때문이다.

예전 다크에게 설명을 들은 적이 있다, 신들은 모두 자신만의 신성(神聖)을 지니며 그에 따라 그들의 능력에도 신성이 어리게 된다고. 지금 차원을 가르는 저 뇌격은 그 신성만으로도 나를 숨 막히게 한다. 눈부신 빛도 빛이지만 그 신성은 보는 이를 압도하는 경이가 있었다.

"갔군."

뇌전에 정신이 팔려 있던 난 다크의 말에 간신히 정신을 차렸다. 어느새 종화의 모습은 사라지고 없다.

"방금 그건… 뭡니까?"

"녀석의 주특기 중 하나로 치천(治天)이라는 거다. 제대로 맞으면 물질이고 비(非)물질이고 모조리 멸절하는 신기(神技)지. 저걸 보여주다니, 네놈이 마음에 들었나 보군."

다크의 말에 피식 웃어준다.

"다크님께 일격을 성공시켜서 그런 걸 수도 있죠. 그렇다면 의외로 미움을 받고 사시는군요?"

"…오늘 내로 훈련을 끝내려 했는데 하루만 더 해야겠군. 복날의 개가 어떻게 맞아 죽는지 온몸으로 깨우쳐 주랴?"

"아하하, 무슨 농담을."

놀려먹기 좋은 건수를 잡은 것까지는 좋지만 더 놀려먹다가는 정말 복날의 개의 처지를 공감하게 될까 걱정스러워 입을 다문다. 그리고 내가 입을 다물자 다크가 말한다.

"어쨌든 아까 말했듯이 하루 정도는 쉬어. 주의 사항이나 준비해야 할 것들은 내일 알려줄 테니까."

"흐음. 하지만 하루라면 너무 애매한 시간대군요. 딱히 할 일도 없으니 그냥 훈련을 하루 정도 더 하는 건 어떨까요?"

내 말에 그는 고개를 흔들었다.

"바쁘니까 혼자 놀아."

"그게 무······."

뭔가 말하려는데 순식간에 배경이 일렁이는가 싶더니 장소가 바뀐다. 깜짝 놀라 주변을 살펴본 나는 내가 라비린토스로 돌아왔다는 것을 깨달았다.

[순식간이네.]

"그렇군. 이거야 애매하게 하루 줘서 뭘 어쩌라는 건지."

나는 투덜거리면서도 왼손으로 눈을 가려 맵(Map)을 불러왔다. 지도에는 주변 지형과 사람들 그리고 위치가 표시되어 있다.

[그림자의 호수네.]

"그렇군. 오랜만인데?"

글레이드론을 불러 드워프 마을로 오리하르콘을 제련하러 갈까 생각하다가 도저히 하루만에 할 만한 작업이 아니라는 생각에 천천히 걷기 시작한다. 그래, 뭐 하루 정도는 편히 쉬는 것도 좋겠지. 라비린토스에는 온갖 것들이 즐비하기 때문에 관광하기에도 좋다. 일루전에 접속하는 사람들 중에는 스킬을 배우고 캐릭터를 키우기 위해서가 아니라 그냥 이곳의 풍경을 즐기고 음식을 맛보는 것이 목적인 사람들도 많으니까.

크르르······.

"어? 놀(Gnoll)이군."

[추억의 몬스터네.]

나는 험악한 인상의 놀을 무시하고 지나갔고 놀 역시 나를 보고 으르렁거리기는 해도 차마 덤벼들지 못했다. 힘을 숨긴다면 또 모르겠지만 경험치도 두 자리 수밖에 안 주는 하급 몬스터 따위가 덤벼들 리 없다. 이래 봬도 난 눈빛만으로 오거를 쫄게 할 수 있을 경지에 이르렀으니까.

다시 길을 가려는데 이번에는 온통 새빨간 털의 말이 앞을 가로막는다.

푸르릉!

[어? 이것도 몬스터야?]

"아, 혈마(血馬)라고 해서 이름만 그럴듯한 하급 몬스터야. 카드법사들은 초반에 이 녀석으로 테이밍 연습을 하지. 이대로 걷기도 좀 그런데 이 녀석이나 타고 가야겠군."

이히힝!!

내가 돌아보자 혈마는 강렬한 눈빛을 뿌리며 덤벼들 자세를 취했다. 만만하다고는 했지만 녀석은 보통 말들보다 훨씬 강한 전투력을 가지고 있어 뒷발 차기 한 방에 어지간한 석벽도 부숴 버릴 정도의 녀석으로 지구에 존재했다면 위험 동물로 낙인찍혔을 만한 놈이다. 하지만 아쉬운 것이, 유저라면 20레벨을 찍는 순간부터 직업 불문으로 일반인을 가뿐히 뛰어넘는 괴물이 된다. 즉 정말 일루전을 막 시작한 녀석이 아닌 이상 이놈 따위는 밥이라는 거지.

히, 히힝… 히히힝…….

내 시선에 살기를 피워 올리던 혈마가 비틀거리더니 버티지 못하고 주저앉는다. 좋아, 테이밍(Taming:길들이기) 성공. 카드법사로서의 레벨이 마스터에 이르지는 않았지만 이런 하급 몬스터 정도라면 굳이 패서 빈사 상태로 만들 것도 없이 수하로 넣을 수 있다.

나는 그대로 녀석의 등에 올라탔고 녀석은 잠시 비틀거렸지만 곧 회복하고 꼿꼿이 섰다. 좋아, 이 정도면 타고 다닐 만하겠군. 물론 내 달리기 속도보다도 달리지만 여유로운 상황에는 탈 만하다.

[그래도 좀 웃기지 않아? 말이 인간보다 느려서 여유로울 때 타고 다니는 생물이라니.]

"사실이 그러니 별수없지 뭐."

생각해 보면 레이그란츠는 음속까지 뛰어넘었지? 나도 음속을 뛰어넘겠다고 생각한 적은 없지만 시속 300~400킬로 정도는 낼 수 있어야 초중격(超重擊)을 쓸 수 있을 텐데.

이런저런 생각을 하며 걷는 사이 많은 사람들이 오가는 길로 들어섰다. 와우, 도시도 아닌데 이렇게나 많은 사람들이 돌아다니다니. 요새 일루젼 플레이어가 많아졌다는 말은 익히 들어 알고 있었지만 대단하군.

잠시 놀라고 있다가 옆에서 느껴지는 바람에 슬쩍 고개를 돌린다. 휘잉~ 하고 옆을 스쳐 지나가는 검은색의 말. 일정 이상의 수준에 이른 마법사나 사령술사가 불러낼 수 있는 망자의 말 팬텀 스티드(Phantom Steed)다.

"우왓! 죄송합니다. 하지만 첫 비행에 너무 기뻐서… 와하하핫! 날아라. 다크! 우리 함께 하늘을 가르자!"

푸르르르…….

홍. 하는 소리와 함께 팬텀 스티드가 무지막지한 속도로 하늘을 향해 날아오른다. 정도에 따라 다르지만 팬텀 스티드의 속도는 약 100에서 200킬로미터로 그 위에 타고 날아다닌다면 그 속도감이 장난 아니리라. 게다가 팬텀 스티드는 만들기도 힘든 녀석이기에 일단 만들었다면 그 애착도 상당하겠지.

[그런데 저 말… 이름이 다크네?]

"애초에 이름 자체가 너무 단순하니까."

솔직히 다크가 뭐니 다크가. 그런 이름 쓰면서 쪽팔리지도 않나? 뭐, 이런 말을 면상에서 했다가는 정말 걸레가 되도록 맞고 빨랫줄에 널려 버리겠지. 그래서 실제로도 하지 않았고 말이다.

나는 주변을 살피며 천천히 걸었다. 여기저기 노점상이 열려 있고 가끔씩은 마석으로 날아다니는 이동 식당도 보인다.

[헤에. 이렇게 보면 라비린토스도 꽤 대단해.]

"확실히."

일루전을 플레이하는 유저의 수는 늘고 늘어 어느덧 2억을 바라본다. 그리고 당연하다면 당연하지만 그 2억은 대부분 능력자. 때문일까? 밖에서는 기절초풍할 만한 물품들이 이곳에서는 당연하다는 듯 만들어지고 또 활용된다. 듣기로는 일루전 내에서 만든 발명품에도 특허가 부여된다고 하니 일루전이 가지는 힘이 얼마나 큰지 알 수 있으리라.

나는 좀 더 걸어 그림자의 호수에 도착했다. 온통 새까매 아무것도 보이지 않는 그림자의 호수. 하지만 그건 오염된 물의 모양이 아니라 말 그대로 그림자 쪽의 어두움이라 환한 대낮에는 햇빛과 그림자가 맞대고 있는 모습을 떠올리게 해 꽤나 묘한 분위기를 자아낸다.

에일렌은 가볍게 날아 그림자의 호수 앞에 섰다. 근처를 지나던 유저들이 그 모습을 신기한 듯 바라보았지만 뭔가 구체적인 행동을 취하거나 와서 질문하거나 하지는 않았다. 그건 에일렌 말고 다른 환원령들이 종종 모습을 드러낸다는 말이리라.

[그런데 여긴 뭐야? 낚시터?]

에일렌의 말대로 그림자의 호수에는 수백 명의 유저들이 낚싯대를 늘이고 앉아 있었다. 헤에? 예전에 왔을 때는 이런 사람들 없었는데 언제 낚시가 추가된 걸까나.

"그보다 저것 봐."

[와우.]

에일렌은 하늘을 올려다보며 휘파람을 불었다. 놀랍게도 하늘에는 수십, 수백 개의 섬들이 떠 있다. 아니, 섬이라고 하기에는 개별 규모가 좀 작나? 하지만 집 두세 채 정도는 거뿐히 지을 수 있는 섬들이 허공에 떠 있는 모습은 분명 놀라운 광경이다.

"저기서도 낚시로군."

섬마다 한두 명의 유저들이 앉아 낚싯대를 드리우고 있다. 편안한 표정으로 비급을 보거나 마법 주문을 연습하며 쉬고 있는 낚시꾼들. 그때 그들 중 한 명의 낚싯대가 움찔거린다.

"왔다! 하압!"

비급을 보고 있던 낚시꾼은 그대로 비급을 내던지며 낚싯대를 잡아들었다. 우웅, 하고 일어나는 마력을 받아 팽팽하게 늘어지는 낚싯줄!

[낚싯줄이 아닌데?]

"…그렇군."

나는 낚싯줄의 정체를 보고 허탈하게 웃었다. 저건 낚싯줄이 아닌 철사잖아? 그것도 강화주문이 걸린! 저런 거라면 포크레인을 매달아도 끊어지지 않는 물건이다.

촤아악!

낚싯대가 움직임과 동시에 멀찍이에서 물보라가 일기 시작한다. 신중한 태도로 휠을 감는 유저. 나는 무심코 그에게 다가갔다. 그의 발밑을 보니 그가 읽다 집어던진 비급이 보인다. 그 이름을 보니…….

천마신공(天魔神功).

"아, 그렇구나. 천마신공이란 길가다 만난 낚시꾼도 읽는 책이었어."

새삼 당연한 진리를 깨닫는 사이 천마신공을 배웠을 것으로 추측되는 낚시꾼은 강하게 땅을 디디며 낚싯대를 당겼다.

"낚았다!"

촤악!

힘찬 외침과 함께 물속에서부터 몸길이가 족히 3미터는 되어 보이는 거대한 상어(!)가 물 위로 튀어나와 뭍으로 떨어진다. 날카로운 이빨과 험악한 외양. 낚시꾼은 비명을 질렀다.

"으아아! 또 상어야 제길!!"

"…또?

자주 잡히는 거냐?! 아무리 그래도 그렇지 땅에서 잉어나 낚으면 잘 낚았다는 소리를 들을 것 같은 낚싯대로 상어를 잡다니! 황당해하는데 녀석은 몸을 일으켜 주위에 앉아 있는 유저들에게 말했다.

"상어 1코퍼 2실링에 팝니다!"

1코퍼라면 일루전 내에서 5천원. 현질하면 500원이니 1코퍼 2실링이면 대충 600원 정도에 판다는 말이군. 그의 말에 주변에 앉아 있던 다른 낚시꾼이 답한다.

"깔끔하게 1코퍼에 삽니다. 2실링 100원인데 그거 더 받아서 뭐 하려고 그래요?"

"에이. 흥정도 귀찮으니 그냥 팝니다."

"캄사."

그들은 너무나도 태연하게 거래를 마쳤다. 상어를 뭐 하려고 사는 거지? 보고 있으니 상어를 산 녀석은 카드 한 장을 꺼내 들었다.

"식사 시간이야, 넨."

그의 말과 동시에 카드에서 굵직한 두께의 팔이 튀어나온다. 인간의 것이라고는 도저히 생각할 수 없는 사이즈에 풀 플레이트 메일에 건틀 렛까지 끼고 있는 팔. 하지만 나는 그것이 오우거의 팔이라는 것을 알 았다. 물론 아주 평범하지는 않아서 사이즈가 좀 큰 편이기는 했지만.

[뭐 하는 거야?]

"카드에 봉인한 몬스터한테 먹이를 주는 거야. 뭐, 안 줘도 문제는 없지만 그럼 그 몬스터는 언제까지나 그대로거든? 그러니까 먹이를 먹 이고 훈련해 성장시키는 거지."

그렇군. 저런 식으로 낚시한 상어라던가 다른 물고기들을 먹인다면 비교적 저렴한 가격에 몬스터들을 배불리 먹일 수 있다. 마나를 먹이 느라고 피곤한 영체형(靈體型) 몬스터들에 비해 저쪽이 더 쉬울 수도 있겠다.

"왔군. 난 상어말고 다른 거. 나와라!"

이번에는 반대쪽 낚시꾼이 소리치며 낚싯대를 당기기 시작한다. 휘 잉~ 하고 일어나며 그의 몸을 감싸며 낚싯대를 당기기 시작하는 바 람. 저 녀석 정령술사로군. 잘 보면 물속에서도 운디네들이 움직이며 그를 돕고 있다.

촤악!

이번에도 낚시는 순조로이 이루어져 뭔가가 수면을 넘어 모습을 드러낸다. 하지만 이번에는 훨씬 작은 사이즈. 하지만 낚시꾼의 얼굴에는 환희가 깃든다.

"아싸!"

[…뭐야, 저거?]

어이없게도 낚싯바늘에 걸려온 것은 물고기였다. 물론 낚싯바늘에 걸린 게 물고기라는 것 자체는 이상할 것 하나 없지만 어이없게도 그 물고기는 보석으로 만들어져 있다.

"앗. 축하요!"

"축하."

"감사합니다!"

그는 사람들의 축하를 받으며 보석 물고기를 인벤토리에 집어넣었다. 보석이라… 현실에서 보석은 아름다움으로써 가치를 발하지만 이곳에서는 아름다움 외에도 마법 물품 제작이나 연금술에 보석이 소모된다. 나만 해도 연금술에 쓰려고 상등품짜리 보석을 여러 개 가지고 있을 정도니까. 저만한 크기의 보석 물고기면 가격이 상당하겠군.

[낚시할 거야?]

"뭐, 낚시해서 보석이 걸린다면야 수입이 짭짤하겠지만 걸린다는 보장도 없으니 구경이나 하자. 괜찮지?"

[응.]

에일렌은 왠지 기쁜 표정으로 내 옆에 섰다. 얘는 또 왜 이러는 거지? 낚시하는 게 싫었나?

뭐 어쨌든 다크도 하루 정도는 쉬라고 했던 만큼 관광이나 하려고 타고 있는 혈마의 머리를 툭툭 친다. 내 제어 안에 들어와 있는 혈마는 내 뜻을 금방 알아채고 천천히 뛰기 시작한다.

"어디로 갈까?"

[아까 들어보니까 근처에서 영화를 개봉했다던데.]

"영화? 일루전 속에서 어떻게 영화를 개봉해?"

[일루전 속에도 컴퓨터가 생겨서 외부 데이터를 전송할 수 있게 되었대. 들어보니까 일루전 속에서 영화를 찍어 밖에서도 개봉하는 경우도 있다는데?]

"이젠 게임 속에서 별짓을 다 하는군."

그렇게 투덜거리며 내 옆에 떠 있는 금발의 소녀를 바라본다. 에일렌 녀석, 항상 내 옆에 있으면서 온갖 정보를 다 듣고 있군. 딱히 독자적으로 뭘 할 수 없기 때문인지 주변의 정보에 민감하게 반응하고 있는 분위기다.

가볍게 날아 내려오더니 내 앞쪽에 앉는 에일렌. 물론 영체에 불과한 그녀가 어디에 앉는다는 건 불가능하지만 그녀는 종종 내 어깨나 여러 장소에 걸터앉고는 했다. 아마도 기분 문제겠지 하고 생각하는데 그녀가 말한다.

[그럼 영화 보러 가자.]

"영화라… 그다지 보고 싶지 않은데."

[난 태어나서 영화란 걸 한 번도 못 봤다고. 데이터상 '어떤 거다' 라고 알고 있는 정도지.]

"하지만 그렇게 치면 다 마찬가지 아닌가?"

무엇보다 에일렌은 태어난 지 몇 달되지도 않은 존재. 정보야 대충 알고 있는 것 같지만 실제적인 경험은 별로 없을 테니까. 꽤나 육감적인 모습을 하고 있다 해도 그녀는 갓난아기에 불과한 존재인 것이다.

그렇게 넘어가려다가 뭔가 이상하다는 걸 깨달았다. 일루젼은 게임이 아니고, 운영자들 역시 사업가가 아닌 신들. 그렇다면 환원령 역시 막 태어난 존재라고 볼 수 없지 않을까?

[왜 그래?]

"잠깐만 에일렌, 넌 뭐지?"

[뭐가?]

무슨 소리인지 모르겠다는 표정의 그녀에게 묻는다.

"파니티리스의 NPC들은 인간이라면 라비린토스의 NPC들은 뭐지? 나는 이곳의 NPC들이 죽음에서 부활하는 걸 몇 번이나 봤어. 이건 이상하잖아?"

에일렌 역시 죽음에서 부활했다. 비록 백섭(Back Suver)의 형태로 기억을 잃어버렸다고는 해도 그건 분명히 부활. 게다가 라비린토스의 NPC들은 운영자. 그러니까 신들의 의지에 따라 마음대로 삭제되고 기억을 조작당한다. 간섭력이다 뭐다 해서 물질계에 함부로 침범할 수 있는 신들이 그렇게나 막 다룰 수 있는 그들은 뭐란 말인가?

[…….]

에일렌은 내 물음에 답하지 않고 한숨 쉬었다. 왠지 힘없어 보이는 표정. 나는 재차 물었다.

"대답해 줘. 이곳의 NPC는 뭐지?"

[별로… 대단할 건 없어. 요컨대 이곳의 NPC들은 모조리 시체지.]

"시체?"

깜짝 놀라 반문하자 그녀는 피식하고 웃었다.

[아니, 정확히 말하면 유령이겠네. 12지신들은 파니티리스를 떠도는 영혼들을 수집. 혹은 계약의 형태로 모아 거짓 육신을 줘서 살아가게

했거든.]

"왜 그런 일을 해야 했지?"

에일렌은 내 앞에서 쏙 빠져나와 혈마의 머리 위에 걸터앉았다. 위에 에일렌이 탔다는 것도 모른 채 계속해서 걷고 있는 혈마. 에일렌은 말했다.

[아무리 신들이라고 해도 존재하지 않는 영혼을 만드는 것은 불가능해. 없는 영혼을 만드는 것은 절대 지고의 권능. 신 중에서도 가장 정점에 달한 창조신만이 가능하거든.]

"그럼 너희는 강제로 끌려온 거란 말이야?"

내 말에 그녀는 고개를 흔들었다.

[그러지는 않아. 자진해서 온 거지.]

"왜?"

당연한 질문이었지만 그녀는 쓴웃음 짓는다.

[네가 죽었다고 생각해 봐. 육체는 썩어 없어졌고 저주받은 영혼만 사람들의 공포를 받으며 땅 위를 떠돌아. 존재하는 것만으로 스스로가 조금씩 사라지는 고통을 느껴야 하고, 재수없으면 능력자를 만나 소멸당하기도 하지. 그런 상황에서 움직일 수 있는 육신을 주고 또 생활하게까지 해준다는 데 거절할 수 있겠어?]

물론 나는 죽어본 적이 없어서 그런 상황을 이해하기는 어렵겠지만……. 죽은 사람에게 다시금 살아갈 기회를 제공한다면 그게 뭐라고 해도 거부할 수 있는 녀석은 없겠지.

"그럼 너희들은……."

"자라나라!!"

"자라겠……. 응?"

우렁찬 소리에 무심코 고개를 돌린다. 오른쪽으로 보이는 것은 꽤나 넓은 크기의 밭. 지금은 겨울인데도 그곳에는 막 심은 듯한 밀들이 있었는데 잠시 보는 사이 쑥쑥 자라 이내 금색의 물결을 이룬다.

[뭐야 이건?]

"그로잉(Growing)이군."

눈에 보일 정도로 무시무시한 기세로 자라나는 밀을 보며 말한다. 성장촉진마법이군. 나 역시 사용하지 못하는 건 아니지만 학파가 다르기 때문에 그 효과는 매우 미진하다. 뭐, 시간을 들여서 천천히 연구하고 학습하면 저 정도의 규모도 충분히 할 수 있겠지만 긴 시간을 들여 풀을 빨리 자라게 하는 마법 같은 건 연습할 이유가 없다.

"그럼 우리 차례! 간다. 실프!"

파바바박!

날카로운 기세와 함께 바람의 검이 밀을 베고 지나가더니 순식간에 추수하기 시작한다. 그 과정은 빠르고 간결해 그들이 이 일을 하는 것이 처음이 아니라는 것을 말해주는 듯하다.

[헤에…… 유저들은 농사일까지 하는 거야?]

"능력을 활용하는 거라면 뭐라도 즐겁게 여길 수 있는 게 유저들이니까. 무엇보다 돈도 되고."

일루전의 초반에는 음식 재료를 전부 NPC에게 구입해서 충당했지만 요새 들어서는 저렇게 농사를 짓는 경우도 많다. 뭐 농사라고 해봐야 정상이라고 보기 힘든 것이 씨 뿌려 수확까지 걸리는 시간이 끽해야 다섯 시간 정도니까. 마법과 정령술이라는 사기적인 능력이 껴버리면 다 저렇게 되는 것이다.

[너도 할 줄 알아?]

"나는 전투나 보조 마법 위주라 그다지. 뭐, 아예 못하는 건 아니지만."

[어느 정도 할 수 있는데?]

"흠… 잠깐만."

나는 품속을 뒤졌다. 시약으로 썼었는데 아직 남아 있으려나? 에일 렌은 내가 품속에서 꺼내드는 물건을 보고 말했다.

[장미 씨네.]

"어라? 보면 아는 거야?"

아무리 그래도 씨를 보고 꽃을 맞추기는 힘들 텐데. 의아해하자 그녀가 말한다.

[내 시점에서 보면 아이템 위로 이름이 뜨거든. 예술가들 감정하고 비슷해. 아무 일 없을 때도 계속해서 정보들이 떠올라서 환원령들에게 지식을 전달하지.]

"그렇군."

나는 고개를 끄덕이며 장미 씨앗의 껍질을 벗겼다. 이게 꽤 단단해서 원래대로라면 손톱깎이 같은 걸로 해야 하지만 뭐 지금의 나는 맨손으로도 바위도 으깰 수 있으니까.

껍질을 벗기자 그 안에서 연한 갈색의 씨앗이 나온다. 나는 혈마를 세워 말에서 내린 후 바닥에 그걸 심었다.

"자라라."

이미지 메이킹(Image Making). 머릿속에서 구축해 낸 모형을 기본 바탕으로 정해진 수식에 따라 마력을 배분한다. 역시 학파가 다르기 때문일까? 식물 성장 마법은 2클래스에서도 마력이 적게 드는 편이지만 당연하다는 듯 4클래스를 넘어가는 마력이 소모된다.

화악.

쓸데없이 낭비된 마력이 허공으로 기화함과 동시에 땅에서 새싹이 돋아나 빠른 속도로 성장해 입과 줄기를 만들어 내더니 순식간에 개화(開花)한다. 그것은 일루전 속에서 당연하다는 듯 항상 재현되고는 하는 신비. 그렇기에 길 가던 사람 모두가 관심가지지 않고 지나간다. 뭐, 멈추는 이가 아예 없는 것은 아니었지만 그들은 꽃이 아니라 마스터들만 데리고 다닐 수 있다는 환원령을 보고 멈춘 것이다.

하지만 그럼에도 에일렌은 멍한 표정으로 방금 피어난 한 송이의 장미를 바라보았다.

[…….]

"별로 신기할 것도 없는데 말이야."

대단한 걸로 말하자면 라이트닝 스트라이크나 암영 쪽이 훨씬 대단하다. 이런 성장 촉진 마법이야 마법사라면 누구나 할 수 있지만 그쪽은 그렇지 않으니까. 하지만 그럼에도 에일렌은 아무 말 없이 그 장미를 바라보았다.

[레온, 나…….]

"예쁜 장미네. 그거 내가 사도 될까?"

"……!"

뒤쪽에 들려오는 소리에 숨이 막힐 정도로 경악했지만 당황하지 않고 고개를 들어올린다. 나에게 말을 건 것은 전형적인 동양인의 외모를 가지고 있는 흑의의 청년. 녀석은 방긋방긋 웃으며 나를 보고 있다.

"왜 그렇게 놀라?"

"글쎄요."

침착하게 웃으며 처음 파니티리스로가 그곳의 기사들을 봤을 때를 떠올린다. 그때 나는 엄청나게 경악했다. 그도 그럴 것이 그들의 기운을 전혀 느끼지 못했기 때문이다. 내 감지력은 엄청난 수준이어서 설사 나보다 조금 강하다 해도 그 수준을 충분히 읽어낼 수 있으니까. 내가 상대방의 기운을 읽지 못하는 경우는 매우 드문 것이다.

물론 그때는 그들이 마력을 전혀 소지하고 있지 않다는 결론으로 끝났다. 유저들 사이에서만 살다 보니 마력을 소유하지 않는 인간도 있다는 당연하다면 당연한 사실을 잊어 빚어낸 해프닝이었다.

하지만 지금은 다르다. 뒤에 있는데도 인기척을 못 느꼈다는 건 그가 분명히 능력자라는 걸 뜻하니까. 하지만 아무리 감지력을 활성화시켜도 그의 몸에서는 아무런 힘도 느껴지지 않는다, 마치 일반인처럼.

나는 이런 느낌을 알고 있다. 도현이나 베니트. 혹은 다크 같은 초월자들에게서 질리도록 느껴왔으니까.

"얼결에 말이 씹혔군. 이 꽃 내가 사도 될까?"

"상관은 없습니다만."

내 대답에 그는 태연스럽게 웃으며 내가 피운 장미꽃을 잘라들었다. 화사한 표정으로 그 향기를 맡으며 미소 짓는 흑의의 청년. 문자 그대로 아무것도 아닌 행위임에도 나는 긴장을 풀 수가 없었다. 아니, 오히려 이 경우에는 육체가 더 정직한 것인지 무심코 이마를 훔친 난 내가 식은땀을 쏟아내고 있다는 것을 깨달았다.

[저기, 레온…….]

"알아."

에일렌도 겁에 질린 표정으로 내 앞에 선 청년을 바라보았다. 웃고 있는데도, 너무나도 화사하게 웃고 있는데도 나는 그가 무섭다. 이건 예전에 최상급 마족 레이그가 들고 있던 도베라인을 봤을 때와 같은 느낌이 아닌가?

"자, 이 장미를 샀으니 대가를 지불해야겠지?"

"아뇨, 그냥 선물로 드리겠습니다."

"이런. 그럴 수는 없지."

그는 여전히 웃으며 한 발짝 내 앞으로 다가왔다. 나는 반사적으로 뒤로 물러설 뻔했지만. 이를 악물고 견뎌냈다.

쿵!

"응?"

내 앞으로 다가온 청년은 눈을 동그랗게 뜨고 내 뒤를 돌아보았다. 뭐지? 하고 돌아보니 눈을 뒤집은 채 바닥에 쓰러져 있는 혈마가 보인다. 어찌 생각하면 당연한 일로, 나조차 숨쉬기 힘든 이 감각을 저런 저레벨의 몬스터가 견뎌낼 리 없다.

하지만 혈마가 쓰러져 준 건 결론적으로 환영할 만한 일이었다. 내 앞에 있는 청년이 그것으로 자신이 내뿜고 있는 기운을 사라지게 만들었으니까.

"후우……."

나도 모르게 숨을 몰아쉰다. 제길, 이건 뭐야? 위압감도 아니고, 살기도 아니고, 마치 죽음 그 자체를 앞에 두고 있기라도 한 것처럼 오직 두렵기만 하다니.

"하하하. 깜빡 실례했군. 뭐 어쨌든 소개하지. 내 이름은 리블 크레이트. 그냥 형준이라고 부르면 돼."

"운영자이십니까?"

내 물음에 그는 난감한 미소를 지었다.

"운영자… 는 아니고. 좀 아는 사이. 하지만 농담으로라도 친하다고는 못하겠군."

친하다고는 못한다니. 그럼 설마 적대 관계란 말인가? 나는 만약을 대비해 마나를 활성화시켰다. 물론 저만한 존재가 덤비면 막아낼 자신은 없지만 허무하게 당할 생각은 없으니까.

"밀레이온 더 윈드리스입니다. 이쪽은 제 환원령으로 에일렌이라고 하죠."

"에일렌……."

내 말에 그는 조금 놀란 표정을 지었다. 잠시 에일렌을 바라보는 형준. 에일렌은 그 시선에 놀라 내 등 뒤로 숨는다.

"이런 실수했군. 뭐, 내가 여기 오래 있을 만한 형편이 아닌 만큼 장미 값이나 치르고 가야겠는데."

"아니, 별로 그럴 필요는……."

화악!

막 거절하려는데 그의 손에 들려 있던 장미가 적색의 빛을 뿜는다.

"응? 뭐야?"

"플래쉬 매너 좀! 눈부시잖아!"

"누가 길 한복판에서……."

투덜거리며 그를 돌아보는 많은 사람들. 하지만 그는 날카로운 눈으로 주변을 훑었고, 유저들은 단지 그것만으로도 멍하니 시선을 돌려 자신들의 일을 하기 시작했다.

[맙소사 정신 조작…….]

에일렌은 숨이 막힌다는 표정으로 중얼거렸다. 있을 수 없는 일이니까. 아무리 그래도 유저들한테 정신 조작을 걸다니, 절대로 불가능한 일이다.

일루전에는 내성이라는 게 있다. 물리 내성, 충격 내성, 화염 내성, 빙결 내성. 하지만 그중에는 정신 내성이라는 게 없다. 어째서? 라고 물을 수도 있지만 당연한 일이다. 유저들에게는 정신계 마법이 '절대' 듣지 않으니까.

정신 조종 마법은 여럿 존재하지만 그게 유저한테 먹히면 사태가 심각해진다. 당연하다면 당연할 것이 만약 그런 게 있었다면 한 유저가 다른 유저에게 마인드 컨트롤 같은 걸 걸어서 현금 계좌와 비밀 번호를 알아내는 경우가 생겨 난리가 났을 테니까.

NPC라면 모를까 유저라면 1레벨부터 마법, 약물, 최면 등 정신계에 관해서라면 무조건인 절대 내성을 가지고 있으며 지금껏 그게 뚫린 역사는 없었다.

그리고 지금 저 녀석이 그걸 당연하게 뚫었다는 건, 녀석이 일루전의 룰 밖의 존재라는 증거일 것이다.

"당신은……."

"웃. 벌써 걸렸나."

갑자기 형준은 깜짝 놀란 표정으로 주변을 둘러보았다. 왜 이러지? 당황하기도 전에 그는 들고 있던 보석을 내 목걸이. 그러니까 에일렌이 머무는 아티펙트에 접촉시켰다. 아무런 느낌도 감촉도 없이 목걸이 속으로 스며들어 가는 적색의 보석. 이건 내가 피어나게 한 장미를 변형시켜 만든 보석이잖아? 나는 당황해 형준을 떨쳐 내려 했지만 그는 이미 뒤로 물러선 상태다.

"무슨 짓을……?"

"장미 값. 그나저나 늦겠군. 이만 Bye~"

말과 함께 녀석의 그림자가 벌떡 일어나더니 순식간에 그의 모습을 삼켜 버린다. 그건 말 그대로 감쪽같아서 마나의 흐름에 민감한 나조차도 흔적을 찾을 수 없을 정도였다.

[뭐야 대체…….]

"글쎄. 뭔가 저지르긴 한 것 같…… 응?"

잠시 멍하게 서 있는데 정면에서 차원의 틈이 열리고 다크가 그사이로 뛰쳐나온다.

"다크?"

"치잇. 늦었나."

다크는 내 모습 같은 것은 보이지도 않는다는 태도로 주변을 살폈다. 하지만 형준이라고 하던 녀석은 사라진 후로 이미 흔적조차 없다.

"다크."

"아아, 뭔 일 당하지는 않았지?"

"글쎄요. 제 목걸이에 뭔가 한 것 같았는데."

"신기에?"

내 말에 다크는 성큼성큼 다가와 내 목걸이를 잡았다. 잠시 눈을 감고 조용히 서 있는 다크. 하지만 별로 어렵지 않은 감지였는지 금방 눈을 뜬다.

"어떻습니까?"

"나쁜 짓을…… 하지는 않았군. 쓸데없는 짓은 했지만."

씁쓸하게 웃는 그를 보며 뭐가 어떻다는 말인지 이해할 수가 없어서 묻는다.

"녀석이 뭘 한 겁니까?"

"대단찮은 일. 신경 쓰지 말고 준비하러 가자."

"뭘 말입니까?"

"파니티리스, 나가기로 했잖아?"

당연하다는 그의 말에 즉시 항의가 들어온다.

[에엑! 하루 쉬라고 했잖아요!]

"사정이 바뀌었어."

[하지만 영화도 못 봤는데!]

"웬 영화?"

그가 모르겠다는 듯 어깨를 으쓱임과 동시에 배경이 변한다. 아니, 정확히 말하면 우리가 이동한 거겠지만 그 과정이 너무 간결해 주변만 휙 하고 변하는 것만 같다.

"도현아 준비는 끝났냐?"

"거의 끝났으니까 좀 기다리세요!"

도현은 신경질을 부리며 새하얀 백발을 긁적였다. 그의 앞에 있는 것은 백색의 광구. 그는 가볍게 그것을 어루만졌고 그것은 이내 푸른색으로 변했다.

"그건?"

"아아, 설명은 다크 형한테 들으세요."

귀찮다는 듯 손을 내젓는 그에게 뭔가 더 물어보려다 그의 표정에 피곤이 찌들어 있다는 것을 깨닫고 순순히 물러선다. 우와, 지친 것 같군. 하지만 아무리 그래도 피곤에 찌든 신이라니?

"아아, 놔둬. 요새 철야를 좀 시켰더니."

"신들도 잠을 자야 합니까?"

"그냥 설렁설렁 지낸다면 천 년이고 만 년이고 안 잘 수 있겠지만… 요새 좀 무리하는 편이거든. 나 같은 경우야 자기복제로 영력까지 회복이 가능하지만 녀석은 아니니까."

즉, 신이라도 다크 같은 최상급 신이 아니면 무한의 힘을 뿜어내는 것은 불가능하다는 말이다. 물론 인간 입장에서 보면 모두 전능에 가까운 존재들이겠지만.

"그런데 왜 당신하고 다른 신들은 능력 차가 나죠? 당신도 12지신이고 다른 분들도 12지신인데."

"아아. 나는 12지신인 동시에 무신(武神)이기도 하니까. 말 안 했던가?"

물론 안 했다. 그는 설렁설렁한 성격이라 내가 묻지 않은 일에 대해서는 엔간해서 말해주지 않으니까. 나는 도현을 돌아보았다. 그는 여전히 푸른색의 광구를 잡고 씨름하고 있었고 그 틈에 나는 다시 물었다.

"무신이라면 역시 무술의 신?"

"비슷하지. 나는 전 차원에 존재하는 모든 무(武)를 총괄하는 자. 그 방식이 술(術)이든 도(道)든 본질이 무라면 나에게로 귀속되거든."

"그런데 나한테는 뭐 신묘한 무공 같은 거 안 가르쳐 줍니까? 뭐 천지파검이라던가 아수라권법이라던가."

내 말에 그는 웃기지도 않는다는 듯 혀를 찼다.

"쯧. 신묘한 무공을 익힌다고 난데없이 강해질 리가 없잖아? 세상에 최강의 무공이란 없어. 최강의 무인이 있을 뿐. 그 증거로 도서관에는 천마신공(天魔神功)이 있지만 천마급의 무인은 나오지 않지."

그의 말에 깜짝 놀란다. 그럼 천마라는 게 실존 인물이란 말인가? 뭐, 생각해 보면 천마신공이 있는 이상 천마가 있는 건 당연한 일일지도 모르지만 말이다.

"휴~ 드디어 됐다."

　나와 다크가 이런저런 이야기를 나누는 사이 도현은 드디어 푸른색의 광구에서 손을 뗐다. 슈욱─ 하고 날아와 내 몸으로 스며드는 광구. 나는 순간 방어 자세를 취했지만 그냥 팔을 투과한 것을 영체였던 모양이다.

　[꺅?!]

　"꺅?"

　내 옆에서 아무 말 없이 떠 있던 에일렌이 날 보더니 비명을 지른다. 무슨 일이야? 의아해하는데 그녀가 말한다.

　[레온, 얼굴이…….]

　"얼굴?"

　그렇게 말하다가 문득 내 목소리도 이상하다는 것을 깨달았다. 굵고 탁해 심약한 이라면 듣는 것만으로도 주저앉아 버릴 정도로 인상적인 목소리. 지금이야 환해서 그렇지 잠결에 이런 목소리가 들려오면 나라도 긴장할 것 같을 정도였다.

　"운디네."

　가볍게 물의 정령 운디네를 불러 허공에 거울을 만든다. 그리고 거기에 비치는 내 모습은…….

　[꺅?!]

　"…왜 또 네가 놀라?"

　퉁명스럽게 말하기는 했지만 정말 험악한 얼굴이군. 얼굴을 가로지르는 네다섯 개의 흉터와 녹색으로 번들거리는 눈동자. 이 정도의 면상이라면 그냥 걸어만 다녀도 어지간한 놈은 다 피해가겠다.

　"훌륭한데."

　"그죠? 신경 좀 썼습니다."

칭찬하는 다크와 자랑스러워하는 도현을 보며 황당해한다. 난데없이 얼굴하고 목소리를 바꾸다니 뭐 하자는 거야? 키는 바꾸지 않았지만 은근슬쩍 떡대가 벌어진 것이 체형도 건든 것 같았다.

"이 모습은 뭡니까?"

"아. 네가 파니티리스에서 하고 다녀야 할 얼굴."

"어째서?"

지금 이 상황에서 이런 얼굴을 해야 할 필요는 어디에도 없다. 상급 이상의 마족이 끼어 있지 않은 마족 군단은 말 그대로 종이호랑이와 같아서 나라면 하루에 천이고 만이고 잡아들일 수 있을 정도니까. 하지만 거기에 이런 외모가 왜 필요하단 말인가?

"파니티리스에 정체를 알 수 없는 적대 세력이 있거든."

"적대 세력?"

그런 말은 듣지 못했는데? 의아한 표정으로 바라보다 다크는 도현을 돌아보았다. 묘한 압박. 도현은 한숨 쉬더니 내 앞으로 다가왔다.

"사실은 파니티리스가 봉인되기 직전 분신 두 마리를 풀었어요."

"유저들에게 퀘스트를 지시하던 녀석들 말이군요."

기억한다. 내가 최상급 마족 레이그에게 생명을 위협당할 때 튀어나와 레이그를 공격했던 도현의 분신 2145번. 잘은 모르지만 상급 마족을 살짝 뛰어넘는 전투력을 가지고 있기 때문에 둘이 모여 있다면 나라도 상대하기 어려운 녀석들이다.

"중급 마족이 열 마리 이상 합공한다면 위험한 것도 사실이지만 솔직히 차원장이 뒤틀린 상황이라면 제 분신 둘로도 충분히 마족들을 견제할 수 있어요."

"확실히."

　분위기를 보아하니 녀석들은 공간 이동도 할 수 있는 모양이니 여차하면 도망을 쳐도 된다. 물론 녀석 둘로 수천 수많이 넘는 언데드와 마족들을 쓸어버리는 건 무리지만 여기저기 들쑤시고 다닌다면 인간들이 3개월 버티게 하는 것쯤이야 우습지도 않은 일이니까.

　"하지만 녀석들은 죽었어요."

　"누구한테?"

　"그걸 모른다는 게 문제. 인식할 틈도 없이 둘 다 사멸해 버렸죠."

　그건 있을 수 없는 일이다. 유저와 맞먹는 전투 능력을 가진 분신을 일순간에 없애 버린다? 그렇다면 녀석들보다 압도적인 힘을 가지고 있다는 말인데 상급 이상의 마족이 활동하지 못하는 상태에서 그만한 존재가 있을 리 없다.

　"아무래도 우리를 적대하는 초월급 존재가 있는 것 같아."

　"초월급 존재? 신 같은 이들?"

　내 말에 다크는 고개를 흔든다.

　"우리가 그렇듯이 다른 신이나 악마들 역시 지금 파니티리스에 손을 댈 수는 없어. 우리를 방해하는 건 운명에 개입할 수 있으면서도 초월급의 힘을 가진 존재다."

　그의 말에 잠시 생각한다. 운명에 개입할 수 있으면서도 초월급의 힘을 가진 존재라… 신은 제외, 악마도 제외, 마족도 불가능, 천족도 불가능.

　답은 의외로 금방 나왔다.

　"녀석은…… 드래곤이군요?"

　"정답."

　다크는 묵묵히 고개를 끄덕였고 도현이 말한다.

"드래곤은 다른 차원을 넘나들기 힘든 대신에 자신이 속한 대륙에서는 상당 수준의 간섭력을 발휘할 수 있어요. 솔직히 드래곤들이 적극적으로 마족 퇴치를 원했다면 마족공 한 명 정도야 문제없이 몰아냈겠죠."

생각해 보면 그렇다. 레벨로 보자면 마족공은 90레벨 후반. 드래곤은 90레벨 초반이다. 물론 마족공이 조금 더 세긴 하지만 드래곤이 서너 마리만 힘을 합치거나 에이션트 드래곤 같은 게 나서면 못 잡을 것도 없는 적인 것이다.

"그런데 왜?"

"드래곤들은 인간을 별로 좋아하지 않으니까요. 솔직히 말해 우리들이 이렇게나 적극적으로 인간을 돕는 게 오히려 별종에 가까울 정도고."

"하지만 대항쟁 시대에는 드래곤들이 인간과 함께 싸웠다고 들었습니다만."

"그거야 천 마족들의 목적이 드래곤을 포함한 모든 생명체 말살이었으니까요. 반면 핸드린느는 드래곤들을 건드릴 생각이 없으니 드래곤들 역시 반응할 이유가 없죠."

"흠······."

생각해 보면 내가 신이어도 딱히 인간을 돕고 싶지는 않을 것 같다. 뭐 인간이라는 종족이 예쁜 짓을 하고 살아야 말이지. 인간이 멸종하는 거라면 희귀 동물 보호 차원에서 지키겠지만 파니티리스에도 인간이 살고 지구에도 인간이 사는 걸 보면 다른 행성에도 무수히 많은 인간, 혹은 유사인간들이 있으리라. 솔직히 우주적 시각에서 보면 몇 억밖에(?) 안 되는 인간이야 별 가치도 없는 것일 테니까.

이런저런 생각을 하는데 에일렌이 뾰루퉁한 표정으로 말한다.

[하지만 너도 인간인데 말이야.]

"흠… 요새 좀 기억을 지나치게 읽는 것 같지 않니?"

[설마.]

그녀는 싱긋 웃으며 마치 춤을 추듯 허공에서 빙글빙글 돌았다. 뭐가 신난다고 춤이야? 나는 투덜대다가 다크에게 물었다.

"그런데 드래곤이 우리를 적대할지도 모른다는 거하고 제가 변장을 해야 한다는 것과 무슨 상관이죠?"

"상관있지. 네가 파니티리스에 나가 마족들을 처리할 때 그 드래곤의 공격을 받을 수도 있으니까. 드래곤 사이에서도 마족을 돕는 건 금지 사항이기 때문에 드래곤이 막 설치지는 못하거든."

나는 다시 한 번 거울을 보았다. 무시무시할 정도로 험악한 얼굴. 내가 거울을 보거나 말거나 다크는 말했다.

"그러니까 넌 유저가 아닌 보통 인간인 것처럼 위장할 필요가 있어. 너 파니티리스에서 좀 알려졌지? 한 번 나갔던 유저 목록은 그 드래곤 녀석이 파악한 것 같으니 네 모습을 바꾼 거야."

"그런 전 파니티리스로 가서 뭘 해야 합니까?"

내 물음에 다크는 말했다.

"너무 심하게 눈에 뜨일 짓은 자제하면서 인간의 결정적인 타격을 막아. 한동안은 드래곤의 시선을 피할 필요가 있으니까."

"하지만 그래도 들키면?"

"뭐……. 그렇게 되면 할 수 없지. 최선을 다해 물리쳐."

하지만 말이 쉽지 드래곤을 잡는 건 쉽지 않다. 아니, 솔직히 말하자면 불가능에 가깝지. 적어도 세 개, 혹은 네 개 정도의 직업을 추가로 마스터한 후 타이탄에 탑승한 상태라면 모를까.

"그런데 미초 서티라는 녀석들 드래곤과 동급인 거 아니었어요? 의외로 싱겁던데."

미묘하게, 그들은 정말 미묘하게 약했다. 아니, 물론 약하다는 건 드래곤과 비교한 것으로 사실은 어마어마하게 강했지만. 그래도 비교적 별 타격 없이 이겨낼 수 있었으니까.

"아아. 그거야 에너지를 정해놨으니까."

"에너지는 왜 정하셨는데요?"

"아무리 유저들이 강하다고 해도 안 죽는 몬스터는 여러모로 곤란하니까. 공격력 쪽으로는 좀 떨어지지만 그 녀석들은 불사성(不死性)은 절대에 가까워서 강기 이하의 공격으론 죽이기는커녕 쓰러뜨릴 수조차 없거든."

그의 말을 들으며 새로운 얼굴을 만져 본다. 촉감이나 마나 감지력 모두를 활용해 본 결과 이 모습은 육체가 미묘하게 변해 이루어진 결과라는 것을 알아냈다. 하지만 그것은 마력으로 이루어진 결과기에 내가 아주 강대한 마력에 직격당하거나 반대로 강대한 마력을 발하게 되면 사라지게 되리라.

"그럼 출발은 언제?"

"슬슬 해야겠지. 따라와."

다크는 그렇게 앞서 걸어갔고 나는 그 뒤를 따랐다. 그리고 내 옆에서 날아오는 에일렌. 그러고 보면 에일렌은 다크가 근처에 있으면 최대한 말을 아끼는 분위기군. 물론 어색하지 않게 한두 마디 정도는 하는 것 같지만 그를 대하는 태도가 묘하게 어색하다. 역시 영체인 그녀는 신인 그를 어려워할 수밖에 없는 것일까? 아니, 나도 그가 신이라는 것 정도는 알고 있지만 뭐랄까… 묘하게 위엄이 없다고나 할까?

"솔직히 말하면 좀 심각하게 없지."

"뭐가?"

"아뇨, 별로."

뒤돌아 묻는 다크에게 딴청을 피우며 걷는다. 우리가 도착한 곳은 그의 집. 그중에서도 거실. 그는 내가 거실 안으로 들어오자 문을 닫았다.

"하나, 둘, 셋."

"……?"

웬 숫자? 의아해하는데 닫았던 문을 다시 연다. 그곳은 우리가 들어왔던 문. 하지만 밖으로 보이는 풍경은 전혀 다르다.

[여기가……. 그라나 크레바크!]

에일렌은 눈앞에 펼쳐져 있는 거대한 절벽의 모습에 탄성을 내질렀다. 그것은 세계를 나누는 단절(斷切)의 성역(聖域). 정상적인 방법으로는 절대로 건널 수 없는 장소.

"그러고 보니 에일렌은 여기를 처음 보나?"

[응. 그냥 소문으로 들은 정도였지.]

에일렌은 멍한 표정으로 그라나 크레바크를 바라보았다. 그 깊이를 짐작할 수 없을 정도로 깊은 절벽과 멀리서 보이는 땅. 그녀는 조금 더 절벽 앞에 다가가 아래를 내려다보았다.

"아……."

절벽 끝에 서 있는 그녀의 위태위태한 모습에 난 나도 모르게 손을 뻗어 그녀의 어깨를 잡으려 했다. 하지만 그녀는 영체였고, 내 손은 당연하다는 그녀를 투과했다.

[또 이런다. 안 만져진다고 바보야.]

"…미안."

그 어떤 것도 만질 수 없고 그 어떤 감촉도 느낄 수 없다는 건 어떤 기분일까? 세상을 받아들이는 감촉이 없다면 세상 역시 실감할 수 없다. 환원령이라는 존재는 유령과 얼마나 다른가? 신들에게 자신의 영혼을 저당 잡히면서까지 얻은 결과가 겨우 환원령이란 말인가?

"뭐 해."

"아뇨. 그냥. 그런데 여기는 왜 온 겁니까?"

내 말에 다크는 당연하다는 듯 말했다.

"알면서 왜 그래? 넘어가야지."

"네? 저는 지정 스킬을 사용해 둬서 언제든지 파니티리스로 갈 수 있는 데도요?"

유저가 파니티리스로 던져져서 넘어가는 것은 최초의 한번뿐이다. 일단 파니티리스로 넘어가기만 한다면야 지정(指定)과 귀환(歸還) 스킬을 사용해 파니티리스와 라비린토스를 자유롭게 오갈 수 있으니까. 그것은 당연한 일이었는데도 다크는 고개를 흔든다.

"핸드린느가 차원장을 뒤튼 지금 라비린토스에서 파니티리스로의 귀환은 사용할 수 없어. 뒤틀린 차원장은 신성을 거부하니까."

"곤란한 일이군요."

한숨 쉬는 내 모습에 다크는 다시 말했다.

"그뿐만이 아니라 네가 넘어간 후에도 우리는 너에게 그 어떤 지원도 해줄 수 없어. 퀘스트를 줄 도현의 분신도 넣어줄 수 없고 죽으면 다른 유저들처럼 부활하는 것도 불가능하지."

"하지만 전 드래곤 슬레이어 타이틀을 가지고 있습니다만."

내 말에 그는 손바닥을 쳤다.

"오호~ 그렇다면 한 달에 한 번 정도는 죽어도 되겠군. 그 타이틀에는 부활(復活)의 인(印)이 새겨져 있으니까."

"흐음~ 하지만 드래곤 슬레이어 타이틀은 유저들한테 엄청나게 좋은 타이틀 아닙니까? 유저들 몇 명한테 넘겨서 마족들 잡을 때 활용해도 좋을 텐데."

"그건 안 돼. 타이틀 획득의 중점은 우리가 '주고 싶다' 가 아니라 너희들이 '획득했다' 라는 데 있으니까. 이건 레벨 업과도 같은 시스템이라 여러 가지 편의까지는 봐줄 수 있지만 마구잡이로 능력을 줄 수는 없어."

"흐음……."

그것 참 미묘하군. 즉, 정말로 드래곤을 잡지 않으면 드래곤 슬레이어 타이틀을 줄 수 없다는 말인가. 하지만 예전처럼 드래곤을 날개를 꺾고 바닥으로 추락시킨다면 지금 수준의 유저들에게 드래곤을 잡는 건 크게 어려운 일이 아닐 것이다.

"무슨 말을 하려는지 알겠군. 과거 메크로네스를 많은 사람들 앞에 불러올 수 있었던 건 유저들이 약해 전체적 영력의 크기가 작았기 때문이야. 지금은 유저들이 워낙 강해져서 다른 드래곤을 만들어도 다른 장소에 위치시켜야 하고 우리 역시 도울 수 없지."

"그렇다면 잡기 힘들겠군요."

일단 드래곤이 하늘로 떠버리면 유저들로는 방법이 없다. 드래곤의 비행 실력은 거의 글레이드론에 육박할 정도인데다 브레스는 모든 보호 마법을 파훼할 정도로 거대한 마나의 폭풍이니까. 결국 하늘에 뜬 드래곤과 싸우려면 마찬가지로 비행을 시도할 수밖에 없는데, 그때 9클래스인 드래곤이 디스펠(Dispel) 같은 걸 걸어버리면 비행 마법도 사용할 수 없다. 결국 날 수 있는 건 글레이드론 같은 비행 형태 환수를 사용하는 몇 명 정도. 겨우 그들만으로 드래곤을 이길 수 있을 리 없지.

"네가 파니티리스에서 사용할 수 있는 건 아이템 열람표나 지도 같은 기본 시스템과 라비린토스로의 귀환(歸還) 정도. 귓속말 같은 커뮤니티 능력은 사용 불가능해."

"그래도 귀환은 사용 가능하니 다행이군요."

"다시 가려면 또 던져야 하지만 말이야."

'그러니까 웬만하면 돌아오지 마라' 라고 등으로 말하며 다크는 절벽 앞에 섰다. 절벽 아래에서부터 세차게 불어오는 바람. 절벽 아래로 옅게 깔린 구름. 그는 문득 고개를 돌려 에일렌을 바라보았다. 뭔가 생각하는 표정이다.

[에… 왜 그러시죠?]

"아니, 별로. 밀레이온."

다크는 뭔가를 휙. 하고 집어던졌고 나는 그것을 받았다. 그것은 목걸이. 던져져 파니티리스로 날아갔을 때의 충격을 완화시켜 주는 물건이다.

"슬슬 출발입니까?"

"여기 멍하니 서서 할 일도 없을 테니까."

"하하… 던져지는 거 말고 다른 방법이 없을까요?"

"없어."

그는 두말하지 말라는 듯 순식간에 내 양다리를 잡았다. 나는 반사적으로 그를 걸어차려 했지만, 두 다리는 강철 족쇄에 걸린 듯 꼼짝도 하지 않는다.

"아니, 차라리 강철 족쇄라면 끊을 수 있을 텐데!"

"혀 깨무니까 닥치고 있어라."

다크는 스산하게 경고하며 스윙을 시작한다. 윙— 윙— 하고 귓가를 스쳐 지나가는 바람 소리. 속도는 점점 빨라지고 그에 따라 시야가 뱅글뱅글 돌기 시작한다.

"으아… 아……. 속도가 더 빨라……!"

"속도는 이 정도… 각도는 이 정도……."

"자, 잠깐! 목걸이 안 걸었어요, 목걸이!!"

"그럼 샷!!"

쐐에에엑!!

덜컥하는 느낌과 함께 몸이 하늘로 날아오른다. 그 속도는 실로 엄청나 목걸이를 걸지 않은 나는 당황할 수밖에 없었다. 이대로 떨어지면 죽는다!!

[레온!]

"알았어!"

나는 날아가는 도중에도 어떻게 자세를 수정하여 다크에게 받은 목걸이를 목에 걸었다. 그리고 그와 동시에 올라가던 몸이 떨어지기 시작한다. 으으. 요새는 로그인 시 낙하 이벤트(?)를 별로 안 겪어서 이 정도만으로도 불안하군. 하지만 다행히 땅에 도착하기 직전 목걸이에서 희뿌연 빛이 뿜어진다.

쉬이이!

빙글빙글 도는 시야로도 땅이 보이기 시작한다. 추락 직전, 나는 반사적으로 전신 근육을 긴장시켰다.

쿠앙!

땅과 충돌하기 전 목걸이에서 예의 뿌연 빛이 뿜어져 나와 내 몸을 동그랗게 감싼다. 마치 고무공과 같은 탄력으로 땅과의 충돌을 대부분 흡수하는 백색의 보호막. 그 충격 흡수는 물론 뛰어나지만 보호막의 모양이 동그래서 그런지 무시무시한 속도로 굴러간다..

콰직! 콰직!

예전에는 나무들에 부딪쳐 멈췄는데 이번에는 그것들을 부수며 지나간다. 다크 이 무식한 놈! 너무 세게 던졌잖아! 황당해하는 사이 앞에서 평화로이 걸어가고 있던 오거 녀석이 우리와 충돌했다.

"쿠왝?!"

오거는 비명을 지르며 휘청거렸고 그 반동으로 내 몸 역시 하늘로 튕겨 올라간다. 한 10미터쯤 튕겨 올라왔을까? 목걸이가 깨어지며 보호막이 사라진다.

"우와~ 무책임 보호막."

하지만 10미터 정도야 별 타격도 없는 높이지. 나는 가볍게 몸을 뒤집어 자세를 바로잡은 뒤 그대로 착지했다. 때마침 아까 그 오거가 휘청거리고 있기에 별생각없이 밟았다.

콰득!

"크워……."

작정하고 밟았기에 목과 척추가 동시에 부러지고 오거는 즉사한다. 흠, 이 녀석 센 몬스터인데 요즘 너무 밟힌다. 게다가 지금은 실제로 밟혀 죽기까지. 이쯤 되면 이 종족 자체가 안쓰럽게 여겨질 지경이다.

"후아. 도착이군."

나는 오거의 시체 옆에 내려섰다. 반사적으로 드랍 아이템(Drop Item)

이 나오기를 기다렸으나 여기가 파니티리스라는 걸 떠올리고 손바닥을
친다. 맞다. 여기의 몬스터들은 죽으면 그냥 시체였지? 아이템을 떨어뜨
리는 건 정석을 떨어뜨리는 마족뿐이다.

"괜찮아?"

"토할 것 같아."

"엄살떨긴. 유저는 스스로가 원하지 않는 이상 구토를 할 수 없어."

"그래?"

이놈의 몸에는 별 쓸데없는 기능이 다 달려 있군. 나는 고개를 흔들
며 몸을 일으켰다. 뭐 몸 상태는 나쁘지 않다. 한번 겪었던 일이기도
한데다 기본적으로 강한 육체니까. 이제는 근골 자체도 어지간한 금속
만큼 단단하기 때문에 어쩌면 보호 마법이 없어도 안 죽을지 모른다.
물론, 아주 강철 육체는 아니어서 다치기야 하겠지만 말이다.

나는 고개를 들어 주변을 살폈다. 슬슬 겨울이라 그런지 쌀쌀한 날
씨. 에일렌은 투덜거렸다.

"기분 탓인가? 좀 추운 것 같아."

"그래? 그럼 목걸이 안에 들어와 있어."

"알았어."

사뿐사뿐 걸어오는 에일렌. 그런데 나는 그녀의 모습이 뭔가 이상하
다는 것을 깨달았다.

"응? 에일렌 너……."

"나중에 말해. 왠지 추워서."

그녀는 그렇게 말하며 나에게 안겨 들어왔다. 아니, 뭐 안겨 들어왔
다고는 말해도 목걸이에 스며들어 오는 자세라 익히 봐왔던 모습. 하
지만 이번만큼은 결과가 조금 달랐다.

쿵!

"꺅?!"

내 가슴에 충돌한 에일렌이 작게 비명을 지르며 주저앉는다. 뭐, 충격에 대비하지 않는다고 해도 내 몸은 중심을 땅에 두고 있으니까. 에일렌 같은 소녀 체형이 부딪치면 넘어지는 것이 당연하다.

"……."

"…어라?"

에일렌은 빨갛게 변한 이마를 부여잡은 채 멍청한 표정을 지었고 나 역시 비슷한 표정으로 그녀를 바라보았다. 부딪쳐? 부딪쳤다고?

"뭐… 지?"

나는 에일렌의 모습을 보았다. 달랐다. 좀 전의 그녀와는 분명히 달랐다. 너무나도 선명한 모습과 분명히 땅을 디디고 있는 몸. 그것은 마치 보통 인간과도 같은─

"아… 하하? 이게… 뭐지?

에일렌은 믿기지 않는다는 표정으로 일어나더니 자신의 볼을 꼬집었다. 아야 하는 표정으로 손을 떼는 에일렌. 그녀는 잠시 어정쩡하게 서 있다가 내 쪽으로 다가와 내 볼에 쓰다듬었다.

"에일렌…… 어떻게?"

"모르겠어. 아, 아하하. 대체 이게 어떻게 된 거지?"

그녀는 내 볼을 쓰다듬었다. 믿을 수 없다는 표정으로 계속해서 쓰다듬는다.

그것은 너무나도 인간적인 손. 부드럽고 따듯한. 그녀의 체온.

"괜찮아?"

"어떻게 된 걸까나……. 아, 하하. 저, 정말 신기하지? 네가 만져져.

나는… 나는…… 으흑.”

“에일렌?”

난데없이 눈물을 흘리기 시작하는 그녀의 모습에 놀라 그녀의 손을 잡았다. 나는 나름대로 위로하기 위한 몸짓이었는데 그녀는 한층 더 눈물을 쏟아내기 시작한다.

“이상해…… 이상하단 말이야……. 이럴 수 있을 리가 없는데. 내… 내가 다시 널 만질 수 있을 리가 없는데……!”

“에일렌…….”

그녀는 내 품에 안겨 오열하기 시작했다. 나는 그녀를 안은 채 환한 금발을 쓰다듬었지만 그녀의 울음은 멈추지 않는다.

“으흑…… 흑. 우아아. 으아앙!”

나는 모른다. 어떻게 환원령인 그녀가 인간의 육체를 가지게 되었는지, 또 그녀가 이렇게나 급격한 감정 변화를 보이는 이유는 또 무엇인지.

이것은 내가 싫어하는 상황이다. 나는 아무것도 모르는데 주변 상황만이 빠르게 변한다. 아무것도 못하고 주변 상황에 휩쓸리기만 하는 불쾌한 느낌. 만약 평상시의 나였다면 이런 상황이 벌어진 것만으로도 적지 않은 짜증을 느꼈을 것이다.

“…….”

하지만 어째서일까? 나는 그저 금발의 부드러운 머리칼을 쓰다듬으며 그녀의 울음이 그치기를 조용히 기다리고 있을 뿐이었다.

＊　　　＊　　　＊

밀레이온과 어림잡아도 5킬로미터쯤 떨어진 바위 위에 세 명의 남녀가 있다. 죽음의 기운으로 전신을 감싸고 있는 흑기사와 검은색 드레스를 입고 있는 20대 후반의 여인. 그리고 20대 초반으로 보이는 흑의의 청년.

그중 가장 앞쪽에 서 있던 흑의의 청년은 울고 있는 에일렌을 보며 미소 지었다.

"당신을 위한 프레젠트(Present)."

형준의 말에 옆에 있는 드레스의 여인이 신기하다는 듯 묻는다.

"헤에에. 당연히 뺏을 줄 알았는데 그냥 두는 겁니까?"

"뺏다니, 뭘?"

"저 여자요. 애초에 저 여자는 신드로이아였던 '그녀'를 모델로 만든 거잖아요? 뺏는 게 오히려 당연……."

"그 입. 조심하지 않으면 다칠 텐데, 리리스."

형준이 부드럽게 웃자 무시무시한 살기가 사방으로 퍼져 나간다. 그것은 생물을 죽이고. 무생물을 죽이고. 마침내 차원과 공간마저 죽이는 절대적 살기. 하지만 드레스의 여인은 능글맞게 웃을 뿐이었다.

"어이구~ 우리 주인님, 의외로 귀여운 구석이 있었네.

"닥쳐!"

그는 쳇. 하고 몸을 돌리더니 이내 걸어가기 시작했다. 느긋한 걸음걸이.

리리스와 조용히 서 있던 흑기사가 그를 따른다.

위잉.

그들이 걸어감에 따라 너무나도 자연스레 열리는 차원의 틈. 형준은 웃었다.

"하지만 온정은 여기까지. 어쨌든 그와 난 적이니 어쩌면 그녀는 날 중오하게 될지도 모르겠군."

"그걸 즐겨요? 어머 변태."

"…부탁이니 입 좀 다물지 않을래?"

"아아, 아쉽긴 하지만 주인님께서 이렇게나 간절히 부탁하신다면 어쩔 수 없죠. 뭐!"

"……."

뚱한 표정으로 차원의 틈으로 들어가는 형준과 그 뒤를 따르는 둘. 차원의 틈은 이내 닫히고 주변은 정적으로 물든다.

『올마스터』 7권에 계속…

청어람 판타지 장편 소설

『비커즈(BecaUse)』를 초월한 신개념 스타일리쉬 판타지의 재림!

러쉬 / 손제호 지음

단언한다!
이제부터 러쉬(Rush)의 시대다!

Rush : 돌진[맥진]하다. 쇄도하다. 돌격하다. 급습하다.

손제호 특유의 럭셔리 스타일!
누구도 넘볼 수 없는 기발한 상상력의 압승!
잘 버무려진 유쾌한 웃음과 명쾌한 즐거움의 조합!

2004년 최고의 화제작 『비커즈(BecaUse)』를 탄생시킨,
이 시대 최고의 스타일리시 스페셜리스트 손제호의 최신 역작!

무한 상상 · 공상 세계, 청어람 신무협&판타지

『신마대전』, 『투마왕』의 작가 김운영
세간에 화제를 불러온 최신 기대&화제작!!

흑사자(黑獅子) / 김운영 지음

세상에는 수많은 강자가
존재한다.

『흑사자』 (黑獅子)

한 자루 검으로 거대한 마물을 능히 상대할 수 있는 소드 마스터.
마나를 자유롭게 다루어 온갖 신비한 힘을 발휘할 수 있는 대마법사.
신의 선택을 받아 기적 같은 신성력을 행하는 고위성직자.
단신(單身)으로 국가의 운명에까지 영향을 미칠 수 있는 자들도 있다.
그러나 이들도 어렸을 때에는 약했다.

인간인 이상, 태어나서 십몇 년간은 성인의 힘을 이길 수 없다.
강해진 자들은 하나같이 오랜 세월 동안 남들이 이해하기 힘든
노력과 경험을 쌓아온 자들이다.

그러나 난 달랐다. 난 어렸을 때부터 강했다.
내게는 그 어떤 수련도 경험도 필요없었다.

난… 사자다.